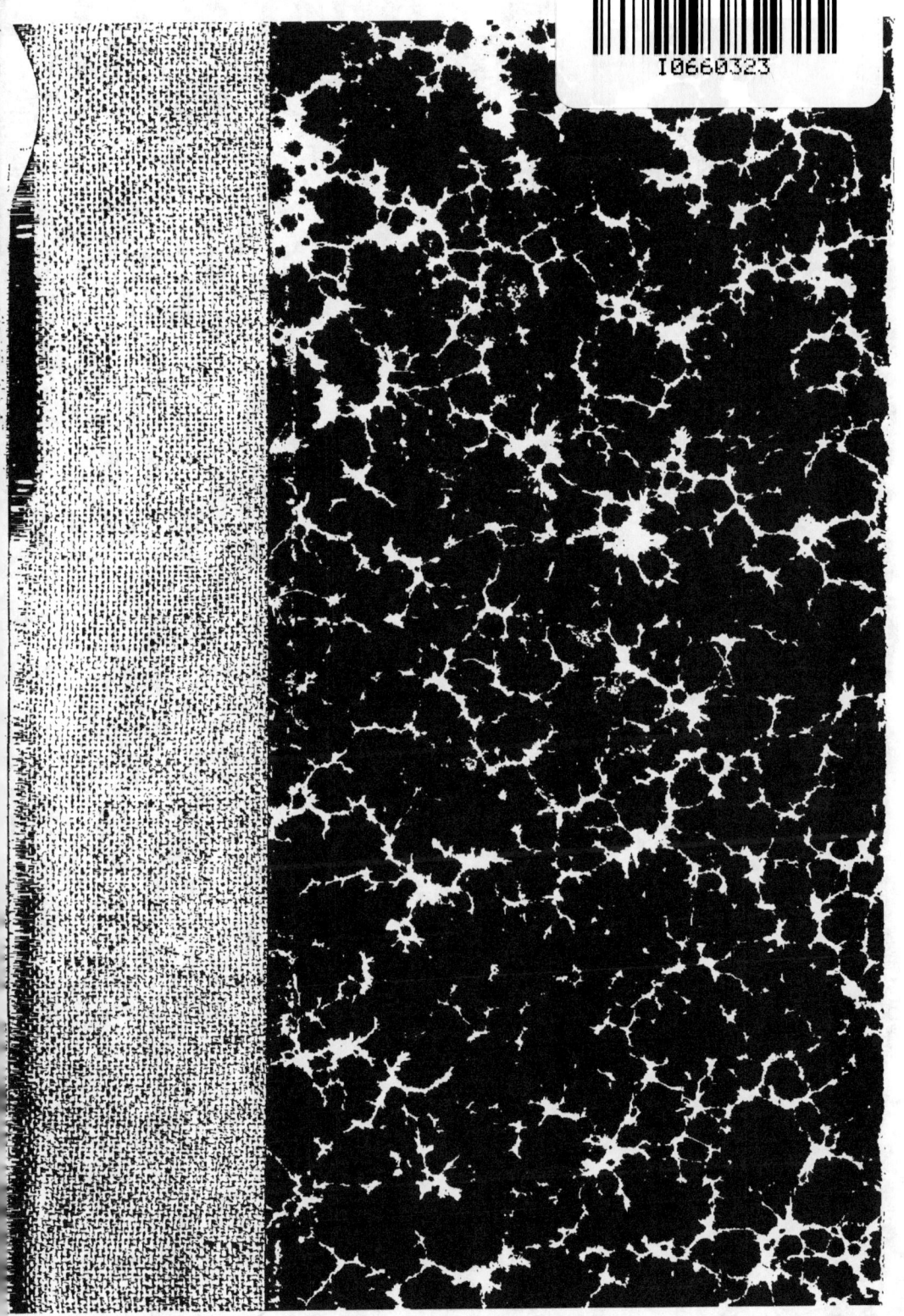

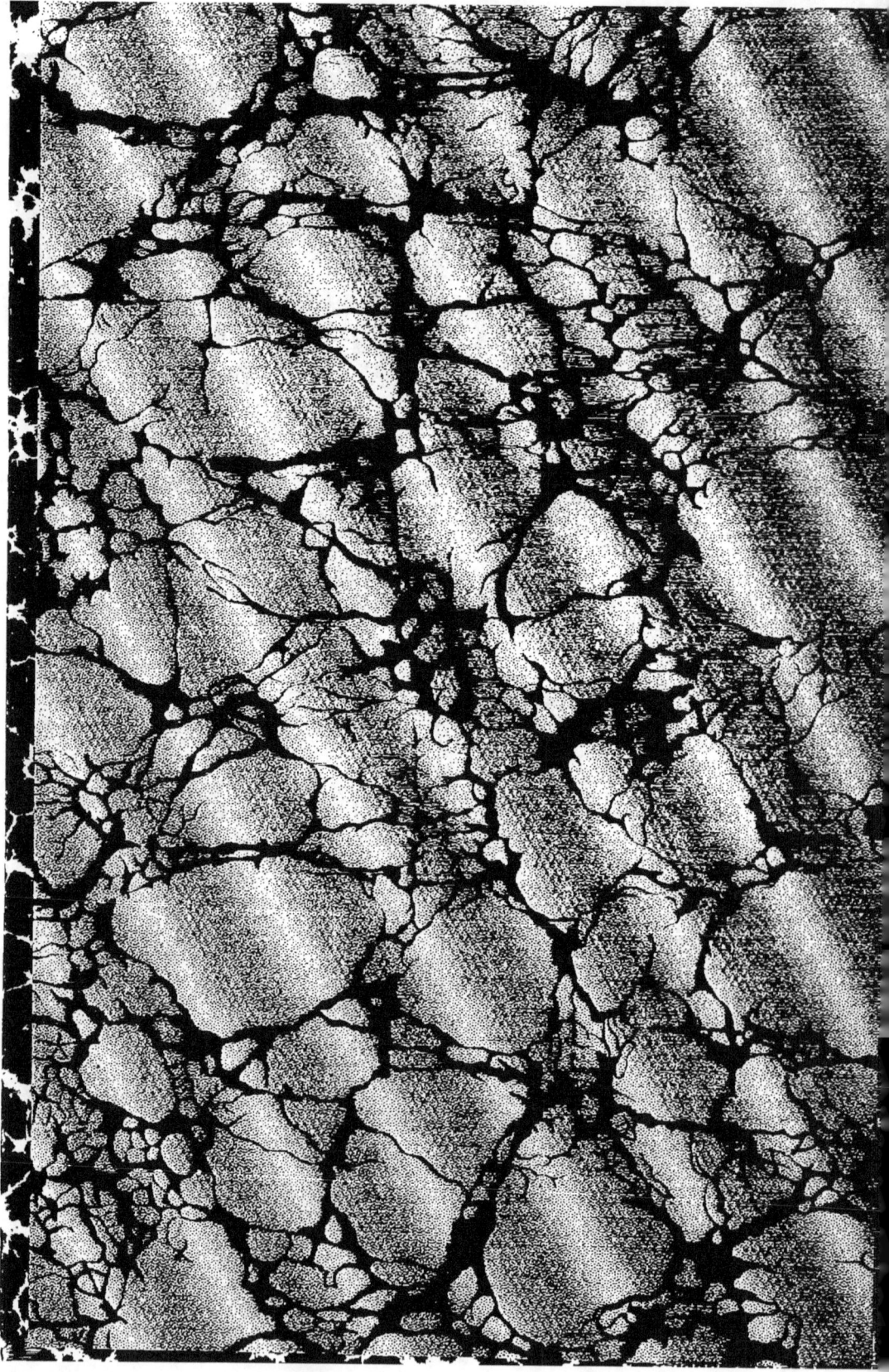

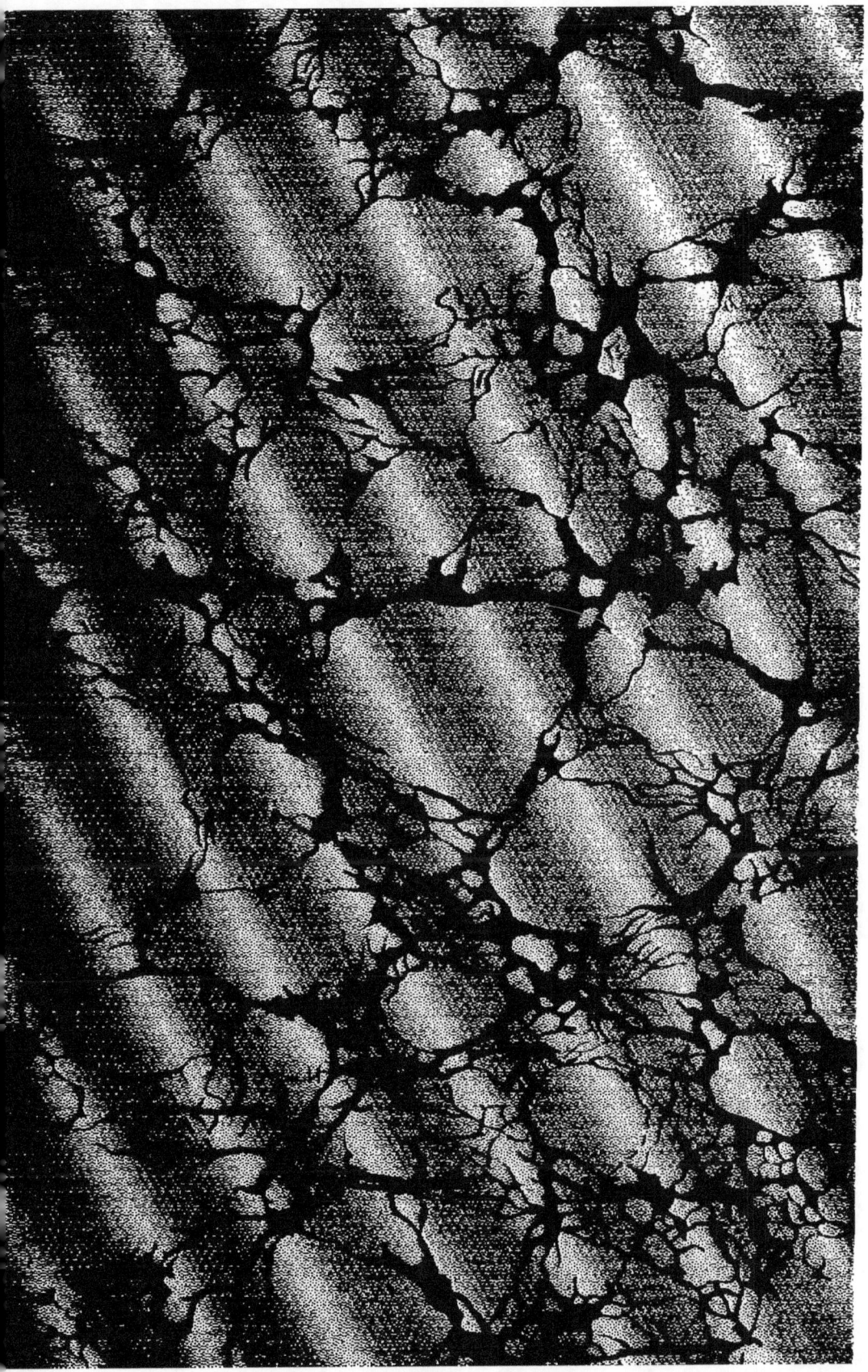

LES CRIMES DE PARIS

par Th. Taboureau

LE DRAME

DE LA RUE CHARLOT

CHAPITRE PREMIER

UNE NUIT DE NOCES

Vers le milieu de l'année 1870, l'église Saint-Augustin célébrait un très brillant mariage.

La file des équipages élégants et superbes, aux chevaux de race, secouant orgueilleusement la tête, piaffant d'impatience, traçait, à perte de vue, une ligne elliptique devant le péristyle du sanctuaire.

Au bas de l'escalier se massaient des valets poudrés, enrubannés, aux bouquets d'oranger à la boutonnière.

On célébrait le mariage du jeune duc d'A-
ruja, riche Espagnol, ex-consul d'Athènes, avec
une demoiselle française, fille du colonel d'Albanet, mort depuis peu, dont la veuve, à défaut
de fortune, possédait un grand crédit dans le
monde diplomatique.

La cérémonie touchait à sa fin.

L'orgue exhalait ses derniers soupirs sur la
marche des intéressants conjoints entrant à la
sacristie.

La foule se précipitait sur leurs pas, prête à
les féliciter et à saluer aussi les grands parents.

Elle se pressait, se bousculait pour bombarder
les époux de sourires, de phrases sucrées, de
chaleureuses poignées de main : sourires, félicitations de commande qu'on s'empresse toujours de prodiguer pour hâter le départ d'une
cérémonie de ce genre.

Déjà quelques invités cherchaient à s'orienter
pour gagner au plus vite les équipages qui, un
quart d'heure après, devaient emporter tout ce
monde figurant par convenance à ce mariage,
quelques-uns s'y montrant par ordre.

La curiosité se trouvait pourtant satisfaite
lorsqu'on considérait les jeunes époux recevant
les hommages de la foule.

Les assistants conviés à cette corvée obligée, étaient frappés de la beauté de la mariée.

La nouvelle duchesse d'Aruja était vêtue d'une robe de soie faille bouillonnée de flots de dentelles, traversée d'une traîne de fleurs d'oranger.

Sa tête brune, au profil grec, avait de grands yeux en amande dont les prunelles brillaient comme deux perles noires.

Il était impossible de porter avec plus de grâce, plus de crânerie sa coiffure virginale, descendant en guirlande sur ses blanches épaules presque aussi blanches que sa toilette.

Ses lèvres roses relevées en arc, chaudes de ton comme une grenade en fleur, animaient son teint mat éclairé par la flamme de ses yeux sombres et profonds. Elle étonnait, elle captivait, cette vierge d'apparat. Ses ardeurs, mal dissimulées, donnaient un démenti à sa parure de noces, trop somptueuse, trop coquette pour ne pas défier les désirs.

Sa guirlande d'oranger portée en sautoir de la tête aux pieds enroulait et caressait son corsage comme le serpent dut enrouler la femme avant de faire perdre à l'homme le Paradis.

Cette mariée avait, avec un profil antique,

des yeux et des lèvres de bacchante. Elle portait sa toilette avec une crânerie qui protestait contre ses atours innocents. Grande, nerveuse, élancée, très bien prise dans sa taille cambrée et souple, elle était aussi gracieuse que ses sourires étaient provocateurs.

Et ses sourires, elle les prodiguait à tout le monde, excepté à son nouvel époux. Muet, les yeux baissés, le front courbé, le dos voûté, il saluait comme un lourd automate ceux qui s'empressaient, par convenance, à le saluer aussi.

Froid, réservé, il n'avait rien de la sveltesse délibérée, ni de l'élégance de sa charmante moitié.

Impassible et guindé, cet homme, quoique d'origine espagnole, était châtain, presque blond, très pâle. Il avait les traits fatigués tout en étant d'un âge où l'on débute dans la vie. Il avait le teint verdâtre et cadavéreux des noctambules.

Sans doute, cet homme inerte, au visage insignifiant, s'était senti, un jour, galvanisé au contact de cette sirène qui, fille de prince ou fille de goujat, passionne ou captive tout ce qui l'approche. Ce mariage devait être un mariage d'amour, du côté du jeune diplomate.

Il devait être un mariage de raison du côté de la jeune duchesse. Encore n'était-il pas du goût de quelques familiers de sa famille, à en juger par un certain monsieur, jeune, bien fait de sa personne, qui jurait avec les allures rachitiques, pesantes et embarrassées du duc.

Ce monsieur, debout derrière un pilier de la sacristie, grommelait, soufflait, tempêtait d'une façon trop significative.

A l'encontre de la foule, ce personnage s'était abstenu de joindre ses félicitations aux félicitations communes. Il était resté obstinément à sa place.

Cet individu, à la peau mordorée et au type asiatique, avait la carrure et la taille d'un Antinoüs, les attaches aristocratiques d'une femme du monde, malgré la puissance musculaire de ses formes.

Il descendait, disait-on, d'un hospodar, d'un Jaga. Il se décernait, ce Slave, fils du Danube, le titre de prince.

Ses traits aquilins, dignes d'être gravés dans un camée, étaient éclairés par de grands yeux bruns, un peu trop rapprochés du nez, ses sourcils épais qui se rejoignaient sur son front, alors chargé d'éclairs, accusaient un homme jaloux, parvenu au paroxysme de la rage.

Caché contre son pilier, il essayait à étouffer des émotions pénibles qui le torturaient. Sa main crispée labourait les plis de son gilet blanc avec une telle force que ses ongles devaient lui déchirer la chair.

Qu'avait donc cet individu ? Quelle était la nature de sa rage ?

Il eût été facile de le deviner, quand, au passage des mariés sortant du chœur, il fit mine en les frôlant de sauter sur la jeune duchesse pour lui arracher sa couronne d'oranger.

Un observateur attentif eût pu deviner, au tressaillement presque imperceptible de son corps, que la duchesse, malgré ses yeux baissés, avait entrevu cet homme et deviné son geste.

Deux personnages avaient surpris cette scène muette, grosse d'orages, de mystère et de passion.

C'étaient deux journalistes invités pour la circonstance afin de rendre compte dans la presse des détails de la cérémonie nuptiale.

L'un, nommé Chapuis, était un reporter vulgaire ; l'autre était Gaëtan Floridor, le reporter en vogue, chroniqueur par tempérament, gazettier de la cour et de la ville, médisant

comme la plus médisante de toutes les portiè-
res de la capitale.

La beauté singulière de la mariée aussi bien
que l'expression de colère du monsieur avaient
frappé l'attention des journalistes.

Lorsqu'ils étaient ressortis de la sacristie
après avoir salué les mariés et leur famille, ils
avaient retrouvé le même personnage s'abîmant
toujours dans sa douloureuse colère derrière
son pilier.

Alors Chapuis ne put dissimuler un mouvement de surprise et de curiosité. Il attira contre
lui Gaëtan qui ne perdait pas aussi de vue l'inconnu. Il lui murmura en lui désignant le monsieur cloué à la colonne.

— Toi qui sais tout, dis-moi donc ce que cela
veut dire, et quel est ce personnage?

— Ça! répondit Gaëtan avec un plat sourire
toujours prêt à stéréotyper son visage, ce ne
peut être que le rival du jeune duc d'Aruja?

— Alors, continua tout bas Chapuis, Mme d'A-
ruja est donc déjà une...

— Mon bon — interrompit le cynique Gaëtan
en le tirant à part de peur d'être entendu de
la foule qui venait de refluer de la sacristie
dans l'église — toutes les femmes en sont...
plus ou moins, question d'argent! Un louis

ou un million, il ne s'agit que d'y mettre le prix !

Tout en chuchotant ils s'étaient écartés avec prudence de l'élégante multitude se pressant sous le porche, pendant que le cortège des mariés se consultait pour aviser au départ.

Les reporters, dans un angle du temple, continuaient leur colloque quand le monde s'acculait sous le porche.

— Mon cher Gaëtan — reprit Chapuis — pas d'aphorismes ! Explique-toi clairement. Elle ne sort donc pas, comme on dit vulgairement, de la cuisse de Jupiter, cette fille du colonel d'Albanet? Alors, comment a-t-elle pu épouser un grand d'Espagne, au service de la Grèce? Comment a-t-elle pu avoir pour témoin l'ambassadeur de toutes les Espagnes ?

— Par le miracle de l'amour, s'écria Gaëtan, heureux de prouver à son copain qu'il savait son *tout Paris* sur le bout du doigt. — Tu viens de voir, n'est-ce pas, Mme la colonelle d'Albanet, hideuse sous son fard et sous son plâtre comme pouvait l'être la Catherine de Russie, à son âge mûr ! Eh bien ! il paraît qu'avant d'être la femme *pour de bon* du colonel, Mme d'Albanet était jolie comme sa fille. Aussi a-t-elle laissé derrière elle de nombreux amants. C'est en raison de ses relations à perte de vue qu'elle est restée très bien, une fois mariée, avec les diplomates des cinq parties du monde, dans toutes les ambassades. En femme avisée elle a profité, dit-on, de ses relations pour placer avantageusement sa fille. Mais je m'arrête ! Je sais trop ce qu'il m'en coûte de *casser du sucre* sur le dos des officiers et des diplomates qui se mésallient avec des filles, pour ne pas dire pire encore...

— Mais achève donc, bourreau ! exclama Chapuis au comble de la curiosité.

— Pour te mettre sur le velours, nenni ! Qu'il te suffise de savoir, mon fils, que les jeunes époux ici présents se sont rencontrés à l'ambassade d'Espagne ; et c'est là que s'est bâclé le mariage, mijoté, préparé, fricassé par Mme la colonelle. Qu'il te suffise de connaître que si le mariage n'avait pas eu lieu, la mère, obligée ce soir de partir pour Londres, et sa fille, ornée d'une couronne ducale, auraient pu ourler toutes deux des chemises de soldats, ou tresser des chaussons de lisière dans une prison centrale !...

Ici Gaëtan s'arrêta comme s'il eût eu peur d'en avoir trop dit.

—Mais continue donc, misérable ! tu me mets sur le gril... reprit Chapuis très anxieux.

1.

— Nenni, mon confrère, reprit le reporter, —
tu en saurais aussi long que moi. J'ai voulu
te prouver. en te dénonçant ce bon petit scandale, que je connais mon métier et que tu ne
connais pas encore le tien! Maintenant que cela
te suffise!...

Ces médisances se perdirent dans le bruit des
voitures, dans l'éloignement que Gaëtan mit
prudemment entre lui et son copain.

Tous les deux disparaissaient à leur tour,
quand les gens de la noce étaient sortis de
l'église.

Peu d'invités suivaient les jeunes époux qui
se rendaient à Saint-Germain pour le repas.

Avant tout, le duc d'Aruja tenait à jouir en
avare de la possession de sa jeune femme.
Il était d'accord avec sa très noble famille qui,
pour un motif bien différent, avait voulu donner moins de témoins possibles à ce mariage,
qu'ils considéraient comme une mésalliance.
Le duc n'avait convié au pavillon Henri IV
qu'un petit nombre de parents et d'intimes.

A minuit, les nouveaux époux devaient se
retirer dans une villa, achetée quelques jours
auparavant, au Vésinet, dans l'endroit le plus
désert et le plus boisé pour s'y dérober et y passer leur lune de miel.

Il est inutile de parler du repas qui eut lieu à Saint-Germain après la célébration du mariage. Il fut ennuyeux comme tous les dîners d'apparat où les gens ne se connaissent pas. En cette circonstance il était composé, du côté du mari, d'étrangers ; du côté de la mère de la mariée, de gens très insignifiants, n'ayant entre eux ni corrélation ni abandon ; or il était fort difficile de distinguer si ce festin était ou un repas de noces ou un repas d'enterrement.

Ainsi qu'à l'église, ce fut la belle duchesse qui fit tous les frais de gracieusetés et de conversations à bâtons rompus.

Quant au marié, on eût dit que le champagne le rendait plus taciturne encore. Ses gestes d'impatience, son mutisme, sa mauvaise humeur prouvaient qu'il n'avait qu'un désir : en finir avec ce repas fastidieux, presque lugubre.

De temps en temps il jetait les yeux sur la pendule pour attendre l'heure qui n'avançait pas assez vite et qui lui permettait d'être en tête à tête, dans la villa voisine, avec l'objet de son adoration.

A onze heures la jolie duchesse qui, jusquelà, avait paru, à l'encontre de son époux, pleine de bonne humeur et d'entrain, simula un malaise subit..

Sa mère, placée à côté d'elle, fit apercevoir la première son indisposition.

Cette indisposition acheva de jeter un froid dans ces agapes. Elle était *convenue* entre la mère et la fille. La mère, femme d'expérience, d'un âge mûr, désignée par Gaëtan comme une vieille coquette, horriblement plâtrée et fardée, dit quelques mots à voix basse à son gendre pour le rassurer. Celui-ci, avant de prendre congé de ses hôtes, permit à sa belle-mère de faire avancer une voiture pour entraîner la mariée, à demi évanouie, à sa villa du Vésinet.

Un quart d'heure après, la voiture, portant la mère et la fille, arrivait à la villa toute préparée pour servir de nid aux nouveaux conjoints.

Cette indisposition simulée n'avait été qu'un prétexte imaginé par la mère.

A la veille de se séparer, par ordre de sa fille, Mme d'Albanet avait besoin de l'entretenir en secret, de lui faire ses recommandations au sujet de l'incident auquel avait fait allusion Gaëtan à Chapuis.

La voiture s'arrêta devant la grille d'une villa composée d'un pavillon à deux étages, enfouie au fond d'un petit bois, isolée sous des arbres épais. Il y avait longtemps que la duchesse avait repris son aplomb lorsqu'un valet, un flambeau à la main, la conduisit avec sa mère, de la véranda à la chambre à coucher.

Cette chambre était meublée avec le plus grand soin et la plus moderne élégance ; elle était toute capitonnée ; ses meubles bas, aux pieds tors, étaient or et satin ; son grand lit à baldaquin, empanaché comme un dais, était frangé de dentelles, bourré de coussins de soie, auquel on arrivait par des marches tapissées comme les marches d'un trône.

Une fois parvenue dans cette pièce, la duchesse s'enferma avec sa mère. Elle tourna d'une façon fébrile la clef dans la serrure de la porte d'entrée, sans s'apercevoir d'une porte secrète cachée dans l'angle du lit.

Elle se mit à son aise. Son front se plissa, elle jeta avec force sa couronne d'oranger qu'elle écrasa sous ses talons. Elle lança avec rage sa guirlande qui alla rouler et se tordre sur le dessus du lit, elle s'écria, les dents serrées, le visage menaçant :

— Ouf ! Je crois sérieusement, là-bas, que j'allais me trouver mal ! Que c'est triste ici ! Comme je vais m'y *embêter* avec mon benet de

mari! Ah! ma mère, j'ai bien peur d'y regret-
ter la cellule que nous risquions ensemble pour
notre vol de diamants!

— Chut! ma fille, s'écria la matrone, se retournant avec effroi comme si elle eût eu peur
des échos de la chambre. — Ne te compromets
pas à plaisir, n'augmente pas mes terreurs et la
peine que j'éprouve en me voyant forcée de me
séparer de toi! Sois prudente! C'est pour cela
que j'ai voulu te causer en tête à tête et te voir
une dernière fois avant ton mari!

Puis l'admirant, embrassant ses épaules
demi-nues, plus nues encore depuis qu'elle s'é-
tait dépouillée de ses parures virginales, — un
sarcasme sur ce corps de sirène, — la vieille
dame reprit :

— Que tu es belle, ma fille !

— C'est bien la peine d'être belle pour ce
M. d'Aruja! dit-elle avec un mouvement dédaigneux, en battant la mesure de son pied. —
Pour un homme qui m'a prise comme on prend
un cheval de courses! car je n'ai pas même été
pour lui l'objet d'un *flirtage*, puisqu'il n'y a eu
entre lui et vous que des pourparlers !...

— Ne fallait-il pas te marier au plus vite, —
reprit vivement la matrone, — pour nous abri-
ter derrière la flétrissure qui nous attendait,

pour nous couvrir sous un blason authentique ?
N'était-ce pas une condition formelle du Château ?

— Dont j'ai été la mauvaise marchande !
riposta-t-elle. En tous cas, ma mère, on pourra
dire que voilà un mariage qui manque d'amour !

— Pourtant le duc t'aime ?

— Tant pis pour lui !

— Oh ! fit la mère en souriant, je sais que tu
préfères ton Moldave. Pourtant il ne faut pas
encore le voir, c'est trop tôt !

— Et vous croyez qu'il attendra, lui? exclama-t-elle avec une explosion de colère.— Ah!
vous ne le connaissez pas! Vous ne l'avez pas
vu comme moi à la messe! J'ai cru un moment que mon sauvage allait sauter à la gorge
de mon duc ! Il a du sang, mon Moldave, tandis que mon mari, ce n'est qu'un navet !

A cette repartie plus cynique que spirituelle, la
mère, qui se complaisait dans tout ce que disait
sa fille, partit d'un violent éclat de rire.

Comme le rire est communicatif, la fureur
de la mariée dégénéra en une hilarité aussi
bruyante.

Les échos de la chambre en étaient encore
pleins lorsque la porte dérobée dans l'angle du
lit s'ouvrit.

Un homme parut.

C'était l'homme du pilier de l'église, le prince moldave qui, le matin, avait failli sauter à la gorge du mari de la jeune duchesse.

Il était pâle, menaçant. Il se dressa derrière la porte entre-bâillée ; il ressemblait à un spectre en face des deux femmes. Elles s'arrêtèrent tout à coup de rire, pour exhaler des cris déchirants de surprise ou d'effroi.

— Oh ! s'écria la duchesse surexcitée autant par le danger que par la vanité satisfaite, oh ! le voilà, mon prince, je savais bien qu'il viendrait !

— Sot imprudent ! exclama la mère qui avait la conscience du danger que courait sa fille. Elle bondit comme une hyène contre son amant, prête à s'interposer entre lui et son enfant.

Le prince la repoussa d'un geste brutal. Il la fit reculer et rouler sur le parquet. Il s'avança vers la duchesse, immobile comme une statue.

— J'ai juré, lui dit-il, que ta première nuit des noces, tu la passerais avec moi. Viens, une voiture nous attend ; je t'enlève, suis-moi !

Avant que la duchesse eût pu répondre, un grand bruit se fit à l'autre porte. On entendit la voix du duc qui criait en se parlant à lui-même.

— J'ai entendu des éclats de rire chez ma femme. J'entends une voix d'homme. Que se passe-t-il?

Puis, tambourinant sur la porte fermée, il reprit en rugissant :

— Ah! je devine, on me trompe... J'aurai ta vie, misérable!...

En ce moment suprême, les femmes et le prince se tenaient en alerte, exprimant tour à tour la surprise, la crainte et la furie.

La mère, accroupie, était affolée ; sa fille, froide, résignée. Le prince avait prévu cette rencontre, et il sortait un revolver de sa poche.

Il attendait le mari en train de briser la porte, pour le viser au front.

A cette vue, sa mère poussa un nouveau cri. Une voix du dehors, la voix du mari, répondit, en frappant à coups redoublés sur le panneau :

— Madame! vous n'aviez emmené votre fille que pour la jeter dans les bras de son amant. Madame, je vais tuer cet amant.

— Si je ne vous tue pas auparavant, duc! lui riposta le prince derrière la cloison, le revolver en joue.

A l'attitude défensive de l'amant, la duchesse

se jeta dans ses bras, comme pour lui faire un rempart de son corps.

Cette femme qui, le matin, dans des plis de dentelle, paraissait être un personnage vaporeux qu'un moindre souffle aurait pu enlever ou briser, se cramponnait, avec des muscles d'acier, au corps du géant menaçant.

Le panneau de la porte vola en éclats.

Le duc pâle comme un mort parut, le revolver braqué contre le prince son adversaire, placé en face de lui, dans la même position.

Il se fit un moment de suspension terrible entre le mari et son rival.

Le mari n'osa tirer en rencontrant au bout de son revolver sa femme la poitrine contre la poitrine de l'homme qu'il visait.

— Tirez donc, duc! cria le prince, horriblement gouailleur. Tirez si vous ne craignez pas de tuer votre femme qui me sert de plastron. C'est déjà un avantage que j'ai sur vous, duc.

— Eh! bien! mourez tous deux, mourez ensemble, lâches!

Il allait faire feu lorsqu'il sentit à ses pieds un corps inerte qui s'était affaissé sur le coup imprévu de cette épouvantable scène; c'était le corps de Mme d'Albanet.

Elle avait perdu connaissance devant le mari

et l'amant postés l'un contre l'autre, entre sa fille qui ne craignait pas de risquer sa vie pour le prince.

Malgré cet obstacle humain, le duc allait tirer quand un homme masqué, qui s'était glissé comme une couleuvre de la porte secrète au lit, vint se suspendre à son bras ; il fit tomber à terre le revolver dirigé contre son rival.

— Avant de commettre deux meurtres inutiles — lui dit l'inconnu — il faut vous demander si cette femme vaut la peine que vous vengiez sur elle votre honneur. Si ce n'est pas une voleuse, fille de voleuse. Si vous ne devez pas plutôt remercier le baron que de vous en débarrasser ?

Sans en dire plus long, il alla à Mme Albanet rouvrant les yeux. Accroupi vers elle, il ajouta en lui faisant respirer des sels :

— Allons, madame, vous n'avez plus de temps à perdre. Il faut partir si vous ne voulez pas, en restant à Paris, attendre un mandat d'amener qui vous traînera au dépôt de la Préfecture.

— Oh ! c'est un rêve ! je suis maudit, exclama le duc atterré, désarmé, en face du Moldave et de son amante très interdite aussi par l'arrivée de l'inconnu.

Oubliant son affront, oubliant même de se venger, le duc demanda à l'inconnu :

— Mais qui êtes-vous donc, monsieur?

— Le chef des pickpockets de Londres, lui répondit-il, qui vient ici chercher sa complice, pour la soustraire aux coups de la justice. Ce qui vous explique mon masque, afin que vous ne me reconnaissiez pas, un jour, en face de vos agents?

— Oh ! moi ! moi, un grand d'Espagne, doublement déshonoré ! rugit le duc dans un désespoir voisin de la démence ; et il agita en l'air ses bras, comme un homme qui cherche à se débattre contre un spectre invisible.

Puis il ramassa sur le parquet, avec une avidité frénétique, le revolver que lui avait fait jeter l'homme masqué. Il n'hésita pas, en se relevant, à en appliquer le canon sur sa tempe.

L'arme fit feu, le duc tomba, la figure couverte de sang ; le duc était mort !

Un instant, la stupeur, l'épouvante se peignirent sur les traits des témoins de ce suicide. Tous oublièrent leurs émotions et leurs situations critiques à la vue du cadavre.

L'homme masqué les rendit à la réalité du danger, à la suite du coup de feu qui avait fait un mort.

— Vite, partons, s'écria-t-il en entraînant vers la porte dérobée la vieille dame défaillante, prête à se retrouver mal sur le cadavre de son gendre. Il ne ferait pas bon d'attendre ici la police.

L'homme masqué chargea presque sur ses épaules la belle-mère de la duchesse, il s'enfuit par la porte secrète.

Le prince, de son côté, était ahuri, moins par l'horreur de ce spectacle que par l'affreuse vérité que venait de lui révéler le chef des pickpockets.

Sa maîtresse n'était-elle donc qu'une voleuse? Cela froissait terriblement sa dignité et refroidissait tout à fait son amour.

L'astucieuse duchesse comprit, à ce moment critique, la pensée du prince. Elle lui dit, aux pieds du cadavre de son mari, en lui tendant la main et dans un sourire enchanteur : — Tout ce que cet inconnu vous a débité n'était qu'une fable imaginée pour vous débarrasser de mon mari! Prince, tout à l'heure vous vouliez m'enlever? Maintenant la porte est ouverte, votre voiture attend, enlevez-moi donc?

Les amants sont lâches, vaniteux et crédules ; le prince, fort épris de la duchesse, la crut sur parole. Sa vanité était satisfaite en songeant que cette femme avait fait de son rival ce qu'il voulait en faire la nuit de ses noces : un cadavre.

A son tour, le Moldave emporta dans ses bras sa maîtresse, laissant derrière elle le corps de l'homme qui avait eu la prétention de la dérober à son amant.

Il était temps que les amoureux partissent. Au moment où ils fuyaient par la petite porte de la chambre à coucher, les domestiques, attirés par le coup de feu, se ruaient du côté de la porte principale brisée par le mari.

Ils le voyaient étendu sur le parquet, le revolver à la main, le visage inondé de sang.

Une heure après, le commissaire des environs signalait le suicide du duc d'Aruja, mort, la nuit de ses noces, en présence, selon le dire des domestiques, de l'adultère de sa femme !

Le lendemain de cette terrible nuit, un autre événement, plus grave encore, éclatait sur la France.

C'était la déclaration de la guerre de Prusse. Le journal *Satan*, dont Chapuis était le reporter, lançait un perfide entrefilet au sujet de la mort du duc d'Aruja.

Il est vrai que ce fait divers passait inaperçu, vu les événements qui agitaient le pays.

Voici comment le suicide était annoncé dans le journal de Chapuis :

« Un drame aussi terrible que mystérieux a eu lieu dans une villa du Vésinet, chez le duc d'Aruja, dont la presse enregistrait hier le brillant mariage avec la fille du colonel d'Albanet. On se rappelle qu'à la cérémonie nuptiale figuraient les noms les plus aristocratiques de France, de Navarre et d'Espagne. Ce qui n'a pas empêché le noble duc d'être trouvé mort, dans sa villa, frappé d'un coup de revolver, pendant que sa jeune épouse prenait la fuite avec un prince moldave.

« Pourtant les jeunes gens, dit-on, s'étaient pris d'un bel amour l'un pour l'autre, ce qui expliquait leur mariage aussi vite décidé que conclu. A quoi faut-il donc attribuer la fin prématurée et tragique du malheureux duc ?

« On prétend que la cause en est due à une belle-mère dont le passé ne serait pas irréprochable. Sa fuite à Londres le prouverait. Elle expliquerait cet horrible dénouement, à moins que cet épouvantable drame ne soit causé par la jalousie d'un noble hospodar, survenu finalement dans cette mystérieuse et sanglante affaire. A bientôt des détails ».

CHAPITRE II

LE TRAIN DE CALAIS

Les Anglais qui s'embarquent de Douvres à Calais ne peuvent se délivrer du spleen en abordant à ce port de France.

Enfermé dans ses remparts, Calais est triste comme un quartier de Londres. Il a conservé de son passé héroïque, la physionomie sinistre de Richelieu et l'allure chagrine des Guises. Ses maisons, ses églises, son hôtel de ville, rappellent les martyrs de son indépendance. C'est une ville qui se dérobe. La mer qui la couvre de ses brumes, ajoute encore à sa tristesse.

Cité monotone, grise et noire, c'est une ville captive et toujours en deuil !

En 1872, deux ans après le dénouement de l'horrible nuit de noces au Vésinet, un soir de mars, quatre individus, d'allures suspectes, étaient attablés dans la salle haute d'un café de la grande place. Leurs regards inquiets et farouches se dirigeaient vers les croisées donnant sur l'embarcadère.

L'heure du départ allait sonner.

Sur le signe d'un des buveurs, le plus jeune quitta la table, courut au fond de la salle pour se planter à la porte de l'escalier.

Le cou tendu, l'œil au guet, afin de s'assurer que personne ne montait, il fit comprendre par un geste à ses compagnons qu'ils pouvaient causer en liberté.

Cette sentinelle en haillons avait la mine aussi louche que l'homme le mieux mis de la bande. Celui-ci s'adressa aux deux autres dont les silhouettes tenaient du loup, du bull-dog ou du renard.

Il avait un paletot marron, le visage en partie dissimulé sous un cache-nez écossais.

— Ainsi Graff, demanda-t-il à un individu dont les traits grossiers contrastaient avec sa figure de fouine, tu es certain que les trois cent mille francs viennent d'être portés dans le fourgon du train de Calais?

— J'en suis aussi sûr, répondit-il, que je
vous vois et que j'ai vu les dépositaires des
fonds : M. Morand de la maison *Milton*, M. Alfred de la maison *Moirot* de Paris. Tout ça a
été vu, de mes yeux vu, mister Bohnson, avec
votre patron mister Storer.

— Et dans quel fourgon sont déposés les
fonds de la maison Milton ? continua Graff à
celui que le personnage à face de bull-dog
avait appelé *monsieur* par un reste de servilité
que tout *buglar* (voleur) garde envers un détective (*agent de police*).

— Dans le premier fourgon, près du mécanicien, dit Graff.

— Et vous êtes certain de réussir, malgré
Storer qui peut se douter de l'affaire ?

— Dès que vous en êtes, mister Bohnson,
répliqua-t-il d'un air narquois, et que nous
avons avec nous Bezon : un malin ne distançant
votre maître que de la corde qui les sépare, et
qui, si l'*affaire* manque, nous réunira tous dans
la même cage.

— C'est assez ! l'arrêta le détective ; puis,
d'un ton impérieux, il ajouta : Voilà l'heure du
train. Prenons nos billets, en route !

— Ici, cri-cri ! siffla Graff à celui qui veillait
à la porte, souffre-douleur de la bande, au

corps décharné dont l'ossature perçait sous ses restes d'habits luisant de crasse et d'usure.

— C'est égal, termina-t-il, pour se venger du détective qui, malgré sa complicité avec des buglars, gardait son ton d'autorité policière. Ce serait drôle si nous ne réussissions pas. Vous, Bohnson, payé pour nous mettre dedans, c'est vous qui y seriez !

— Taisez-vous, on vient, l'arrêta le détective en portant la main à son gousset pour solder la dépense.

Les quatre malfaiteurs dont nous venons d'indiquer la situation respective dans un café de Calais, se remirent à leurs places respectives à l'approche du garçon de l'établissement.

A peine celui-ci eut-il reçu le prix d'un bouteille de bordeaux, que les bandits descendirent à la file l'escalier. Ils se dirigèrent séparément dans la direction de l'embarcadère en se disposant à se caser dans un compartiment de troisième classe.

Il était évident que ces malfaiteurs, partis le jour même d'Angleterre, flairaient une proie longtemps convoitée.

Ce qui peut paraître étrange dans cette réunion de voleurs, c'est d'y voir figurer un détective.

Pour qui connaît la police anglaise, ce fait bizarre n'est pas invraisemblable. L'Angleterre, sans froisser ce qu'il y a d'honnête dans sa population hétérogène, est avant tout le pays de l'or.

Le vol y est une affaire. Le limier chargé de la chasse aux voleurs a, par plus d'un exemple, fait cause commune avec eux quand la part du renard devient assez alléchante pour tenter le chien lancé à sa poursuite.

C'était ce qui était arrivé en cette circonstance.

Le détective Bohnson avait été *acheté* par Jack Bezon, chef de ces bandits.

Au moment où Storer, l'un des directeurs de la police anglaise, s'apprêtait, dans un compartiment de première classe, à filer Jack Bezon, fameux voleur de Londres, un détective, tout en ayant l'air de suivre sa piste, devenait son complice.

Le chien se faisait graisser la patte par le renard pour ne pas l'attraper et le défendre au besoin.

Lorsque ces *pickpockets* prenaient leurs billets au guichet, une rencontre non moins singulière avait lieu dans la salle des voyageurs de première classe. Parmi les individus de mise élégante qui se promenaient en attendant l'heure du train, deux personnages s'abordaient après avoir fait mine de s'éviter.

Celui qui avait pris le bras de l'autre d'un air de familiarité, paraissait avoir quarante ans. Il pouvait être du même âge que l'individu qu'il avait abordé.

Il était brun, ses favoris noirs encadraient un nez mince, crochu, et une bouche sarcastique. Le teint mat de son visage y jetait un masque encore assez transparent grâce à des yeux pétillants de malice. Ses traits plein de finesse étaient corrigés par un air empesé.

Cet homme d'aspect très calme, très rassis, devait être d'une dévorante activité.

L'homme tenu par le bras, comme peut l'être un malfaiteur empoigné par un policeman, était blond mais de ce blond roux particulier aux gens de la Grande-Bretagne. Il avait la peau lisse et rosée d'une femme, des yeux bleus d'une douceur féline. Quoique de l'âge du premier, il paraissait plus jeune. Son visage imberbe avait un air d'innocence poussé jusqu'à la naïveté. En observant ce personnage on devinait que cette naïveté était aussi composée que l'air solennel de son compagnon. La prunelle de ses yeux brillait comme du dia-

2.

mant, les plis de sa bouche fine et spirituelle trahissaient, sous une expression étonnée, un fond de ruses inépuisables.

Sa figure était celle d'un joli garçon. Elle était gâtée par de longues oreilles. Les doigts trop grands de sa main palmée indiquaient chez ce personnage de vives convoitises.

— Jack Bezon, pourquoi êtes-vous en France? lui demanda l'homme brun à voix lente et le poussant à l'écart dans un coin.

— Pour le motif qui vous y amène, lui répondit sans le regarder Bezon, dont nous connaissons l'indigne condition par les coquins du café de Calais.

— Alors, c'est donc pour visiter la capitale, en touriste, en flâneur, continua l'homme brun, qui n'était autre que le chef du détective Bohnson : William Storer.

— Oui, fit Bezon, plus impatienté qu'inquiet des regards scrutateurs de son questionneur. Oui, monsieur Storer, pour visiter la capitale.

— Et les poches de ses visiteurs, termina-t-il.

— Monsieur Storer, lui riposta le bandit, vous n'êtes pas généreux. Depuis deux ans j'ai *fait mon temps!* Je ne suis plus à Londres, mais en France, sur un terrain neutre. Avant que vous puissiez prouver à la justice française ce que je suis, soyez circonspect. Oubliez mon nom comme je consens à oublier le vôtre. Un bon chasseur ne vise un gibier qu'après l'avoir à sa portée. Il est inutile de parler de corde à un homme sorti légalement de la maison des pendus !

— Vous pouvez y revenir, répliqua le chef de la police sans lui lâcher le bras.

— Attendez que j'en reprenne le chemin pour me reconnaître dans un endroit où ni votre présence ni la mienne, si elle était connue, ne serait agréable aux gentlemen qui nous entourent.

— Est ce une menace que vous me faites ? exclama Storer en se redressant.

— Peut-être ; si vous ne vous contentez pas de me *filer*, comme c'est votre devoir, si vous m'apostrophez par rancune ; ce qui serait une faute !

— Ne faudrait-il pas, répliqua Storer d'un air sarcastique, vous adresser mes compliments lorsque je viens en France déjouer vos futures prouesses qui vous rendront à Holoway ou à Petonville ?

— Encore ! s'écria Bezon irrité sans se départir de son ton de gentleman. Vous devenez plus que grossier, monsieur Storer, vous êtes *schoking!* Un mot de plus et je me venge de vos impertinences.

— Comment vous y prendrez-vous ? lui demanda-t-il.

Le bandit ne lui répondit pas.

Entre ces deux hommes d'une condition bien différente et qui à première vue mettait le voleur à la merci du policier, il se fit un silence inexplicable.

Ce silence énigmatique, menaçant, devait cacher, de part et d'autre, d'orageuses pensées.

Le policier et le voleur se regardèrent comme deux bêtes fauves d'égale force, qui se comptent, s'examinent avant de se mordre.

Ce fut Bezon qui attaqua. Il désigna du doigt un personnage, très grand, très fort ; dans l'embarcadère, il dépassait de la tête un jeune homme à tournure militaire, causant avec un autre d'une allure moins martiale, placé aussi contre le géant.

— Vous devez connaître, dit Bezon à Storer, le prince de Jaga, n'est-ce pas ? Tenez, le voilà le Moldave, à côté de ce jeune homme, un officier qui est venu chercher à Calais son ami pour le ramener à Paris, à la maison de la rue Charlot que nous connaissons bien tous les deux, n'est-ce pas, monsieur Storer ?

— Misérable ! exclama le policier devenu pâle comme un mort à la vue du prince, dont la présence était pour lui un coup mortel après la scène qui s'était passée deux ans auparavant, dans des circonstances fatales, entre le Moldave et la duchesse d'Aruja.

Evidemment la vue de ce personnage donnait à Bezon contre Storer un atout dans le jeu livré entre le voleur et le policier ; c'était le policier qui était à la merci du buglar.

Ce dernier continua :

— Allons ! monsieur Storer, soyez reconnaissant, ne m'insultez pas. Rappelez-vous qu'il y a deux ans je vous ai obligé en me rendant masqué au Vésinet pour sauver la duchesse d'Aruja, votre fille, et pour décider sa mère, votre ancienne maîtresse, à me suivre à Londres, depuis qu'à Paris elle n'était plus en sûreté malgré mes pickpockets et assassins anglais et italiens ! Avouez comme en cette circonstance, que mes bandits ont parfois du bon !...

— Te tairas-tu, misérable ! reprit Storer de plus en plus blême, serrant les dents avec rage, prêt à mettre la main sur la bouche du bandit et en proie à la plus vive anxiété. Si l'on t'entendait, je serais perdu.

— C'est bien pour cela que je parle.

— Comme c'est pour cela, continua Storer hors de lui, qu'il y a deux ans tu as sauvé ma maîtresse en livrant ma fille à son amant, pour me perdre encore, pour mieux me tenir, n'est-ce pas ?

— Peut-être, continua Bezon en souriant, parce que, Storer, votre maîtresse et votre fille étant de ma bande, je devais d'abord les sauver. Les loups ne se mangent pas entre eux ! Quant à vous, je pourrais vous en dire plus long, car si pour la police je ne suis qu'un voleur, pour moi, monsieur le policier, vous êtes un as-sassin !

— Assez ! assez ! râla Storer la lèvre grima-çante, à bout de colère, en entrant ses on-gles dans une manche de Bezon de façon à lui labourer la chair. Tais-toi, personne ne me connaît ici, tais-toi ! pour toi comme pour moi !

— A la bonne heure ! Vous devenez raison-nable, reprit le bandit prêt à le quitter.

Le misérable ne jouit pas longtemps de son triomphe.

Le policier lui désigna le compagnon du jeune homme à tournure militaire, qu'il n'avait pas vu tout d'abord dans la demi-teinte qui régnait sur la foule encombrant l'embarcadère.

En reconnaissant tout à fait cet individu qui, comme son ami, était près du vitrage de la salle, Storer dit à Bezon :

— Ah ! mais moi aussi je pourrais te battre avec tes armes! moi aussi je pourrais éclairer ton futur gendre, posé là, contre le prince, comme le bourreau est placé devant un patient! N'est-ce pas aussi le futur associé de la maison Milton de Londres, celui qui, d'après nos notes de *Scotland-Yard* (maison de police), doit épouser ta fille, honnête Jack? une fille aussi inconnue de son père, à la maison Charlot, que ton serviteur l'est du sien? Ah! Jack, tu es un rude jouteur. Tu viens de me frapper au bon endroit, j'en conviens ; mais moi aussi j'ai visé juste, hein?

Aux paroles du policier, le bandit opéra un soubresaut qui fit dilater les traits de Storer.

Bezon se pinça les lèvres, il répliqua :

— Puisque nous possédons l'un contre l'autre des armes égales et tout aussi terribles, remettons-les au repos, gardons notre incognito, ce sera plus sage.

Bezon finissait ces mots que la porte de

l'embarcadère s'ouvrait brusquement. Un employé criait de son ouverture aux voyageurs s'élançant sur la voie : « Saint-Pierre-lès-Calais ! Boulogne ! »

Quelques secondes après, le policier se retrouvait encore côte à côte avec son voleur, celui-ci se jetait avec lui dans le wagon de première classe occupé déjà par le prince Jaga et les deux jeunes gens : Morand, de la maison Milton, et Alfred Boulinchard, de la maison Moirot et C⁽ᵉ⁾.

En revoyant son policier, Bezon resta d'abord près du marchepied, la tête tournée vers Storer, il lui dit :

— Nous tenons, je le vois, à rejoindre les amants de nos filles ?

Le chef de la police se contenta de s'incliner, puis il monta après Bezon dans le wagon.

Il s'assit sans le regarder en paraissant fixer son attention sur le prince Jaga, placé sur la même banquette vis-à-vis des deux Français.

Storer, depuis qu'il était à la merci de Bezon, se garda bien d'avouer en ce moment qu'il le surveillait de Douvres à Calais. On le soupçonnait de méditer sur la ligne du Nord le larcin des trois cent mille francs que Morand emportait de Londres à Paris pour les déposer dans la maison Moirot et Cie, sise rue Charlot.

Mais la passion avant les affaires attirait ces voyageurs vers la capitale : le prince Jaga comme Morand, le voleur Bezon comme le policier Storer.

CAHPITRE III

LE VOL

Une heure venait de s'écouler.

Le train avait quitté Saint-Pierre-lès-Calais, dont le clocher à base carrée domine la côte et ses accidents de terrain qui, jusqu'à Boulogne, plongent le chemin de fer dans une vallée solitaire.

Rien n'est plus propice au crime que cette longue et montueuse solitude traversée par la ligne de Calais à Boulogne. Ses mamelons qui descendent sur une pente uniforme, offrent aux regards des voyageurs un invariable panorama peu fait pour les distraire.

Aussi les cinq individus que nous avons vus réunis dans le même wagon de première classe furent-ils forcés, une fois le soir venu, de faire un retour sur eux-mêmes pour échapper à la monotonie du voyage.

Le prince Jaga, placé devant les deux Français dans le but bien arrêté de les interpeller, s'apprêta à briser la glace que ses voisins ne paraissaient guère disposés à rompre.

Que faire en wagon quand les voyageurs, côte à côte pendant de longues heures, ont achevé de poser leurs chapeaux, de rouler leurs manteaux, de placer, de replacer entre leurs jambes leurs sacs de nuit, après s'être longtemps observés; que faire? sinon causer ou dormir.

Storer et Bezon avaient remarqué cet invariable manège qui précède ou prépare entre voyageurs une conversation générale. Le policier et le bandit, séparés par le dossier de leur compartiment, de l'étranger et des Français, avaient observé que leurs voisins étaient très gênés en servant de point de mire au Moldave.

Celui-ci, après avoir toussé, bâillé, détiré ses jambes pour entamer par force gestes une reconnaissance avec ses impassibles vis-à-vis, tira en désespoir de cause, un porte-cigares de sa poche.

Il l'ouvrit, il le présenta à l'un des Français dont le maintien était presque aussi gêné que celui du Moldave.

— Monsieur, lui dit Jaga, me permettez-vous de fumer? Voudriez-vous, si vous êtes fumeur, me faire l'honneur d'accepter un cigare?

— Merci, monsieur, répondit sèchement le compagnon du représentant de la maison Milton. Je fume, il est vrai, mais entre connaissances. Fumez seul si c'est votre fantaisie, si la fumée ne me gêne pas plus que ces messieurs?

L'ami de Morand jeta les yeux sur Bezon et Storer en les interrogeant bien moins par politesse que pour détourner ses regards du Moldave. L'étranger alluma sans sourciller un énorme cigare; il ne tarda pas à pousser des spirales bleuâtres et opaques qui remplirent le wagon.

— Monsieur se croit au corps de garde! exclama Storer. Personnellement, il avait des raisons pour détester le prince, il le connaissait comme les deux jeunes Français qui, comme lui, feignaient de ne pas le reconnaître, parce que, pour Storer, comme pour ces jeunes gens, le Moldave était la honte vivante de leur existence!

— Monsieur, tonna le Moldave se rengorgeant devant le chef de police, voilà une parole agressive! Est-ce que vous pousseriez l'outrecuidance jusqu'à vouloir entamer une affaire avec moi? Je vous préviens, je suis gentilhomme. Je ne me rends pas en France pour me compromettre avec des gens de comptoir. Chez nous, la noblesse ne descend pas jusqu'à se commettre avec le commerce. Votre grossièreté est celle d'un commis voyageur.

— Alors, reprit à son tour Bezon, qui saisit l'occasion de complaire à son policier, soyez gentilhomme jusqu'au bout. Ne nous écrasez pas, nous, des humbles, des *espèces!* sous le poids de votre supériorité; soyez généreux, ne nous asphyxiez plus!

— Un sauvage, riposta à son tour le camarade du jeune homme à la tournure militaire, n'est pas forcé de se conduire en gentilhomme.

— En France, monsieur, répliqua le prince en soufflant une grosse bouffée de fumée, il n'y a plus de gentilshommes. Je le sais, moi qui vis avec les Français depuis l'époque où ils criaient : *A Berlin!* Moi qui ai été forcé de fuir Paris par la faute de leurs folies!

— Que vous devriez avoir le bon goût de ne pas rappeler à des Français, se récria dans un vif accent de colère l'ami de Morand, au moment où vous êtes encore trop heureux d'y revenir!

— Décidément, je suis bien en pays ennemi! exclama le Moldave, sortant de la bouche son cigare et dessinant sur ses lèvres un sourire provocateur.

Et s'étant aperçu que le dernier qui l'avait interpellé portait à sa boutonnière un ruban rouge, il lui demanda :

— Vous êtes officier?

— Oui, monsieur, reprit-il, pour me mettre à votre disposition si un ancien interné de Lubeck vous paraît digne de relever le gant qu'il vous répugne de jeter à un négociant. Oui, je suis officier, quoique bien près de quitter les épaulettes pour me faire marchand, avant d'être l'associé de la maison de la rue Charlot, j'ai encore une épée à votre service, monsieur le gentilhomme.

A cette provocation, la colère du Moldave fondit comme par enchantement. Sa mâle et belle figure prit une expression sereine, affable, ses traits exprimèrent la bienveillance, presque la soumission.

— Ah! je m'en doutais, s'écria-t-il, je m'en doutais en vous suivant de Douvres à Calais.

Oui, j'aurais dû m'en convaincre par les mots que vous échangeâtes sur le vapeur avec votre ami ; vous êtes monsieur Alfred Boulinchard.

Le prince frappa joyeusement dans ses mains avant de les tendre à celui qui se disposait à échanger sa carte avec lui.

L'étranger ajouta au Français toujours impassible :

— Vous savez que c'est à une parente de la famille de la rue Charlot que je dois ma plus grande félicité. Ne m'en veuillez pas de ma brutalité de tout à l'heure. C'était l'unique moyen de vous prouver l'affection que j'éprouve pour tous les membres de votre famille.

Alfred conserva son air froid. Il ne tendit pas la main au Moldave, il se contenta de lui répondre :

— Prince Jaga, vous voyez qu'en vous nommant, je vous ai aussi reconnu ; prince, restez sur le plaisir que vous éprouvez en reconnaissant un des membres de cette famille que vous avez trop offensée par vos relations. Laissez-nous, mon ami et moi, à nos affaires. Paris, pour vous autres étrangers, c'est le plaisir. Paris, pour nous Parisiens, c'est le travail.

Et sans plus s'occuper du Moldave, Alfred se tourna de côté, il se remit à parler à Morand.

Le Moldave se rejeta en arrrière, grommela un juron, puis il refuma avec plus d'ardeur.

Un homme qui avait éprouvé autant de satisfaction que les deux Français, à propos de la déconvenue du Moldave, c'était l'Anglais Storer.

Le chef de la police, on l'a appris par les mots échangés entre lui et son voleur, était le père mystérieux de la duchesse d'Aruja dont Jaga était l'amant.

Sans doute la honte de sa fille frappait au même degré que lui la famille d'Alfred, c'est-à-dire toute la maison de la rue Charlot.

Et Storer, pour sa part, après les paroles de l'officier, lui eût volontiers serré la main.

Bezon avait suivi avec un égal intérêt cet entretien qui forçait le policier à l'oublier.

Le voleur était d'autant plus satisfait qu'il pouvait jouir, sans être reconnu, de la présence du compagnon d'Alfred, futur associé de la maison Milton, fiancé de son enfant, quoique son père mystérieux convoitât les trois cent mille francs déposés dans le fourgon du train de Calais.

Bezon, tout bandit qu'il était, était heureux de se convaincre que l'amoureux de sa fille était loin de ressembler au prince Jaga, l'amant de la fille de son fileur.

Le voleur, un instant paralysé dans ses moyens par la présence de Storer, s'abandonna désormais à toute sa verve pour tendre la perche au Moldave déconfit :

— Par ma foi, dit-il en s'adressant à Jaga, vous avez bien raison, monsieur, de considérer Paris comme une ville de plaisirs. Paris est le seul endroit du monde où l'on s'amuse. Ailleurs on passe, à Paris on vit !

— C'est très flatteur pour ceux qui y restent, riposta Storer, regardant Bezon d'un air féroce. Je ne m'étonne plus que Paris soit pour le Parisien un enfer où l'enfant du pauvre s'étiole par l'envie, l'enfant du riche par la vanité.

— Je ne suis, lui répondit le Moldave, sous le coup de ses récentes humiliations, je ne suis ni aussi frivole que votre ami, ni aussi sceptique que vous, monsieur, et si je considère Paris, ajouta-t-il, comme une ville de plaisirs, ce n'est pas pour cela que je la condamne, bien au contraire. Paris, à ses heures, sait devenir, comme l'a dit monsieur, — et il désigna Alfred, — Paris sait devenir une ville de travail. Elle sait être une ville héroïque, elle l'a prouvé dans la dernière guerre. Ce que je

3.

blâme dans Paris, c'est que l'argent est tout,
l'étiage sur lequel on mesure tout, parents et
amis, père, mère et femme. Ici, la balle qui
frappe est d'or, mais les blessures n'en sont que
plus mortelles.

Dans la bouche du prince Jaga, ces paroles
étaient autant d'insolences. Alfred et son ami
purent à peine se contenir. En vain essayèrent-
ils de ne pas entendre ces impertinences ; elles
leur cinglèrent le visage comme le fouet qui
frappe l'épiderme et le met en sang.

Ils étaient rouges de colère.

A la fin, Morand riposta :

— Vous avez oublié qu'il était de bon goût,
pour un gentilhomme, comme vous prétendez
l'être, monsieur, de nous dispenser de vos paradoxes. Dans votre bouche, vis-à-vis de nous,
ces paradoxes sont presque une allusion et une
lâcheté.

— Merci, monsieur, de la leçon, fit le prince
à Morand. Et vous, vous n'oubliez pas, par
votre injure gratuite, ce que j'ai dit en com-
mençant, qu'un commis peut impunément in-
sulter un gentilhomme.

Storer prévint Alfred, très résolu à venger
son ami.

— Mais nous ne sommes pas ici à l'étranger,

dit-il. Si j'étais un Français au lieu d'être un enfant de la Grande-Bretagne, je pourrais vous faire observer que les étrangers sont souvent, monsieur, les premiers coupables de ce Paris corrompu. N'en sont-ils pas les corrupteurs ? Prenez garde ! La mauvaise réputation que vous donnez à Paris en lui prenant ses filles pourrait à la fin retourner contre vous-même. Souvenez-vous de l'adage de la vieille lorette de Gavarni : « Que Dieu garde vos fils de mes filles ! » disait-elle en demandant l'aumône à un viveur. Le viveur, c'est vous ! Le plaisir que vous venez continuellement chercher à Paris, pourra plus tard faire votre honte. Qui vous dit que la fille que vous aurez perdue à seize ans, ne perdra pas un jour vos fils à quarante ?

A ces mots ponctués par Storer, à l'adresse directe du prince, celui-ci pâlit effroyablement.

Blessé par le chef de la police, comme il venait de l'être par les deux jeunes gens, cousins par alliance de la duchesse d'Aruja, le Moldave n'y tint plus. Ces allusions lui rappelaient, en effet, le drame scandaleux, terrible du Vésinet.

Exaspéré par un inconnu, Jaga résolut de s'attaquer au jeune officier qui, en le dédaignant, continuait de le blesser.

— Bah ! bah ! exclama le prince avec un perfide sourire. Paris, monsieur l'Anglais, est plus gangrené que vous ne le supposez. Les amours inavouables ne se manifestent pas que dans son monde de lorettes et de gâteuses. Chaque morceau de pain qui pèse une honte ne s'achète pas qu'au quartier Bréda ! La bourgeoise aussi gagne sa vie, achète son pain à la même sentine. Je connais, en définitive, au Marais, rue Charlot, de riches bourgeoises qui n'ont pas eu besoin d'être corrompues par l'étranger pour dévorer leur honte. De la rue Charlot, au Marais, de la rue de la Pompe, à Passy, et en s'arrêtant en dernier lieu jusqu'aux environs de Saint-Germain, on pourrait suivre une longue traînée de fange qui ne vient ni de l'étranger ni du quartier Bréda. On connaît le drame de la rue de la Pompe, la source impure de la prospérité de la maison de la rue Charlot ! Et la gangrène est descendue depuis longtemps des salons à l'atelier !

— Monsieur ! monsieur ! vous êtes aussi lâche qu'insolent ! hurla Alfred, qui, les yeux en feu, se rua contre le Moldave. Vous en avez menti !

La main fiévreuse d'Alfred eût effleuré la joue de Jaga sans une secousse imprimée par un mouvement de recul du train, qui rejeta le Français à sa place.

En ce moment le chef de gare cria :

— Boulogne ! Boulogne ! dix minutes d'arrêt.

— Messieurs, prononça gravement Jaga, qui avait failli être souffleté par Alfred, et se tournant vers Storer et Bezon, vous êtes témoins que je suis l'insulté.

— Mais je suis aussi témoin que vous vous êtes attiré cette insulte ? ajouta Storer.

Le train venait de s'arrêter. Il mit fin à cette provocation. Au moment où Storer y prenait une part si active, Bezon sauta du wagon pour profiter des dix minutes d'arrêt.

Le policier, au brusque départ du bandit, se ressouvint du mandat qui lui avait été confié.

Il ne pouvait perdre de vue son voleur.

Il abandonna ses voisins sans s'inquiéter des suites de leur querelle.

D'un bond, il sauta du marchepied sur la voie. Il arpenta la chaussée, tomba au milieu des voyageurs, les uns au buffet, les autres battant la semelle pour se dégourdir les jambes.

Storer ne tarda pas à retrouver son Bezon.

Il le rejoignit lorsqu'il venait de passer, au pas

de course, la ligne des wagons s'allongeant en
serpent jusqu'aux fourgons, dont le premier,
hermétiquement cadenassé, renfermait les ob-
jets les plus précieux des voyageurs.

Le policier revint à son bandit. Il terminait
alors son inspection, après avoir échangé des
regards d'intelligence avec les vauriens du café
de Calais dans un wagon de troisième classe.

A la vue de Storer, Bezon, loin de l'éviter,
vint à sa rencontre, le cigare à la bouche. Il
lui en offrit un second qu'il tira de son étui.

— Vous fumez ? lui demanda-t-il. — Nous
n'avons pas à nous gêner, comme dans notre
wagon, pour complaire à nos compagnons, les
ennemis du Moldave ?

Sur un signe d'assentiment du policier, trouvant piquant de recevoir une politesse de son
voleur, celui-ci brûla une allumette ; il alluma
le cigare de son filé, celui-ci ajouta, entre une
double bouffée de fumée :

— C'est égal, si le prince moldave se doutait
du genre de témoins qu'il vient de se donner,
sa fierté en souffrirait ! C'est drôle, très drôle !
L'égalité, cette chimère, ne se retrouve qu'entre
fumeurs, sur une ligne de chemin de fer ! Ah !
si le prince savait qu'il a pris pour témoin son
sauveur masqué du Vésinet ! N'importe, l'éga-

lité n'est pas un rêve entre bandit, policier et gentilhomme !

— Gardez pour vous votre philosophie ! se récria Storer d'un air rogue.

— Et vous, gardez-moi bien ! acheva Bezon, tout en regagnant sa place avec Storer, pendant que le bandit se disait dans sa pensée :

« Et si, de son côté, mon policeman, en allumant son cigare, se doutait qu'il vient de donner à mes hommes le signal d'achever leurs opérations sur le fourgon aux valeurs, c'est pour le coup qu'il ne serait pas content ! Bast ! un buglar qui trompe un détective, le diable en rit ! »

Il faut maintenant abandonner le Moldave et les insulteurs Storer et Bezon pour retourner à nos bandits de bas étage.

Il était une heure du matin.

Les malfaiteurs, restés avec le détective dans leur wagon depuis Calais jusqu'à Boulogne, avaient bien employé leur temps.

Dans les trois heures durant lesquelles se passa la scène du prince entre ses compagnons de route, les misérables avaient trouvé le moyen d'occuper à eux seuls leur compartiment. Ils avaient eu la précaution de donner la pièce au conducteur pour qu'il n'y laissât entrer personne.

Quand le train fut lancé, Graff et Cri-Cri ouvrirent la portière.

Les deux bandits se glissèrent le long de chaque côté des voitures. Ils parvinrent, par les marchepieds, au fourgon dans lequel étaient les valeurs de la maison Milton, confiées aux soins de son représentant.

Quand les scélérats, marchant parallèlement sur les rebords du train, se furent rejoints au fourgon, Graff murmura à son complice :

— Veille au conducteur, moi j'ai les *chasses* sur le mécanicien ! Si l'un des deux nous *émèche*, malheur ! Tire ton surin pour l'estour-bir. Moi, j'ai le mien pour *déboucler* (ouvrir) le coffre.

Graff sortit de sa poche un petit levier ; après avoir cherché à tâtons le cadenas du fourgon. Cri-Cri leva son poignard sur le conduc-teur, prêt à le lui enfoncer dans la gorge, si celui-ci eût pu soupçonner sa présence der-rière lui.

Pendant que Graff faisait sauter le cadenas, le conducteur ne se doutait pas qu'il était si menacé. Il ne pouvait pas non plus percevoir le bruit du voleur forçant le cadenas ; car le mé-canicien, approchant de Boulogne, chauffait à toute vapeur.

Le train filait avec des sifflements infernaux. Le ronflement de la locomotive ne s'interrompait que par des soufflements aigus et perçants, il empêchait d'entendre le sciement de l'acier sur le fer, les jurons du bandit qui, en exécutant son méfait, s'était fait une contusion à la main.

Une fois le cadenas forcé, Graff et Cri-Cri plongèrent dans le fourgon. Ils en retirèrent la cassette, puis retournèrent à leur place, au moment où le train arrivait à Boulogne.

A la station, Bezon eut le temps de revoir, à travers la portière, ses complices avec un détective, que Storer croyait à sa dévotion.

Tandis que Bezon allumait le cigare de Storer, très persuadé que son détective gardait ses complices, comme lui gardait Bezon, celui-ci apprenait par un geste mystérieux de Bohnson que le vol était commis.

De son côté, l'impudent bandit, en donnant du feu à son policier, avertissait ses hommes qu'il fallait terminer l'opération, une fois hors de Boulogne.

Le train n'avait pas repris sa vitesse, que les voleurs sautaient, à quelques centaines de mètres de la gare, en dehors de la voie, munis de leur précieux bagage.

Bezon avait le génie du vol.

En retournant à sa place avec Storer, il était l'homme le plus heureux du monde.

Il était fier comme Napoléon après Austerlitz. Il venait de tromper le chasseur acharné à sa poursuite sur le lieu où il croyait si bien le traquer.

Lorsque le policier et le bandit se réinstallèrent dans leur compartiment, aucun incident, jusqu'à l'arrivée du train, ne survint entre les voyageurs.

Un silence glacial avait succédé à la violente altercation d'Alfred Boulinchard et du prince Jaga.

Alfred, par respect pour la maison Moirot, redoutait une nouvelle révélation du Moldave, Jaga ne tenait plus à compromettre sa dignité, une fois décidé à se battre.

Les témoins respectaient, par convenance, le silence de ces futurs adversaires. Il ne fut plus interrompu que par les ronflements vrais ou simulés des voyageurs.

Mais les Français, le Moldave, les deux Anglais ne sommeillaient qu'à demi. Storer songeait au moyen de ne pas perdre de vue Bezon, qui allait à Paris pour faire un nouveau tour de son métier. Bezon, de son côté, mûrissait son plan pour se débarrasser de son policier.

Une fois les voyageurs descendus à la gare du Nord pour reconnaître leurs colis, un grand cri retentit sous la voûte vitrée, il se répercuta à tous les échos :

— Je suis volé !... volé ! criait une voix lamentable.

C'était la voix de Morand.

Le représentant de la maison Milton exhalait dans la salle des marchandises cette plainte désespérée.

Il était hors de lui. Il s'arrachait les cheveux. Il était dans un état de surexcitation impossible à décrire.

Une foule curieuse et anxieuse venait d'entourer le malheureux.

Dans cette foule se tenaient, au premier rang, Jaga, Storer, Bezon et Alfred.

Ce dernier partageait la cruelle anxiété de son ami.

Bezon, lui, était impassible. Quant à Storer, il regardait Bezon comme le juge d'instruction qui, de ses yeux investigateurs, cherche à fouiller au fond de sa conscience. Ah ! s'il n'eût pas eu peur de ses révélations, il l'eût déjà fait connaître.

— On m'a volé, criait toujours Morand, oui trois cent mille francs étaient déposés là, dans le premier fourgon. Qui m'a donc volé? Un commissaire, qu'on aille chercher un commissaire !

Morand, en parlant ainsi, allait et venait comme un fou.

Son air désespéré faisait pitié à tout le monde.

Un commissaire ne tarda pas à paraître.

A l'appel de Morand, l'officier de paix de service était allé quérir son chef qui, de l'extrémité de la galerie, s'écria :

— Que personne ne sorte ! Le voleur ne peut être loin.

— Le voleur ! cria Storer, forcé par le devoir et en voyant venir à lui Bohnson, qui, à dessein, n'était pas parti avec Graff et ses affiliés — le voleur, c'est cet homme !

Le policier posa la main sur Bezon. Celui-ci le regarda d'un air très étonné, presque ébahi.

Puis, à l'approche de Bohnson, ce détective, devenu le complice de Bezon, l'adroit filou dit à la foule, et en désigna Storer d'un air indigné :

— Moi, un voleur ! cet homme est fou ! Je suis William Storer ! Je suis en France avec mon détective Bohnson que voici. Je poursuis au contraire ce Bezon que voilà !

L'impudent voleur coutinua de montrer le policier, très interdit par cette audacieuse riposte.

— Voici ma carte, ajouta Bezon. Qu'on me fouille et qu'on le fouille aussi. On saura tout de suite quel est le vrai coupable.

Storer resta pétrifié.

L'ébahissement du policier fut à son comble quand il vit son détective confirmer du geste l'imposture du misérable.

De la stupéfaction, Storer passa à la rage, quand les agents, l'ayant fouillé, trouvèrent sur lui une carte de Bezon, que son propriétaire lui avait glissée dans la poche durant son sommeil.

Le commissaire ne pouvait douter du témoignage du détective.

— En route ! — dit brusquement le commissaire, en laissant rudoyer par ses agents le malheureux délégué du Scotland-Yard. — En route vers mon bureau !

Puis l'officier civil s'adressa à Morand, sur un mot que lui avait soufflé le traître Bohnson.

Après s'être incliné respectueusement devant le voleur, que le commissaire prenait pour un collègue, il dit au compagnon d'Alfred :

— Et vous, monsieur, veuillez m'accompagner.

— Pour vous donner, interrogea Morand très piqué du ton d'autorité du commissaire, des détails sur le vol dont je suis la victime, n'est-ce pas, monsieur ?

— Pour bien m'assurer continua l'officier civil — que vous ne vous êtes pas volé pour augmenter ainsi la liste trop longue des commis infidèles !

A ces injurieuses paroles, Morand essaya de protester, il fut enlevé avec Storer par une escouade d'agents.

Bezon, le véritable voleur, passa triomphant à travers la multitude.

Au moment où le bandit jouant son policier tournait la chaussée, le prince Jaga resta avec Alfred, très étourdi de ce coup inattendu. Le prince lui dit :

— Monsieur, je ne puis me battre avec vous ! Je ne peux croiser le fer ou échanger une balle avec l'ami d'un voleur.

Alfred, tout à la catastrophe survenue à Morand ne songea pas à riposter au Moldave.

Pourtant, Alfred, comme Morand, n'était que le comparse de cette nouvelle et infernale comédie dont Bezon était l'auteur.

Ce bandit émérite élevait le vol à la hauteur d'un principe et d'un art.

On va le voir, par l'origine de la fortune de la maison de la rue Charlot et par la drame de Passy, car Bezon en était aussi la cheville ouvrière comme il le fut plus tard par le drame nocturne de la villa du Vésinet.

CHAPITRE IV

UN DUEL MYSTÉRIEUX

Sitôt Bezon sorti des griffes de Storer, après avoir joué un tour infernal au chef des détectives et aux héritiers de la maison de la rue Charlot, la première visite du bandit fut pour le patron de cette maison. C'était un nommé Bertin, un honnête industriel pour tous les gens de son quartier ; c'était un complice pour le voleur Bezon.

Le prince Jaga, qui avait été mêlé par le drame du Vésinet à cette famille à laquelle appartenait la duchesse d'Aruja, n'avait donc pas tout à fait tort lorsqu'il disait sur le train de Calais, à l'un de ses jeunes parents :

— On connaît le drame de Passy, la source

impure de la prospérité de la maison de la rue
Charlot.

Le drame auquel faisait allusion le Moldave et
qu'il connaissait par sa maîtresse la duchesse
d'Aruja, datait de près de vingt ans; il se rat-
tachait à l'histoire du chef de cette maison.

Avant que la police eût pu avoir connaissance
du tour pendable joué par Bezon, à Calais, le
voleur faisait passer, une fois arrivé à Paris, sa
carte au chef de la maison de la rue Charlot, à
Bertini, dit Bertin.

L'ancien Italien, l'ancien Bertini, en apprenant que Bezon voulait l'entretenir, pâlit horriblement.

Cependant il s'empressa de le faire introduire,
en secret, dans son cabinet.

Dès que le voleur fut en présence de l'industriel, il lui dit sans ambage :

— Bertini, les trois cent mille francs que tu
attendais pour grossir ta caisse et que tu voulais
frustrer à la maison Milton de Londres, ont été
volés cette nuit par mes hommes sur le train
de Calais. Je te prie, dans ton intérêt de n'a-
dresser aucune plainte au parquet. Sinon les
poursuites que tu viendrais faire tourneraient
contre toi. Cela compromettrait jusqu'à ton
futur mariage.

4

— Mais mon devoir !... balbutia Bertin, en relevant la tête qu'il avait toujours tenu baissée devant un homme dont il reconnaissait de longue date la supériorité et l'autorité.

— Ton devoir, ajouta-t-il, est de te taire. **Par intérêt d'abord, ensuite par reconnaissance**; n'oublie pas que tu as succédé d'abord à M. Blandureau, le père de ta maîtresse, ensuite à son mari que tu as tué, uniquement par ma volonté. N'oublie pas que tu n'es dans cette famille que par moi. N'oublie pas que tu n'es fort que par moi dans cette maison où tu es entré comme un loup dans un troupeau de moutons. Souviens-toi que je ne t'ai fait ce que tu es que parce Blandureau, mon ancien collègue, un ancien braconnier, n'a pas voulu m'associer à sa nouvelle fortune, en s'établissant avec nos économies, rue Charlot! Je me suis vengé de son ingratitude, en l'improvisant professeur de sa fille que tu as violée, sur mes conseils, pour devenir, non sans peine, le patron honoré, sinon honorable que je connais! Moi, **ton maître et ton complice**, je t'avertis dans ton intérêt, comme dans le mien. Je me retire. Par respect pour toi-même, je désire qu'on nous voie le moins souvent possible ensemble! **Bonjour, présente mes respects** à celle qui

n'est pas encore ta femme; mais ne dis pas
à sa famille que c'est moi qui encaisse l'argent
que tu voulais encaisser à ton profit. Du reste,
tu le sais, je ne fais que reprendre les intérêts
du capital que je t'ai prêté pour être l'associé
de celle que tu rêves pour épouse.

Et Bezon, cet être énigmatique, ce voleur diplomate, qui avait un pied dans un si grand nombre
de foyers, disparut avec le même mystère qu'il
était entré dans le cabinet de l'industriel.

Pour expliquer les paroles à double entente
de Bezon, comme celle de Jaga, il est indis-
pensable de raconter une scène de duel qui se
passa il y a près de vingt ans, rue de la Pompe à
Passy. Elle fut, par la volonté de Bezon, le
point de départ de la fortune de ce Bertin,
jadis un Italien attaché à sa bande, comme
l'avait été Blandureau, qui l'avait renié, une
fois lancé dans le monde régulier. Bezon s'était
vengé de l'ingrat Blandureau en lui donnant
pour employé l'Italien Bertini, un serpent :
comme on va le voir par ce qui suit :

. . . .

Durant une nuit du mois de septembre 1854,
une des maisons de la rue de la Pompe, à cette
époque une rue pleine de jardins, était éclatante
de joies, de lumières et de bruits.

La vie agitée et fiévreuse débordait de ses fenêtres. De bruyants échos se répercutaient de son parc à la maison. On dansait dans ses salons on riait sous ses arbres qui n'avaient ni assez de taillis, ni assez de mystères pour la jeunesse folle.

Cette maison était, à cette époque, un rendez-vous des familiers du plaisir, ils y étaient attirés par une demoiselle riche à marier.

Vers deux heures du matin, à la suite d'une schottisch échevelée, les invités, enchantés de leur soirée, s'apprêtaient à prendre congé de leur hôte.

A la même heure, au fond du parc, loin du bal, deux hommes profitaient du désordre causé par le moment du départ pour se préparer à être les héros d'une scène aussi mystérieuse que terrible.

L'un jeune, l'autre frisant l'âge mûr, après avoir gagné un élégant *retiro* ou fumoir, y avaient décroché des épées composant une panoplie.

A la suite d'une vive altercation, ces hommes, une épée sous le bras, s'étaient glissés sous un fourré aboutissant à un mur de clôture.

Après la schottisch finale, les deux adversaires éclairés par les reflets de la lune, se plaçaient en face l'un de l'autre et croisaient le fer.

Ce duel, en apparence, était sans témoin.

Cependant trois personnages intéressés à cette scène lugubre en suivaient les péripéties.

C'étaient la demoiselle de la maison et son précepteur, puis une jeune fille, sa cousine. Cette dernière ne s'était mêlée à la fête que pour ne pas perdre de vue ces adversaires et les témoins qui les accompagnaient.

Voici quelle avait été la cause de ce duel : une lettre anonyme avait averti le prétendu de Mlle Éva Blandureau, la fille du maître du logis, que depuis longtemps il avait un dangereux concurrent. L'auteur de cette lettre, c'était Bertini, son précepteur entré dans cette maison, comme Tartufe dans la maison d'Orgon.

Et le prétendu d'Éva allait se battre avec son rival.

Ce dernier avait dansé presque toute la soirée avec l'enfant de la maison, grave grief pour un cœur épris.

Éva était une enfant gâtée dont les caprices n'avaient pas de bornes.

La nature lui avait prodigué les dons de la grâce et de l'esprit. Elle avait oublié de lui donner un cœur.

4.

C'était une fille mondaine très accomplie à la surface, faite pour les hommages, incapable de sensibilité.

Pour elle la société était une arène où les plus méritants étaient ceux qui s'offraient à recevoir ses attaques ; elle mettait leurs blessures en ligne de compte sur le carnet de ses souvenirs.

Éva n'avait qu'une adoration, celle qu'elle professait pour elle-même. Un seul homme avait eu l'art de lui plaire en caressant sa vanité, en spéculant sur sa coquetterie et sur son égoïsme : c'était son professeur, un pauvre hère, un italien recueilli par charité au foyer de la famille de l'enfant gâtée. On sait par quel moyen il était entré dans la maison, grâce aux menées souterraines de Bezon.

Cette famille avait la vanité de la fortune comme Éva avait la vanité de la beauté.

Les Blandureau dont personne, excepté Bezon, ne connaissait l'origine, s'étaient donné le ton d'avoir un précepteur pour leur fille afin de singer le grand monde, de conserver auprès d'eux leur enfant, leur joie, leur idole.

Ce précepteur était rongé d'envie. Il s'était fait aimer de son élève en haine de ses parents, des riches qui l'humiliaient !

Il était, à sa manière, aussi vaniteux qu'Éva.

Il caressait des rêves de fortune. Ses appétits,
longtemps inassouvis, s'étaient réveillés au
milieu du luxe qui l'entourait, et qui rendait sa
misère plus insupportable que jamais. Certes,
Bezon, renié du contrebandier Blandureau, avait
bien placé sa vengeance.

Ce jeune Italien, adroit et souple, avait résolu
par tous les moyens de se soustraire à cette
misère. Il avait étudié le caractère d'Éva. Il
s'était fait humble d'abord pour mieux la capter.
Aussi orgueilleux que son élève était vaniteuse,
il était parvenu à la dominer autant par sa souplesse que par son intelligence. Il n'avait pas
tardé, après s'être fait son maître et son valet
tout à la fois, à rêver et à escompter sa honte.

Au moment de ce duel, il avait réussi dans
ses noirs desseins. Il s'était fait aimer d'elle,
comme un humble mortel peut se faire aimer
d'une déesse.

Mais le professeur connaissait l'insensibilité
de son élève; il craignait de devenir plus tard
la dupe de celle qui aurait pu le dépasser sur la
voie funeste où il l'avait égarée.

« Perdre une fille sans âme, se disait-il souvent, c'est la rendre forte contre le monde. »

Pour rester le maître absolu de son élève, le
misérable avait pensé qu'après l'avoir cor-

rompue, il fallait placer entre elle et le monde dont il n'était encore que le paria, une barrière infranchissable.

Cet obstacle, il l'avait trouvé en animant l'un contre l'autre les plus fervents adorateurs d'Éva, en écrivant une lettre anonyme à son prétendu, à son cousin, qui croyait avoir le plus de droits à l'amour de sa fiancée.

Un pressement de main de la jeune fille au rival du cousin, un mouvement d'impatience et de dédain de la part de sa prétendue lorsqu'elle s'élançait frémissante de plaisir au bras de son valseur préféré, avaient suffi pour provoquer ce duel préparé par la lettre anonyme du précepteur.

Lorsque vers la fin de la soirée ces rivaux, s'échappant du salon, se rendaient au fumoir pour se diriger ensuite au fond du parc, Éva avait deviné leurs intentions et conçu l'idée de les suivre.

Prétextant un malaise, elle était sortie en même temps que les deux rivaux. Elle ne les avait quittés que pour monter à une galerie conduisant à un pavillon belvédère situé à l'extrémité du jardin, d'où elle pouvait suivre leurs mouvements.

Éva, épiant alors ces sinistres amoureux,

avait été aussi suivie. Arrivée au belvédère, elle vit les adversaires s'enfoncer sous les taillis. Ses regards anxieux fouillèrent jusqu'au fond de leurs plus impénétrables recoins.

Elle poussa un cri déchirant dès qu'elle vit les hommes mettre habit bas et croiser le fer.

Effrayée pour la suite de ce combat, pour le scandale dont elle pouvait être la première victime, elle voulut ouvrir la fenêtre, crier, appeler, supplier les combattants.

Aussitôt une porte s'ouvrit et se referma derrière elle. Éva se retourna, elle aperçut son professeur.

Il était pâle, mais il paraissait aussi calme que résolu. Lui aussi n'avait pas quitté la piste des deux rivaux dont il avait, un des premiers, alimenté la haine.

Ainsi qu'Éva, le professeur ne se doutait pas qu'il avait été épié par une autre jeune fille restée au fond du parc pendant qu'Éva montait au belvédère. Cette autre jeune fille suivait avec une égale terreur les péripéties de ce duel.

Le professeur avait quitté le salon après avoir fait danser toute la soirée, car la famille l'employait à tout. Les attributions du professeur italien étant sans limites.

Il venait alors de laisser le piano à un jeune amateur qui, avec le *The Loncers*, tenait à moduler un motif des plus échevelés.

Le professeur s'était glissé le long de la charmille jusqu'à une petite porte qu'il avait fermée à double tour, sans remarquer près de lui la seconde jeune fille, une cousine d'Éva, qui l'observait ainsi que les autres acteurs de cette scène nocturne.

A la vue de son professeur, Éva, sans réfléchir comment il se trouvait là, s'élança vers lui. Elle lui désigna l'endroit où luttaient ses deux adorateurs. Elle lui ordonna impérativement :

— Si vous m'aimez, faites cesser ce combat.

— C'est parce que je vous aime, répondit le jeune homme en se recueillant, c'est parce que je vous aime, Éva, que ces hommes doivent se battre.

— Je ne vous comprends pas ! lui demanda-t-elle avec une stupeur mêlée d'effroi.

Le professeur s'empara de son bras ; il lui dit, les dents serrées, en la dévisageant :

— Ce duel est mon ouvrage.

— Infâme ! exclama-t-elle en le repoussant ; et elle se cacha la tête dans ses mains.

— Éva, poursuivit-il sans essayer de se justifier, je ne sais pas aimer à demi. Je vous aime au point d'être infâme !

— Mais, se récria-t-elle sans oser regarder l'Italien qui, pour la première fois, abandonnait son rôle de valet pour parler en maître ; mais deux hommes vont se tuer ! M'entretenir, ajouta-t-elle avec horreur et dégoût ; m'entretenir en ce moment, de vous, de votre amour, c'est plus que de la démence, plus que de la lâcheté, c'est un crime !

— Je t'aime ! répéta l'Italien prêt à enlacer Éva dans ses bras.

La jeune fille affolée se recula, et il poursuivit :

— Oui, je suis criminel, en effet, puisque par jalousie c'est moi qui ai armé ces fous l'un contre l'autre. Mais mon crime est aussi ton ouvrage.

A cet horrible aveu, Éva poussa une exclamation où l'indignation se mêlait à la terreur.

Le jeune homme continua impitoyablement :

— Si j'ai agi ainsi, c'est que je te connais ! Tu aurais pu m'oublier, me délaisser, me dédaigner un jour, moi, un valet. Je ne l'ai pas voulu. Je n'avais pour égaliser les chances que le scandale. J'ai donc placé entre toi et moi le

scandale pour que tu ne puisses être un jour
qu'à moi.

— Lâche ! râla Éva qui lui jeta à la dérobée
un regard d'écrasant mépris.

Le professeur revint vers elle, il lui prit le
bras, l'embrassa, étouffa sa voix dans un baiser
et murmura :

— Je suis lâche parce que je t'aime.

— Oh ! je rêve ! cet homme a le délire ! Je
fais un songe épouvantable.

Pour la première fois, cet Italien, qu'elle
considérait comme l'esclave de ses caprices,
qu'elle n'aimait que comme un chien fidèle, se
changeait en serpent ! Elle était à lui depuis
qu'elle s'était laissé prendre à ses caresses en-
venimées ! Il la possédait, elle le comprenait.
De rage, de désespoir, elle déchirait de ses
dents le mouchoir de dentelles qu'elle tenait
encore à la main.

Alors le bruit des épées perça le feuillage. Il
troubla dans le silence de la nuit l'esprit encore
agité des deux amants. Le professeur termina,
pour achever d'étourdir sa victime :

— Si tú me jures à cette heure de n'être
qu'à moi, je te sauve. J'ai la clef du parc, j'ai
pris mes précautions pour que le blessé ou le
mort qui tombera ici disparaisse de cette mai-

son. Jure de n'avoir jamais que moi pour
amant, pour époux, et toute trace de honte
s'effacera. Ce que tu redoutes le plus au monde,
c'est l'opinion. Eh bien ! je mettrai l'opinion de
notre côté. Fais que ces deux adversaires soient
dupes jusqu'au bout de toi-même, et tu es sau-
vée. Tu es déjà ma maîtresse, deviens ma complice au nom de mon amour qui a tout mis
contre toi pour ne vivre que de ta vie.

L'Italien, de menaçant, était devenu insi-
nuant, il avait repris ses gestes et ses regards
suppliants.

C'était un Tartufe sincère.

Éva commença à se posséder. Elle le regarda
en dessous, d'un air plus sombre qu'effrayé,
elle lui répondit par ce sarcasme :

— Ah! tu es un habile homme, Bertini !

— L'habileté, riposta l'Italien en se dévoi-
lant tout à fait, est la richesse des pauvres !

Il se fit entre les deux amants un long silence.
Il ne fut interrompu que par un râle qui monta
jusqu'à eux.

Ce râle les fit tressaillir tous deux.

Ils restèrent anéantis, terrifiés, comme s'ils
venaient d'entendre, par le soupir de ce moribond, la voix vengeresse de leur conscience, le
cri de leurs remords.

Éva s'élança vers la fenêtre, les yeux hagards, les cheveux en désordre. Elle vit un horrible spectacle. L'adversaire de son prétendu était étendu au pied d'un arbre, la tête pendante et livide. Son sang s'échappait de sa poitrine ouverte par une large blessure.

L'homme qui l'avait frappé essayait d'étancher le sang de son adversaire. La vie du moribond se retirait de seconde en seconde. Le meurtrier, impuissant à le sauver, cherchait du secours de tous les côtés. Il allait, il venait, il furetait sous les taillis, les yeux effarés, les gestes désespérés, tout disposé à se reconnaître un assassin plutôt que de laisser mourir sa victime.

Éva n'était sensible qu'à ce qui la touchait ; elle avait peur du monde.

Elle s'alarma plutôt de l'imprudence de son prétendu que de son désespoir.

Elle revint à son professeur qui suivait des yeux d'un air calme les appréhensions du meurtrier et les terreurs de sa maîtresse.

— Sauve-moi, lui cria-t-elle, comme tu viens de me le jurer.

L'Italien serra la main de la jeune fille ; il lui dit en sortant de la chambre :

— Dès que tu es à moi, j'accomplis mon serment.

Le professeur descendit l'escalier, franchit le parc, glissa sous les charmilles, remit la clef dans la serrure de la porte du jardin et vint se placer aux pieds du moribond.

A la vue de Bertini près du mourant, le prétendu d'Éva, malgré son anxiété, fit un bond de surprise.

Le jeune homme, sans lui donner le temps de se reconnaître, l'interpella ainsi :

— Monsieur, quittons cette maison. Une voiture vous attend à l'extrémité de l'allée, derrière *la Muette*. Aidez-moi à faire sortir le malheureux dans l'intérêt et pour l'honneur de votre famille.

Le prétendu d'Éva n'était que trop convaincu de la justesse de ces paroles. Il ne se le fit pas répéter. Il prit l'agonisant par les pieds pendant que l'Italien lui soulevait la tête.

Tous deux portant ainsi la victime, s'avancèrent vers la porte du parc, que leur barra une ombre se dressant devant eux.

C'était une femme ; elle leur dit à voix basse, après leur avoir ouvert la porte :

— Ne craignez rien. Je suis de la famille et

. je suis aussi intéressée que vous à cacher cet horrible scandale.

— Henriette ! exclamèrent les deux hommes.

Ils passèrent avec le corps pendant que la femme glissa sous la charmille, une fois certaine que le moribond eut dépassé le mur.

Cette femme, le troisième témoin de ce duel, c'était la cousine d'Éva ; Henriette, tel était le nom de cette parente.

Comme Éva, plus qu'Éva peut-être, Henriette avait tremblé pour les jours de celui qui venait de frapper sans témoins son adversaire.

Cette Henriette était placée à cette époque dans la famille d'Éva sur le même pied d'infériorité que l'Italien.

Dans la solitude où la société de sa cousine la reléguait, Henriette avait eu le loisir d'observer bien des choses qui passaient inaperçues pour beaucoup d'autres.

Elle avait gagné, au mépris du monde, un esprit mordant, presque acerbe. Sa position mal définie dans une maison où elle n'était ni servante ni maîtresse lui permettait de tout voir. Elle passait sa vie à observer et à réfléchir. Elle avait deviné la rivalité des soupirants d'Éva.

Aussi l'Italien, à la vue d'Henriette, avait-il

frémi parce qu'il avait craint d'avoir été compris par elle.

Le prétendu qui surprit les regards menaçants de la cousine dirigés sur le professeur, eut aussi un horrible soupçon.

En sortant du parc avec sa victime, il se raisonna. Il se demanda comment l'Italien avait été si bien préparé à détruire les effets de ses représailles.

Un doute l'assaillit. Il se rappela la lettre anonyme qu'il avait reçue. Il pensa que c'était peut-être cet ingénieux sauveur qu'il aurait dû frapper au lieu de son ostensible rival.

Pendant qu'Éva, du belvédère, observait ce qui se passait, elle réfléchissait aussi. Elle avait reconnu sa cousine. Elle avait eu peur de son apparition comme de son amant, comme du corps soulevé par l'Italien et par son prétendu.

Éva réfléchit qu'Henriette pouvait la perdre en disant ce qu'elle avait vu. Elle s'écria hors d'elle :

— Moi j'appartiendrais à ce Bertini ? à cet Italien ? je serais l'esclave de cet homme qui spécule sur mes caprices, qui ose étayer sa fortune sur ma honte ? Je serais la risée de cette Henriette qui me jalouse, qui pourrait épouser maintenant mon prétendu ?... Jamais !

Il faut que ces gens-là s'éloignent de ma famille, il le faut !

Et toute la nuit, elle rêva.

. . . .

Le lendemain de ce drame, Passy, encore un village, qui jouissait de tous les privilèges acquis à la province, Passy fut en émoi !

Le drame de la rue de la Pompe devint un objet de commentaires de la part de ses paisibles habitants.

A deux heures du matin, un garde de l'avenue de la Muette avait vu le professeur d'Éva et son prétendu transporter un corps.

Des traces de sang sillonnaient l'avenue, de la maison Blandureau à la chaussée de la Muette. On ne parlait rien moins que d'un assassinat commis dans cette maison.

On incrimina la famille Blandureau dont la fortune était un objet d'envie. Force fut aux Blandureau, le lendemain de ce duel sans témoins, de quitter Passy et leur maison de plaisance.

Avant d'abandonner pour jamais ce séjour, il fallait paralyser toutes les langues de cette peu charitable localité.

La victime du fiancé d'Éva, quoique encore entre la vie et la mort, fut sollicitée par les

Blandureau pour avouer la vérité sur ce duel mystérieux. La famille se fit écrire une lettre par le prétendu qui, tout en renonçant à la main de sa fiancée, sa cousine, annonçait qu'il avait frappé son rival en duel , un nommé Moirot, prêt à réparer l'honneur d'Éva mise en cause par le perfide Italien.

Cette lettre était une garantie moins pour la réputation de la famille que pour la justice. Car la justice commençait à s'inquiéter du bruit étrange qui courait sur le drame de la rue de la Pompe.

Au moment du départ de la famille, le père d'Éva fit venir l'Italien. Il eut avec lui cet entretien :

— Monsieur, on dit, à tort, je le suppose, que vous êtes pour beaucoup dans l'horrible malheur qui nous frappe, malheur dont nous sommes innocents, excepté vous, peut-être?

Le professeur, écrasé par ces paroles, essaya de se disculper : M. Blandureau ne lui en laissa pas le temps, il ajouta :

— Quoi qu'il en soit, je ne veux rien entendre. Voici vingt mille francs pour réparer le dommage que je vous cause momentanément en vous laissant sans place. Vous allez sortir de chez moi, à l'instant. Demain nous vous remettrons pour votre patrie des lettres de crédit auprès d'un de nos plus riches correspondants d'Italie. Celui-ci vous enverra, je vous en préviens, le plus loin qu'il lui plaira dans l'intérêt de son commerce et du nôtre. Vous êtes adroit, intelligent, intéressé surtout, vous réussirez. N'oubliez pas surtout que je paye aussi votre silence.

L'Italien regarda le père d'Éva d'un air étrange, puis il sortit sans oser rien répondre, malgré tout son cynisme.

Le soir, il se dit en faisant sa malle :

— La fille a parlé. Le père est plus jaloux de sa réputation que sa fille ne l'est de sa vertu. On me chasse, je reviendrai ! on me joue, j'aurai ma revanche !

Le même soir, la famille Blandureau quittait Passy pour toujours. Une fois guéri de sa blessure, Moirot, le rival de Boulinchard, c'était le nom de son adversaire, épousait Éva. Mais ce mariage devait coûter cher à Moirot !

L'Italien éconduit, déçu dans ses espérances, alla retrouver Bezon, son ancien patron. Celui-ci donna les moyens de reprendre sa revanche. Dix-huit ans après, Bertini, devenu Bertin, le riche industriel, voulut oublier son origine comme Blandureau, avait aussi oublié la sienne ! Mais le passé représenté par Bezon était implacable !

Car la revanche de Bertini conseillée par Bezon, pour le venger du tour de sa maîtresse, était devenu la base de sa fortune.

Par quelles circonstances arriva-t-il à ce résultat ? L'existence étrange de l'amant d'Éva qui ne se laissa pas terrasser par son élève, grâce à l'adroit Bezon, va bientôt l'apprendre.

Après avoir signalé le vol du train de Calais, le retour du prince Jaga qui a provoqué ici l'histoire de la jeunesse d'Éva et de Bertini, il faut revenir en 1872, où vont se dérouler les péripéties du drame de la rue Charlot se reliant au drame de la nuit de noces du Vésinet.

CHAPITRE V

SUR LE BATEAU OMNIBUS

Lorsque Alfred, avec Morand, rencontrait Jaga sur le train de Calais, un homme d'une cinquantaine d'années, décoré, dont la tenue, les allures accusaient l'officier en bourgeois, sautait du ponton du Champ de Mars dans le bateau omnibus arrivant du quai de Passy.

Cet homme c'était Boulinchard, qui avait joué un rôle si malheureux dans le duel de la rue de la Pompe; il était resté garçon depuis sa terrible aventure C'était l'oncle d'Alfred. Cet oncle, en sa qualité de vieux garçon, aimait son neveu comme s'il eût été son fils. A cette époque, l'époux de son ancienne idole, était mort. Mme Moirot était veuve.

Ce personnage, en sautant du ponton au bateau, avait failli trébucher sous le coup d'une douleur subite à la jambe.

Sans le pilote qui le lança vigoureusement, il eût fait un plongeon dans la Seine.

— Saperlipopette! jura-t-il une fois qu'il eut repris son équilibre. Après avoir vu tant de fois le feu, j'ai failli boire un dernier coup à la grande tasse.

Un bellâtre, témoin de son accident, assis à côté de lui, demanda à Boulinchard à peine remis de sa secousse :

— Monsieur est militaire ?

— Oui, monsieur, lui répondit-il en jetant sur le gandin un coup d'œil qui n'exprimait rien de flatteur. — Oui, monsieur, et mon neveu et moi nous revenons de Lubeck où nous avons été prisonniers après Forbach, date funeste !

— Oh! fit le bellâtre avec suffisance. Nous reprendrons le chemin que la Prusse, depuis Forbach, nous a fait perdre !

— Oui, murmura le vieil officier haussant les épaules, en criant : à Berlin ! sans en connaître la route ; ce qui nous a menés à Sedan ! En attendant, je reviens après avoir été fait prisonnier, après n'avoir revu mon Paris que pour le bombarder ! autre date funeste !

— Est-ce que c'est au second siège de Paris que vous avez attrapé cette douleur?

— Non, jeune homme.

— Sans indiscrétion, pourrait-on vous demander où?

— Aux casemates !

— Je vous en fais mes compliments.

— Il n'y a pas de quoi... Aïe ! oh ! s'interrompit encore l'officier dans de douloureuses contorsions et en portant aussitôt les mains à sa jambe.

— Est-ce que vous êtes pour longtemps caserné à Paris? interrogea encore le jeune homme.

— Tant que le permettront les campements exigés par l'état de siège! Autrefois, poursuivit l'officier, Paris, selon l'aimable expression d'une ambassadrice, était une auberge; aujourd'hui, c'est un cratère !

— Cratère éteint, riposta le petit crevé, bien éteint sous le feu de notre brave armée.

— Bah! bah! fit le militaire, la révolution n'est pas morte, elle renaîtra de ses cendres ! Et notre brave armée est bien démoralisée depuis la défaite.

— Et la victoire de Paris, la comptez-vous
pour rien ?

— Les victoires, en guerre civile, ne comptent pas, monsieur. Les fleurs qu'on nous a
jetées en entrant dans Paris ne sont pour moi
que des fleurs de deuil.

Le ton sec des dernières paroles de l'officier
coupa court aux interrogations de l'élégant.
Celui-ci se recula de sa banquette, sifflant un air
de la *Belle Hélène*.

Un monsieur, placé près de l'officier, à l'opposé du jeune homme, n'avait cessé d'approu-
ver de la tête, les ripostes du militaire.

Il prit à son tour la parole.

— Vos découragements, monsieur, s'écria
le personnage, sont, selon moi, très légitimes.
Ils proviennent d'un sentiment national blessé.
Cela apprendra aux Français à n'écouter que
des poètes. Les poètes nous ont perdus. Béranger surtout a trop chanté nos victoires. Tout le
mal vient de là !

Le monsieur décoré se retourna vivement
contre son nouvel interlocuteur.

C'était un homme maigre, aux traits tirés,
aux cheveux grisonnants. Il y avait sur son visage plus de douceur que de tristesse, malgré
l'âcreté de ses doléances.

— Monsieur, lui répondit-il, je ne sais si c'est un mal de chanter la gloire. En tous les cas, comme peintre et comme moraliste, Béranger est grand comme Lafontaine !

— C'est possible, fit l'homme maigre, mais il chante mal.

L'officier le dévisagea, se frotta la jambe en poussant une douloureuse exclamation, puis se récria :

— Avant de faire échange d'opinions avec les gens qui m'adressent la parole, monsieur, je désire les connaître.

— Monsieur, lui répondit-il, je suis humanitaire, je vais vous le prouver. D'après mon jugement, vous souffrez de rhumatismes.

—Parfaitement. Vous avez deviné cela comme on découvre le soleil en plein midi.

L'officier tenait rancune à l'ennemi de Béranger. Celui-ci répliqua :

— Voulez-vous guérir ?

— C'est mon vœu le plus cher.

— Alors, prenez, matin et soir, pour six sous de sucre brut. Le sucre est la nutrition des organes. Le sucre rendra à votre partie malade ce qui lui manque : la sève nourricière. Notre corps, monsieur, est comme ce fleuve. Il n'existe qu'à la condition d'une libre circulation. Le

sang est à nos organes ce que l'eau est à la ri-
vière. Le sucre active le mouvement du sang.
Prenez du sucre! Ça ne vous coûtera que six
sous. Au bout d'un mois, vous guérirez. J'en ai
guéri bien d'autres.

— Monsieur est médecin?

— Non, lui répondit-il, je suis humanitaire,
les médecins sont des ânes!

— Merci de votre panacée, reprit l'officier,
si elle ne me fait pas de bien, du moins ne me
coûtera-t-elle que le prix d'un omnibus.

Et il murmura :

— C'est un fou, ce monsieur, du moins sa
folie est douce, quoiqu'il en veuille au plus
grand chansonnier des temps modernes.

En ce moment un choc violent avertit les
passagers que le bateau heurtait un nouveau
ponton.

Le monsieur humanitaire quitta sa place pour
gagner le quai pendant que le pilote criait à la
foule amassée derrière la barre :

—Allons, messieurs, embarquez! Ivry, Bercy
et la route !

Une masse compacte, très panachée, se rua
sur le pont. Elle était composée de gens en
blouse, d'élégants, de gens à paquets, d'ou-
vrières et de dames du monde, les uns se fixant

sur le pont, les autres gagnant les cabines.

Deux horribles voyous, le bourgeron déchiré, le pantalon en loques, la cravate en ficelle, les pieds à jour, vinrent tomber à la place laissée vacante par le monsieur humanitaire.

Le premier, à demi endormi, aux trois quarts ivre, ou feignant de l'être, c'était Cri-Cri, un des bandits qui, sur le train de Calais, volaient le fourgon aux valeurs.

L'officier se recula avec dégoût du misérable, il murmura à son contact :

— Brutal !

— De quoi ? exclama Cri-Cri, rouvrant à demi les yeux, des gros mots sur le pont ? Quand on est si sensible au tangage ou au roulis, on se paye une voiture, bourgeois ?

— Faites pas attention, répliqua le camarade de Cri-Cri, tirant de sa poche un brûle-gueule d'une norceur d'ébène, il a bu le *cama-rau*. Vous voyez bien ses yeux à la *stoc !*

Et le copain de Cri-Cri alluma sa pipe sous le nez de l'officier ; il lui lança une longue filée de fumée.

Ce dernier, suffoqué et indigné, se recula et s'écria :

— Canaille !

— Capitulard ! glapit le voyou fumant de

plus belle pendant que Cri-Cri ne cessait de balancer sa tête sur l'épaule de l'officier.

Il se souleva furieux ; il se contint sous le coup d'une nouvelle douleur rhumatismale qui arrêta son indignation et qui se traduisit par un nouveau cri de douleur. Alors il se décida, clopin-clopant, à gagner la cabine pour ne pas subir plus longtemps les brocards des gens du pont.

Le jeune gandin qui, le premier, avait adressé la parole à l'officier, se hâta de l'imiter. Lui aussi redoutait le voisinage des deux misérables dont l'un murmurait encore à l'autre, en suivant du regard le militaire boiteux :

— Il a eu du *tirage à dévisser son compas, l'invalo !*

Parvenu à son tour à la dernière marche de la cabine, le gandin s'arrêta comme s'il eût marché sur un serpent. Il aperçut sur une banquette, au milieu de la cabine, une dame dont la vue lui parut être particulièrement désagréable.

Alors le jeune homme remonta les marches pendant que l'officier dans l'intérieur du bateau se glissa entre les banquettes garnies d'un public bien moins mélangé que celui du pont.

Cette cabine était occupée par des dames aux vêtements de deuil, par des messieurs dont le

plus grand nombre avaient un crêpe au chapeau. Ils revenaient dans la capitale à la suite
de son deuxième siège. Ils ressemblaient, quoique étant tous ou presque tous de Paris, à des
étrangers en deuil qui, pour la première fois,
côtoient les bords de la Seine.

Comme l'élégance et la mode, même en temps
de calamité, gardent toujours leurs droits en
France, la cabine où l'on ne fume pas, était remplie de dames aux jupes à triples volants, aux
pèlerines étoffées, au chapeau empanaché et
voilé. Elles portaient pour la plupart un deuil
de coquettes éplorées.

Quelques-unes tricotaient philosophiquement
tandis que d'autres, en compagnie de leurs ma-
ris, de leurs parents ou de leurs amants, se désignaient des fenêtres le panorama de Paris :
triste panorama, de 1870 à 1872, qui de la place
de la Concorde au Champ de Mars n'offrait
que des monuments détruits aux ouvertures
béantes, aux pans de mur calcinés.

Qui aurait vu Paris, à trois années d'intervalle, alors que l'Exposition universelle en avait
fait le carrousel pacifique et splendide de tous
les souverains de la terre, n'aurait pu le reconnaître à travers ses ruines calcinées.

Voilà ce que pouvait constater avec amertume le vrai Parisien, aimant sa capitale, à toutes les époques, sous tous les régimes, pendant que certaines petites dames tricotaient avec indifférence, que des étrangers imbéciles ou envieux se désignaient avec une curiosité irritante les ravages de la guerre civile.

La personne dont la présence avait effrayé le jeune gandin avant de remonter sur le pont, était du nombre des élégantes *tricoteuses* qui *aristocratisaient* la cabine.

C'était une grande femme aux formes anguleuses et aux mouvements saccadés. Elle portait une robe noire s'enroulant sur son corps étique, tandis que les volants allaient deci et delà dans ses jambes qui ne pouvaient rester en place.

Elle était coiffée de travers. Ses cheveux noirs débordaient en touffes rebelles de son chapeau où se mouvait une tête, exprimant l'énergie et la satire. Ses doigts osseux tricotaient avec acharnement une bande de mousse; ses regards allaient de droite à gauche, scrutant, analysant les physionomies disparates ou grotesques des passagers causant devant elle.

Cette femme était à tout pour tout critiquer. Elle se parlait du geste et de la pensée. Les mouvements de ses longues aiguilles indiquaient des points de suspension dans sa causerie mentale sur les gens qu'elle observait.

Ses sourcils noirs se rejoignaient sur un front bombé, lisse comme du marbre. Ils s'arquaient sur de grands yeux bruns, profonds, limpides. Elle avait le nez mince, un peu renflé aux narines, les lèvres plus minces encore, relevées aux extrémités. Sa bouche avait, comme celle de Voltaire, un perpétuel sourire plus sceptique que mauvais.

C'était le type de la vieille fille.

Quarante ans sonnés étaient marqués sur ses traits trop maigres pour avoir des rides. Ses dents fines, blanches et pointues paraissaient disposées à mordre. Elle était pour ainsi dire l'emblème de la flèche ou de l'épée. Le fond de ses yeux avait des effluves magnétiques, les coins de sa bouche des replis gracieux, ce qui prouvait que chez cette femme si sèche en apparence le cœur n'était pas absent.

L'officier, après être descendu dans la cabine, avait à peine filé entre deux banquettes qu'il s'arrêta, la bouche béante, en face de la tricoteuse.

— Mademoiselle Henriette ! exclama-t-il en s'empressant de s'asseoir auprès d'elle, avec un mouvement de surprise et de joie aussitôt comprimé par une expression de crainte.

— Monsieur Boulinchard ! repartit la dame dans un élan spontané qui faillit faire tomber sa bande de mousse de ses genoux.

Cette reconnaissance très démonstrative s'expliquait entre deux personnes qui s'étaient à peine revues depuis vingt ans ; entre Mlle Henriette, la cousine d'Éva, qui avait joué un rôle important, quoique discret, dans le drame de la rue de la Pompe, et cet officier, qui n'était autre que l'ancien prétendu d'Éva, dupée comme lui par le professeur italien.

A la vue de l'officier, une rougeur subite venait d'empourprer les joues, d'ordinaire si pâles, de la vieille fille.

Il était évident qu'une profonde impression, provoquée par des souvenirs vivaces, avait envermillonné les traits d'Henriette.

Un second examen sur son voisin changea son trouble en une sorte de commisération.

En voyant ce personnage qu'elle avait connu jeune, qu'elle revoyait vieil homme, en proie à des douleurs rhumatismales, elle avait peine à retrouver celui qu'elle n'avait entrevu qu'à travers le prisme de la jeunesse, à une époque où Boulinchard, moins glorieux, était sans contredit plus brillant.

Celui-ci, fort indifférent à l'inspection de la demoiselle, n'était plus tourmenté que par la gêne de cette rencontre.

— Mademoiselle, dit galamment Boulinchard, sans doute pour se donner une contenance, depuis vingt ans que nous ne nous sommes vus, je vous retrouve toujours la même.

— Ne pas vieillir est le privilège des laides, répondit la demoiselle en s'inclinant.

— Vous êtes sévère pour vous. L'êtes-vous toujours autant pour les autres ?

— Toujours, répondit-elle en reprenant son tricot.

— Alors, reprit froidement l'officier, vous allez me dire ce que mon miroir me répète à moi-même : que je suis bien changé depuis vingt ans ?

— En tous les cas, monsieur Boulinchard, lui riposta-t-elle, vous n'avez pas varié d'opinion à mon égard, puisque vous allez au-devant de mes mauvais compliments.

Elle fila une maille avec acharnement. Après une pause, elle continua :

— Permettez-moi de vous répondre qu'après vingt années de séparation j'aurais trouvé autre chose à dire qu'à parler de moi-même !

— Mon excuse est facile, reprit l'officier

d'un air sombre, si j'ai parlé de moi, c'est que vous devez savoir que je n'ose parler d'autre chose, ni d'une autre personne qui vous touche !

— Merci ! exclama la demoiselle en contemplant sa bande de mousse.

— Est-ce que vous demeurez toujours à Passy ? se hasarda à lui demander Boulinchard.

— Oui, toujours à la maison que vous connaissez, à la maison de la rue de la Pompe.

— Oh ! reprit-il avec une sourde colère. Pourquoi les obus lancés sur Paris au second siège, n'ont-ils pas effondré, anéanti cette maison maudite !

— Je l'habite, monsieur.

— Pardon, mademoiselle !

Pour détruire l'effet de sa nouvelle gaucherie, l'officier se hâta d'ajouter :

— J'ai appris le veuvage de notre cousine. C'est chez elle que je me rends.

— Vous y êtes mandé ? l'interrogea-t-elle.

— Oui, pour y marier mon neveu Alfred qui m'annonce son retour de Calais.

— Et c'est Mme veuve Moirot qui vous demande pour une pareille négociation ? lui demanda-t-elle, d'un air très étonné.

— Ne le savez-vous pas ?

— Non, on se méfie de moi.

— Alors rien n'est donc changé dans la famille, depuis vingt ans, que mon visage?

— Et il n'y a pas un autre but qui vous attire chez ma cousine? lui ajouta-t-elle, avec une nuance d'ironie que l'officier ne voulut pas saisir.

— Si, un service à rendre.

— Je croyais que vous aviez juré de ne plus revoir Éva, continua-t-elle, depuis son mariage avec M. Moirot, que vous n'avez jamais voulu rencontrer à la suite de sa blessure réputée mortelle.

L'officier se pinça les lèvres et riposta :

— N'est-ce pas à la suite de ce malheureux duel que j'ai été de toutes les campagnes de l'Empire, depuis la guerre d'Italie jusqu'à la campagne du Mexique?

— Où vous vous êtes couvert de lauriers...

— Et de rhumatismes, ajouta Boulinchard. Et me voilà revenu en France, non comme j'en étais sorti, non plus en vainqueur, mais en prisonnier libéré. Dans quel temps vivons-nous?

— Dans un temps de pénitence. Nous payons nos fautes.

— Si je n'avais qu'à payer celles de la patrie !

Mais aujourd'hui, chez Mme veuve Moirot, il faut
que je venge encore les torts de ma jeunesse !

— Comment ? lui demanda-t-elle curieusement.

— En faisant sentir mon pouvoir à celle qui
m'a dédaigné, qui, maintenant, sans mari, sans
soutien, a plus que jamais besoin de moi.

— Mme Moirot a besoin de vous ? l'interrompit-elle d'un accent étonné, presque narquois.

— Oui, pour déjouer les intrigues de son
ancien professeur, devenu aujourd'hui son associé, l'infâme Bertini.

— Bertin, vous voulez dire ?

— Pourquoi Bertin ?

— Parce que l'Italien, par amour pour sa
dame, s'est naturalisé Français, et de Bertini
s'est fait Bertin. Ne vous avisez pas de lui donner un autre nom que celui qu'il met lui-même
au bas de ses factures, ou vous êtes un homme
perdu.

— Je vous remercie de votre éclaircissement
et de votre avertissement.

— Et je les poursuis, continua la dame
qui se remit à tricoter, en vous disant : Prenez
garde, en revoyant Mme Moirot, de jouer de
nouveau avec votre cœur. Mme Moirot est plus

6

dangereuse que jamais, et elle n'a pas encore quarante ans.

— On la dit toute confite en Dieu.

— Elle n'en est que plus à craindre. Autrefois elle n'aimait en elle que la créature, aujourd'hui elle est toute au Créateur. C'est une femme invulnérable, toujours armée contre autrui.

— Ce qui ne l'empêche pas d'être aux prises avec ce Bertini, pardon avec ce Bertin, contre qui elle me demande protection.

— C'est-à-dire qu'elle a besoin d'un plastron et qu'elle vous choisit.

— Vous êtes toujours sceptique ?

— Et vous toujours confiant ! Quant à moi, j'entrevois, comme il y a vingt ans, les choses telles qu'elles sont. Voyons, ajouta-t-elle, en laissant son tricot et dévisageant Boulinchard, voyons le rôle que vous donne ma cousine ?

— Celui de négociateur de mariage, poursuivit-il. Le neveu de ce misérable Bertin, puisque Bertin il y a, aspire à la main de la fille de notre cousine ; il paraît que cela entre dans les vues de l'Italien. Mais les vues de ma cousine sont de se délivrer de la tyrannie de cette famille maudite. Et Mᵐᵉ Moirot offre, par mon entremise, la main d'Olympe, sa fille, à mon neveu Alfred qui l'adore.

— Qu'en savez-vous ? l'interrompit-elle d'un ton sec.

— Je le suppose, continua-t-il, sans cela je ne m'expliquerais pas les fréquents voyages de mon neveu à Paris. Chaque fois qu'il pouvait obtenir un congé, où le passait-il, s'il vous plaît ? Auprès de vous, à Passy, auprès de ma cousine et de sa fille, à Paris. Mon neveu est joli garçon, brave, décoré, ce qui ne gâte rien. De plus, il a, malgré nos malheurs, un brillant avenir devant lui. Donc tout me fait supposer que la fille de ma cousine ne repoussera pas ce neveu, comme celle-ci a été obligée autrefois de repousser l'oncle !

Boulinchard, sur ces mots, n'avait pu retenir un soupir, bien vite comprimé sous un cri de douleur causé par ses souffrances rhumatismales.

Henriette lui lança un regard de pitié, elle haussa les épaules et répondit :

— Ainsi, la terrible leçon du passé ne vous a rien appris ; vous voilà disposé à commettre, au compte de votre neveu, les mêmes folies qu'autrefois ?

— Mademoiselle, riposta l'officier blessé, si je ne connaissais de longue date votre malignité, je me trouverais très mortifié de votre singulière franchise. Sachez que je ne suis plus un innocent. Apprenez que c'est un devoir pour moi, aujourd'hui, de m'interposer entre ce coquin de Bertin et ma cousine, une femme sans défense !

— Monsieur Boulinchard, riposta Henriette, sachez que les femmes les plus à craindre sont celles qui se disent sans défense. Prenez garde de tomber chez Mme Moirot dans de nouveaux pièges à loup. Félicitez-vous de m'avoir rencontrée, prête à vous crier comme autrefois : « Casse-cou ! »

— Me prenez-vous pour un conscrit ? Je sais, du reste, que vous n'avez jamais aimé notre cousine, vous !

— Et vous, monsieur Boulinchard, vous l'avez toujours trop aimée !

— Hein ! exclama l'officier dans un soubresaut trop significatif pour ne pas trahir ses secrètes impressions à Henriette, elle continua :

— Me permettrez-vous, avant de vous rendre chez ma cousine, que je vous fasse ici votre leçon, pour que vous ne tombiez plus dans un nouveau traquenard ?

— Mademoiselle, c'est trop d'honneur, lui dit l'officier, cherchant son argent, pendant que le pilote conducteur s'avançait vers lui avec sa sacoche pour recevoir le prix de son passage. Mais Boulinchard eut beau chercher dans ses poches, il n'y constata que l'absence de son porte-monnaie. — Et je vous le répète, je ne suis plus un écolier. La raison ne peut faire défaut à qui sert les passions d'autrui. Je suis fort, maintenant qu'il s'agit de mon neveu.

Tout en continuant de parler, il fouillait de plus en plus dans ses poches. Puis il ajouta :

— Et mon neveu, j'en suis sûr, aime la fille...

— De celle que vous aimez toujours ! l'interrompit Henriette, pendant que Boulinchard s'épuisait à fouiller dans ses goussets. Enfin elle lui demanda :

— Que cherchez-vous donc ?

— C'est singulier. Je suis sûr, répliqua Boulinchard en donnant un nouveau cours à ses pensées. Je suis bien sûr d'être sorti en emportant mon porte-monnaie, il m'est impossible pourtant de le retrouver.

— N'est-ce que cela ? dit Henriette à l'officier désappointé, et soldant l'homme à la sacoche, qui se dressait toujours devant eux. Eh bien, je paye pour vous. De cette façon, vous êtes mon prisonnier, et vous ne pouvez vous refuser à m'accompagner.

6.

Boulinchard s'inclina gracieusement. Il songea en même temps que l'horrible voyou, le camarade de Cri-Cri, l'apostrophant sur le pont, pouvait bien posséder en ce moment son porte-monnaie qu'il venait de chercher avec acharnement à la fin de sa conversation avec Henriette.

De son côté, Henriette pâlit, frissonna à la vue d'un personnage qui l'examinait avec attention depuis son entretien avec Boulinchard.

Cet homme que, dans sa conversation avec son cousin, Henriette n'avait pas d'abord aperçu, c'était Jack Bezon.

Ce voleur, après avoir opéré son vol de trois cent mille francs sur le train de Calais, sortait alors de chez Bertin, averti à dessein du larcin qu'il avait commis à son préjudice.

Le hasard seul l'avait mis en présence d'Henriette, de ce nouveau membre de la maison Moirot, qu'il connaissait aussi de vieille date.

Quoique Bezon n'eût plus les allures ni le visage du voyageur de la veille, lorsqu'il était rencontré à Calais par Storer, quoiqu'il eût jugé urgent, après son tour infernal à l'embarcadère, de se métamorphoser, il était encore reconnaissable pour qui le connaissait bien.

Pourtant Bezon était un habile comédien. Il n'avait plus cet air juvénile, presque candide des enfants de la Grande-Bretagne; sa figure lisse et imberbe se dissimulait sous une barbe rousse, longue et découpée en pointe à la façon des Yankees. Sous cette barbe postiche, il s'était présenté quelques heures auparavant à Bertin qui, au son de sa voix, à l'éclat de ses yeux perçants, l'avait reconnu presque en même temps qu'il recevait sa carte.

En face de ce faux Américain qui, dans le bateau omnibus, ne cessait de darder de ses étincelantes prunelles Boulinchard et Henriette, la vieille demoiselle pâlit. Elle se leva, elle s'empara vivement du bras du colonel un peu surpris.

Il était évident qu'elle voulait éviter la présence de cet homme qui avait joué également un rôle mystérieux dans sa vie.

Le bateau omnibus venait d'aborder; il heurtait, près des Saints-Pères, un nouveau ponton.

— Vous m'accompagnez, n'est-ce pas? fit-elle très anxieuse à Boulinchard, évitant les regards du faux Yankee et fourrant sa bande de mousse et ses aiguilles à tricoter dans sa poche.

— Vous allez loin? lui demanda le colonel en lui offrant galamment le bras.

— Non, reprit Henriette, après avoir étouffé un soupir qui répondait à une fâcheuse impression causée par la vue du prétendu Américain. — Non, à un quart d'heure d'ici, chez un huissier pour le compte d'un artiste que vous connaissez, M. Paindorge.

— Un ami de M. Morand, un ancien artiste, et comme lui, je crois, un assez mauvais sujet?

— M. Morand s'est rangé, continua Henriette, à l'heure qu'il est, il apporte trois cent mille francs à notre maison de Paris, cautionné par la maison Milton, de Londres; M. Morand est sur le point, comme votre neveu, d'entrer dans notre famille.

— Ah! exclama Boulinchard. Tant mieux pour lui, s'il ne ressemble pas à ce sacripant de Paindorge.

— A qui vous vous intéresserez, colonel, dès que je m'y intéresse.

— Vous croyez? lui demanda le vieil officier d'un air d'incrédulité.

— Sans doute, reprit-elle, puisque cela vous

rapportera le plaisir d'être désagréable à Bertin, votre ancien rival ; puisque cela me donnera, par reconnaissance, le plaisir de vous sauver comme autrefois, il y a vingt ans, à la maison de Passy.

Le colonel frémit. Il aurait eu bien envie de quitter le bras de sa compagne, mais le bateau démarrait. Le pilote criait aux passagers se croisant avec les débarqués :

— Allons, messieurs, embarquez. Ivry et la route !

Force fut au colonel, pressé par le pilote, de suivre Mlle Henriette.

Trois personnages se rejoignirent aussi dans la foule des débarqués : c'étaient Cri-cri et son camarade. Ils se rapprochèrent du faux Yankee ; puis après lui avoir dit quelques mots à voix basse ils se séparèrent mystérieusement.

Où se rendait Bezon ?

Chez la duchesse d'Aruja. Après la nuit terrible de son mariage, elle était parvenue, en deux ans, à ruiner son prince. Jaga, ruiné, séparé un moment de celle qu'il avait arrachée à son foyer ensanglanté, revenait de Londres, par Calais. Il était plus amoureux que jamais de cette dangereuse Circé. Bezon qui exerçait une très grande influence sur cette créature par les ser-

vices qu'il avait rendus à la duchesse et à sa
mère, avait l'intention d'aller au-devant des
vœux du prince. Il voulait devenir sa Providence. Les trois cent mille francs volés par lui
sur le train de Calais étaient dans sa pensée, le
nouveau nerf de cette intrigue.

CHAPITRE VI

LE DRAME DE LA RUE CHARLOT

On se rappelle qu'un jeune gandin avait quitté M. Boulinchard sur le bateau omnibus, au moment où celui-ci reconnaissait Henriette dans la cabine. Ce jeune homme avait abandonné le bateau au ponton du Châtelet. Il avait franchi les quais ; il se dirigeait du côté de la rue du Temple pour se perdre dans la rue Charlot.

La rue Charlot est une voie paisible qui relie l'ancien Paris au nouveau. Elle forme un trait d'union entre le passé et le présent.

Derrière elle, se prolongent les derniers restes du jardin du Temple les grands hôtels de la rue de Turenne servant d'entrepôts à l'industrie moderne.

Devant elle s'agite la population du **Paris** commerçant.

C'est la rue la plus bénigne du Marais, quartier dont l'inactivité se recueille sous le mouvement vertigineux de ses ateliers.

Le quartier du Marais est devenu le faubourg industriel du monde entier.

La rue Charlot, avec ses maisons régulières et sans style, est la plus désespérante expression du Paris bourgeois. Elle s'aligne comme une colonne de chiffres. C'est un sillon entre deux populations d'un caractère bien différent ; celle qui produit et celle qui dépense.

Au centre de cette rue, entre ses maisons insignifiantes, s'élève un bâtiment superbe de prétentions. Il jure avec les habitations voisines. Il a deux étages et a la forme d'une boîte ou d'un tombeau. Le premier étage s'élève sur une porte carrée avec fronton à coquille ; il est percé de hautes fenêtres Louis XIV. Le second étage présente une large ouverture vitrée et coupée de piliers François Ier sur lesquels surgissent des figures colossales représentant la *Sculpture* et la *Peinture*.

Ce bâtiment éclectique, qui parle tous les langages de l'art, est dû à l'ornementation d'un nommé Paindorge, l'artiste du fabricant auquel appartient le bâtiment.

On lit, entre deux consoles Louis XV, ces mots en lettres d'or :

FABRIQUE DE ZINC D'ART
MAISON MOIROT ET Cie

Cette maison tapageuse entre les habitations si modestes et si paisibles de la rue Charlot, produit l'effet de Chicard faisant le cavalier seul entre deux rangées de marguilliers.

C'était vers ce petit monument de l'art commercial que s'avançait le gandin du bateau omnibus.

A mesure qu'il se rapprochait de la maison Moirot, ses allures se modifiaient. Il dépouillait le gandin pour rentrer dans sa peau de commerçant. Il n'était plus le garçon décidé et tranchant du quartier noble. Il se modelait sur le milieu dans lequel il se trouvait. Il ne coiffait plus son chapeau sur l'oreille. Sa main caressait avec moins de complaisance l'échancrure de son gilet, il marchait sans se traîner ; il n'affectait plus des allures de poitrinaire bélâtre.

Le chapeau remis en arrière, il allait droit devant lui, les mains dans les poches, rêvant

7

comme pouvait rêver un être de son espèce, uniquement occupé de lui-même.

— Diable! diable! se disait-il, le bonhomme décoré aux rhumatismes connaît la cousine? Est-ce que le hasard m'aurait placé à côté de l'oncle d'Alfred? Si je n'avais craint les brocards d'Henriette, j'aurais su ce qu'il en était. Mais Henriette est si méchante! En tous les cas, il est urgent de prévenir l'oncle Bertin. C'est un malin! J'en ai assez vu pour qu'il sache à quoi s'en tenir sur Mme Moirot et les gens qu'elle emploie contre nous. Diable! diable! répéta-t-il en se consultant et en pressant le pas. C'est qu'il y va de notre fortune? Ni mon oncle, ni moi, nous ne consentirons à ce qu'on nous souffle la dot de Mlle Moirot.

A la fin de son monologue, le gandin se trouva vis-à-vis de la maison de zinc d'art.

Deux heures auparavant, Hector Popino, c'était son nom, commis voyageur de la maison Moirot et Ce, avait été dépêché par son oncle Bertin à Passy, chez Mlle Henriette.

Cette visite, pour l'oncle comme pour le neveu, n'avait été qu'une reconnaissance. Bertin se doutait des agissements de Mme Moirot au profit de M. Boulinchard, l'oncle d'Alfred. Il avait envoyé Hector pour sonder Henriette et savoir si celle-ci avait eu connaissance des projets de la veuve Moirot concernant sa fille.

Mais ce jour-là, en arrivant à Passy, Hector Popino avait appris que Mlle Henriette venait de sortir. Il revenait de sa course inutile, très heureux de n'avoir pu rencontrer celle qui, d'ordinaire, ne ménageait pas sa fatuité, après l'avoir entrevue tout à coup sur le bateau, en compagnie de Boulinchard.

En reconnaissant Henriette, Hector, comme on l'a vu précédemment, n'avait osé affronter la terrible parente. Il s'était promis de faire part à son oncle Bertin de la rencontre de la vieille demoiselle avec un monsieur décoré qu'il soupçonnait être l'oncle d'Alfred.

Les soupçons d'Hector en se rendant à la maison Moirot devaient se changer en certitude.

Au moment où il franchissait le seuil de cette maison, Alfred, neveu de Boulinchard, attendait depuis quelque temps M. Bertin et Mme Moirot dans un salon commun attenant aux magasins de la fabrique. Il était anxieux, inquiet, fiévreux. Certes il y avait bien de quoi, après les événements qui venaient de se passer sur le chemin de fer de Calais. Morand était arrêté. Les trois cent mille francs dont il était porteur étaient volés.

Voilà la désastreuse nouvelle qu'il allait apporter dans sa famille qu'il revoyait pour la première fois, après nos revers.

Cette nouvelle n'en était plus une pour Bertin. Il la connaissait déjà par Jack Bezon !

Alfred précédait son oncle, après avoir rejoint à Calais le malheureux Morand, qu'il connaissait aussi de longue date.

Comme lui, il avait passé une partie de sa jeunesse dans la maison Moirot. Pendant que son oncle guerroyait dans les diverses parties du monde, Alfred, jeune saint-cyrien, passait ses vacances dans sa famille, et plus volontiers à Passy, chez Mlle Henriette, rue de la Pompe, que chez Mme Moirot. Car M. Moirot s'était toujours méfié des Boulinchard pour une cause ignorée du jeune homme et ayant trait au duel de Passy.

A Passy, Alfred avait connu une demoiselle Marie, une des protégées d'Henriette, charmante jeune fille qui, à l'âge de seize ans, avait été placée à la caisse de la maison Moirot.

Était-ce Marie ou Mlle Olympe, la fille de la veuve Moirot, qui attirait Alfred à la maison de la rue Charlot, indépendamment de la catastrophe qu'il avait à annoncer à sa famille ?

C'était son secret.

Le neveu de Boulinchard était un beau garçon de vingt-cinq ans, bien fait pour l'uniforme. Ses allures se trouvaient à l'étroit sous l'habit civil. Elles trahissaient une rondeur martiale que gênaient les façons du monde. On le sentait plus à son aise sur un champ de manœuvre que dans un salon.

Dans ses grands yeux noirs se reflétaient les feux de son cœur. Son âme se lisait sur son visage. En ce moment ses traits exprimaient une inquiétude bien naturelle, vu l'épouvantable dénouement de son voyage.

Lorsqu'il se présenta à la maison Moirot, il fut très désappointé d'apprendre que M. Bertin était sorti, après la visite qu'il avait reçue d'un étranger. Cet étranger n'était autre que Jack Bezon. Quant à Mme Moirot, sa tante, elle était en affaires !

Pour tuer le temps, Alfred passa l'inspection du salon, témoin de sa jeunesse. Il le revoyait après deux années d'absence.

Rien n'y était changé depuis deux ans : c'était une pièce dont l'élégance visait à la simplicité. Il y avait des fauteuils en velours vert, une table en chêne sculptée, recouverte de même étoffe, une pendule de marbre onyx servant de socle à une vierge de Gabie en métal oxydé, posée sur une cheminée de marbre noir.

Un papier gaufré coupé de baguettes dorées courait sur les murs de ce salon d'un faste apprêté, où transpirait l'économie du commerçant poussée à la parcimonie. Sur les fauteuils trop grands étaient posés de petits ronds de cuir. Sur de luxueuses parois étaient apposées de modestes gravures représentant Héro et Léandre, Napoléon au Saint-Bernard. Sur la grande table de chêne étaient jetés des jeux de l'oie et de lotos, délassements favoris des propriétaires.

Alfred, dans le salon, vit venir à lui un individu moitié garçon de magasin, moitié valet. Son tablier de serge verte cachait une livrée d'une sévère simplicité :

— Ah ! monsieur Alfred, s'écria ce serviteur, homme de confiance de la famille ; quel bonheur de vous revoir après deux années de séparation. Et quelles années, ajouta-t-il avec des gestes lamentables, quelles années ! Grand Dieu !

Par ce regret, hors de saison, après la catastrophe dont il allait rendre compte, Alfred haussa les épaules.

— Ce qui n'empêche, ajouta-t-il, parce qu'il ne pouvait dire autre chose à un domestique, que je fais antichambre, en revenant de Calais comme si je revenais de Saint-Cloud.

— Ah! monsieur... les affaires! objecta le serviteur d'un geste discret qu'il tenait de ses maîtres.

— Oui, les affaires avant tout! je connais ça, reprit-il en souriant, c'est la devise de la rue Charlot.

— Oh! s'écria le valet sans s'arrêter à sa mauvaise humeur. Comme la famille Moirot sera heureuse de vous revoir!

Alfred haussa de nouveau les épaules.

Le valet jugea prudent d'étouffer le dépit du jeune homme sous l'amour-propre. Il lui désigna le filet rouge de sa boutonnière et ajouta :

— Oui, monsieur Alfred, votre présence ici nous honore, car mes maîtres sont très fiers de vous.

— On ne s'en douterait guère, riposta-t-il en tombant dans un fauteuil.

— Pensez donc, continua-t-il, posséder dans la famille deux légionnaires! Ah! l'on a parlé souvent de vous ici, de vos campagnes! Lorsque le *Moniteur*, avant nos désastres, vous a cité sur la liste des décorés, ç'a été toute une fête.

— Oui, mais la fête est passée, adieu le saint!

Alfred se pinça les lèvres. Son visage prit une teinte chagrine. Le valet s'empressa de lui répondre :

— Vous vous trompez, et votre retour est un heureux événement comme par le passé.

— Et les événements sont rares dans la rue Charlot, reprit l'officier, Dieu me pardonne! Je crois que les meubles sont restés à la même place où je les ai laissés avant l'invasion. La maison Moirot pourrait passer, sans trop de complaisance, pour la maison de la Belle au bois dormant.

— Madame Moirot, répondit le valet d'un ton solennel, a voulu qu'il en fût ainsi depuis la mort de son mari.

— Joue-t-on toujours aux lotos? lui demanda Alfred, qui ne tenait pas à s'entretenir d'un personnage trop antipathique pour lui.

— Oui, monsieur, les dimanches et les jours comme ceux-ci, lorsqu'on reçoit des intimes, des parents comme votre oncle Boulinchard et vous.

— Merci, répondit-il. Et M. Bertin, il n'est pas changé non plus?

— C'est un modèle de bontés, comme madame votre tante...

— Qu'il exploite de plus en plus depuis la mort de M. Moirot, riposta le jeune homme.

— Ah ! monsieur, reprit le valet d'un air chagrin, prenez garde ! Et je puis bien me hasarder cette remontrance, moi qui vous ai vu enfant, voilà que vous devenez aussi méchant que le démon de la maison, Mlle Henriette.

— Elle n'est pas changée non plus, elle ? Eh bien ! tant mieux ! fit Alfred en se croisant les jambes.

Les traits du valet se rembrunirent.

Alfred se contenta de sortir de sa poche un étui à cigares qu'il ouvrit.

— Et avec Henriette, ajouta-t-il, nous r-rons ! Est-ce que tu crois que je reviens à Paris uniquement pour me morfondre dans ce tombeau et pour y jouer aux lotos ?

Furieux de rester toujours en tête à tête avec un domestique, Alfred porta un cigare à sa bouche, le serviteur l'arrêta :

— Monsieur, on ne fume pas au salon.

— C'est juste, répliqua-t-il, rentrant le cigare dans son étui, on ne vit pas ici, on sommeille !

— Mais, s'écria Alfred, qui étouffa ses ressentiments pour ne songer d'abord qu'au vol de Calais ; je viens ici pour une affaire très grave qui ne regarde que tes maîtres. Parlons donc

7.

d'autre chose. Le personnel de la maison n'est pas plus changé que ses meubles, je suppose ? Vous avez toujours ici Mlle Marie, une enfant trouvée, recueillie par charité. Les Moirot sont si bons ! Est-ce qu'on l'accepte à table Mlle Marie ? A table lui permet-on aussi de rester au dessert ?

— Ah ! monsieur Alfred, murmura le valet en hochant la tête, vous voilà comme Mlle Henriette ! Ah ! je crains bien que votre présence et celle de monsieur votre oncle ne causent. bien des scandales.

— Et M. Bertin n'aime pas le scandale, pour cause. Tant mieux, morbleu ! s'écria Alfred très exaspéré d'attendre. Tant mieux ! si nous pouvons du moins réveiller ici les morts !

Cette dernière parole était une cruelle allusion aux manèges de Bertin, dont la vie n'avait jamais eu qu'un but : devenir le maître de la veuve Moirot et de sa maison.

Alfred ne connaissait pas l'épisode terrible qui avait trait à la mort du mari d'Éva, épisode bien connu d'Henriette, *le démon de la maison*, comme le qualifiait ce serviteur. Mais il en avait un soupçon. Le mystère qui pesait sur la maison Moirot, si paisible en apparence, n'était pas non plus un secret pour ce serviteur qui avait blanchi dans la famille.

Aussi dit-il au jeune homme :

— Oh! taisez-vous, monsieur! Surtout n'allez pas parler de cette façon à M. Bertin. Je vous en conjure, au nom du vif intérêt que je porte ici à tout le monde. Je vous en prie à mains jointes.

Alfred le regarda d'un air interdit.

Lui-même parut aussi alarmé que ce serviteur. Le vol de Calais lui revint à l'esprit, il se dit qu'il avait joué avec le feu.

Il se contenta de répondre au domestique en le congédiant :

— Alors va prévenir, en l'absence de M. Bertin, Mme Moirot! Il y a trop longtemps qu'elle m'oublie au profit de son commerce, surtout quand j'ai une nouvelle très grave à lui annoncer.

— J'y cours! monsieur, j'y cours! s'écria le domestique d'un air très inquiet et il sortit.

Une fois seul Alfred, tout rêveur, se dit :

— Est-ce que le prince Jaga avait raison, en chemin de fer, quand il faisait allusion aux scandales de cette maison? Ce prince, l'amant de cette femme indigne qui tient de trop près à notre famille, n'est-il pas un fantôme menaçant dont l'ombre souille jusqu'à cet intérieur d'apparence si honnête? Qui sait? La maison de la rue Charlot cache peut-être un drame terrible? Le vol du train de Calais pourrait être un des anneaux de cette chaîne qui se rattache à ce drame? C'est singulier, fit-il, en arpentant à grands pas le salon, depuis que je suis ici j'éprouve ce que je n'ai jamais ressenti sur les champs de bataille? Un froid qui ressemble à celui de la peur!

Puis, donnant un autre cours à ses pensées, il ajouta :

— Ah! sans l'envie de revoir Mlle Marie, je sonnerais la retraite, morbleu! acheva-t-il, puisqu'il n'y a ni Bertin, ni la veuve pour apprendre par moi la terrible nouvelle qu'ils connaîtront bien assez vite, ne nous occupons plus que de Mlle Marie.

Au moment de tourner le bouton de la porte, il entendit une voix qui fredonnait au bas de l'escalier.

C'était la voix d'Hector Popino revenant de Passy, et fredonnant son refrain de la *Belle Hélène*.

— Allons, bon! s'écria-t-il, au tour du neveu à présent! Il est dit que je subirai les rencontres des naturels les plus désagréables de la rue Charlot. Ah! termine-t-il, ne disons pas surtout à celui-là le désagrément qui est survenu à Morand sur le train de Calais! Il en serait trop content.

Il n'avait pas achevé sa pensée que Popino tomba dans le salon où attendait le neveu de Boulinchard.

CHAPITRE VII

UN COMMIS DE LA JEUNE FRANCE

— Ah! exclama Hector ouvrant brusquement la porte pour se jeter dans les bras d'Alfred, ah! quel bonheur, quelle joie! nous le retrouvons enfin ce glorieux débris de l'armée du Rhin! Cet Ajax, cet Achille, ce brave des braves, quelle fortune! Le dieu Mars dans le temple de Mercure!

A cette véhémence de paroles et de gestes, Alfred n'eut que le temps de se lever, d'opposer une froide réserve aux vives démonstrations du gandin.

— Oh! s'écria l'officier qui se contenta de serrer la main à Hector. Je suis un Achille blessé au talon!

— Est-ce que comme votre oncle, vous souffrez de la jambe? lui demanda-t-il d'un air
d'intérêt qui n'était pas exempt de curiosité.

— Non, fit Alfred en souriant. Je me per-
mets une figure... à propos de nos revers!
Rassurez-vous, je n'ai aucune blessure. Quant
à mon oncle, si vous l'avez vu depuis son retour
à Paris, il a dû vous dire que ses rhumatismes
datent de loin, d'Italie et du Mexique.

— Bon! pensa Hector, le monsieur décoré
que j'ai vu dans le bateau, c'était Boulinchard.
Mon oncle avait raison, nous sommes cernés.

Il répliqua tout haut :

— Ainsi Metz et Gravelotte nous ont con-
servés, grâce à Dieu! l'oncle et le neveu, la
fleur des pois de l'armée française.

— Et mon premier devoir, reprit Alfred
en s'inclinant, a été de revoir ma tante pour
la rassurer ainsi que M. Bertin, votre oncle.

— Ah! c'est gentil, cela! ajouta Hector
en le regardant en dessous. J'espère que vous
êtes à Paris tant que les troupes de Versailles
y séjourneront; j'espère que vous passerez ici
toutes vos soirées.

— Très disposé, personnellement, monsieur
Hector, — répliqua Alfred avec malice, à me ré-
signer à vos habitudes, à faire avec vous, au be-

soin, la partie de famille, la partie sacrementelle, la fameuse partie de lotos comme autrefois!

Il désigna sur la table le jeu qui y figurait.

— Pouah! fit Hector en tendant la jambe droite et en portant la main à son gilet, est-ce que nous en sommes encore là? Après dîner, nous planterons là les grands parents et nous irons au café.

— Au café de Minerve ou de Momus?

— Ah! ces militaires! se récria le gandin se balançant avec suffisance, ces militaires! Cela voit toujours les commerçants en habit noisette avec des manches en lustrine! Ce que c'est que de lire Paul de Kock! Mon cher, apprenez que, pour ma part, une fois quitte de mon *train-train* commercial, je ne hante que le *Madrid*, le *Suède* ou les *Variétés*. Ma mythologie, quoique je vous aie parlé tout à l'heure le langage des dieux, ma mythologie se résume dans la *Belle Hélène* et dans *Bu... qui s'avance!...*

Et tout à l'heure, lorsque je vous ai parlé de mon café, c'est de mon cercle que je voulais dire.

— Ah! fit Alfred étonné il y a un cercle rue Charlot?

— Non, mais il y en a plusieurs au *boule-*

vard *Montmartre*. Mon cercle à moi se trouve près du Jockey.

— C'est-à-dire, répliqua malicieusement l'officier, — à la porte du véritable club des gens du monde.

— Qu'est-ce que cela fait, dit Hector, si cela pose! Ah! par exemple, continua-t-il en faisant sautiller les jambes, — si vous venez avec moi ne m'appelez pas Popino tout court. J'ai ajouté là-bas une particule à mon nom.

— Vous vous êtes improvisé gentilhomme?

— On ne pouvait être que cela sous l'Empire. Sous la république, cela vous distingue de la canaille. D'ailleurs, il n'y a pas que du zinc dans la famille Moirot? Il y a aussi du blason et du vrai! Est-ce qu'une des sœurs de M. Blandureau, père de Mme Moirot, ma future belle-mère, n'a pas donné sa fille à un duc! Est-ce que je n'aurai pas bientôt pour cousine la jolie duchesse d'Aruja? En voilà une femme *chic!* L'étoile du *tout Paris!* Est-ce que, en épousant Mlle Olympe, la fille de votre tante, je n'entre pas aussi dans le camp des fils de Croisés!

A ces mots qui révélaient pour Alfred d'odieux souvenirs, Alfred bondit et devint rouge jusqu'aux oreilles.

Ce qui, à Calais, avait failli amener avec
Alfred et le prince Jaga une sanglante explication, se renouvela avec ce ridicule personnage. Le sous-lieutenant pressa le bras d'Hector
et lui dit impérativement :

— Assez ! misérable ! ne répétez jamais devant
moi ce que vous venez de dire, sinon...

Popino, tremblant, étourdi, ouvrit une large
bouche et murmura :

— Pourquoi ?

Honteux de s'être laissé emporté devant un
lâche, Alfred ne daigna pas lui avouer que le
nom de la duchesse d'Aruja, de cette criminelle,
de cette impure, l'avait blessé profondément.

Quoiqu'il n'aimât que Marie, il prit le prétexte de son apparente rivalité avec ce ridicule
personnage, il reprit très froidement :

— Vous me demandez pourquoi ?

— Mais oui, ajouta Hector, rassuré par le
sang-froid du jeune homme, décidé à ne lui
rendre compte d'aucune de ses pensées.

— Parce que vous savez bien que moi aussi,
je suis votre rival ?

— Ah bah !

— Parce que vous ne devez pas ignorer que
je viens solliciter ici la faveur de faire la cour
à Mlle Olympe ?

— Comment... comment, balbutia Hector, c'est sérieux?

— Très sérieux, fit Alfred, et si vous aimez aussi Olympe, — ajouta-t-il pour s'amuser de la mortification de Popino, — tant pis pour vous.

— Ce tant pis! riposta Hector redevenu brave devant sa gaieté, me semble un peu entaché de fatuité, et, continua-t-il, moi aussi je suis soumis aux volontés de ma famille. Si je désire épouser également Mlle Olympe, c'est parce que mon oncle Bertin le veut, parce que je suis après tout l'héritier de mon oncle, moi.

— Ah! fit Alfred, heureux de s'amuser de ce sot, c'est absolument comme moi. Nous sommes deux neveux parfaitement soumis aux volontés de nos oncles. Voilà ce qui me fait une loi d'aspirer comme vous à la main d'Olympe.

Les jeunes gens en étaient là de leur entretien lorsque la porte du salon, restée entre-bâillée, s'entr'ouvrit doucement.

Ils étaient si absorbés dans leurs ripostes aigres-douces qu'ils ne s'aperçurent pas qu'une jeune fille venait de se placer derrière la porte pour écouter leurs paroles dont le ton s'élevait au niveau de leur animosité.

Cette jeune personne, qui ne perdit pas un

mot de ce qui venait de se dire en dernier lieu, referma ensuite le panneau derrière lequel elle s'était d'abord cachée.

Elle porta la main à son cœur, soupira, puis courut sur le carré à l'autre porte vis-à-vis qui donnait dans le cabinet attenant aux magasins.

C'était Marie, la jeune caissière.

Alors Popino ajoutait à Alfred :

— Ah ! ah ! mon Bayard sans peur et sans reproche, il paraît, d'après ce que je vois, que l'intérêt n'est pas étranger au mobile qui vous fait agir ? Tiens, vous êtes plus dans le mouvement que je ne le pensais. C'est égal, très cher, vous perdrez la partie.

— Pourquoi ? riposta-t-il froidement.

— Parce que, continua-t-il, il y a plus d'écus de mon côté.

— Et si, répliqua l'officier, je faisais comme Brennus, si je mettais mon épée dans la balance ?

— Hein ! fit Hector en tressautant de nouveau, pas de sottises, nous ne sommes plus au temps antique. Le duel, c'est usé en diable !

— Et ce n'est pas dans le mouvement, dans le vôtre ? termina Alfred sur un ton mi-menaçant, mi-ironique.

En ce moment critique pour le gandin, la porte entre-bâillée du salon s'ouvrit toute grande.

Une charmante fille parut.

C'était la même qui, un instant auparavant, avait écouté l'entretien des jeunes gens.

Marie, la caissière, avait de grands yeux bleus, des joues rouges dont l'incarnat était aussi pur que les regards. Dans sa physionomie rayonnait la candeur jointe à la finesse. Sa bouche rose, aux lèvres un peu minces, relevées aux extrémités, accusait un grand sentiment d'affectuosité.

Une certaine fermeté, malgré sa sensibilité évidente, était écrite sur son front où se dessinaient des sourcils bien arqués et d'une mobilité expressive.

Elle avait, en dépit de la coloration de ses traits, un abord froid qui jurait avec ses formes gracieuses et l'animation de son visage. Un air de réserve emprunté, et commandé sans doute par l'infériorité de sa condition, voilait sa beauté dont l'éclat s'assombrissait sous une profonde mélancolie.

Cette orpheline, habituée à vivre à l'écart, avait appris à se défier des élans du cœur et à se mettre en garde contre eux.

Elle portait une robe de laine noire, dont l'élégance ne ressortait que de ses grâces naturelles. Elle avait cette simplicité que recherche la beauté sûre d'elle-même.

En voyant Alfred, elle le salua comme on salue un ennemi. Elle s'avança au-devant de Popino qui, en ce moment, ne pouvait que bénir l'intervention de l'orpheline.

— Monsieur Popino, lui dit-elle sans regarder Alfred, puis-je vous dire deux mots ?

L'officier, très alarmé de la froideur inattendue de Marie, fit quelques pas vers elle et balbutia :

— Mademoiselle, ne me reconnaissez-vous plus ?

— Il me semble, lui dit-elle en s'obstinant à ne pas le regarder, que j'ai déjà eu l'honneur de vous saluer, monsieur !

— Quoi ! se récria Alfred pendant qu'Hector l'observait avec malice, après deux ans d'absence, je ne reçois de vous que cet accueil ?

— Nous ne sommes plus des enfants, lui répondit-elle sèchement. En ce moment, je ne suis ici que la caissière de la maison Moirot.

Tout en disant ces mots, la jeune fille était en proie à la contrainte. Un violent combat se livrait en elle sous son air dédaigneux et glacial.

Pour ne pas laisser deviner à l'officier l'émotion qui la gagnait, elle dit à Popino :

— Monsieur, je suis allée, j'étais venue...

Elle fut obligée de s'arrêter ; elle sentait son cœur se briser.

Le jeune homme ne cessait de l'observer, l'orpheline se hâta de reprendre :

— J'étais venue pour une erreur de compte, monsieur Popino, au sujet de notre dernière soumission. Voulez-vous avoir l'extrême obligeance de venir avec moi au bureau ?

Hector, considéré comme un second patron par la caissière qu'il regardait comme une servante, se rengorgea. Il s'écria :

— C'est bien, je vous suis, petite !

Puis se tournant vers Alfred :

— Vous permettez... les affaires ?

Celui-ci ne daigna pas lui répondre, il s'adressa à Marie :

— Mademoiselle, j'avais pourtant à vous dire...

— Ah ! les affaires ! répéta la jeune fille écartant les bras, souriant impitoyablement à Alfred avant de se retirer.

Et sur un ton qui donna à Alfred l'envie de souffleter Hector, celui-ci ajouta à Marie :

— Allez, petite, marchez devant, je vous rejoins.

— Comme il vous plaira, monsieur, répondit Marie, aussi humble que possible pour mieux mortifier Alfred.

Une fois seul, l'officier arpenta le salon à grands pas. Mordillant sa moustache, il s'écria :

— Morbleu ! voilà un joli début. Croyez donc au serment des jeunes filles !

Il s'arrêta et se ravisant :

— Que je suis simple, continua-t-il, cette impolitesse est trop flagrante pour ne pas cacher un violent dépit, il a une cause. Cette cause, je la devine. L'émotion de Marie aurait dû me la faire deviner. Marie aura surpris ma conversation avec Popino. Les jeunes filles ont la mauvaise habitude d'écouter aux portes, et nous nous sommes punis, elle et moi, par où nous avons péché. La curieuse croit que je suis venu ici pour Olympe. De là sa froideur et son impolitesse !

Après s'être consulté, Alfred alla vers la porte et se dit encore :

— Il est de mon devoir de la désabuser.

Il n'avait pas achevé qu'une voix du dehors se fit entendre.

— Où est-il, ce cher neveu, qui s'impatiente tant de mon absence ?

— Bon ! exclama l'officier en s'arrêtant à cette voix. A Mme Moirot à présent.

Il rebroussa chemin, et se dirigea à pas de loup vers une porte donnant sur un escalier de service.

— Ah ! madame Moirot, murmura-t-il avant de disparaître, vous me faites faire antichambre. Vous me laissez deux heures avec un domestique bavard et un commis idiot ? A votre tour, contemplez les murs de votre salon. Au revoir, ma tante, j'ai du temps de reste pour la famille. Après tout, je ne venais que vous annoncer une nouvelle, désagréable pour vous, au sujet du vol de Calais. Vous la saurez assez tôt, par les journaux du soir.

Puis Alfred s'esquiva par la sortie de service, tandis que Mme Moirot ouvrait la porte vis-à-vis en se disposant à recevoir le neveu de Boulinchard.

La veuve fut bien sotte en trouvant le salon vide !

8

CHAPITRE VIII

L'ART DE S'ÉLEVER A LA DIGNITÉ DE NOTABLE

Pendant que ces diverses scènes entre le neveu de Bertin et le neveu de Boulinchard avaient lieu dans la maison Charlot, on se souvient que le colonel accompagnait Mlle Henriette à sa sortie du bateau omnibus.

Cette rencontre fortuite n'avait pas tardé à réveiller chez ces personnages des souvenirs de vingt ans ayant trait au duel mystérieux de la rue de la Pompe dont ils avaient été plus ou moins les acteurs.

Une fois sur le quai, dans la direction de la rue des Saints-Pères, Henriette dit vivement à Boulinchard :

— Puisque Éva vous rappelle auprès d'elle,

vous n'aurez plus besoin de provoquer, la nuit, un rival comme M. Moirot, aujourd'hui trépassé. Vous pourrez vous remettre sur les rangs pour épouser sa veuve.

Le colonel, à ces mots, fit un soubresaut. Il rougit, blêmit, se recula en se demandant de nouveau, en dépit des lois de la galanterie, s'il ne devait pas planter là l'impitoyable cousine.

Enfin il se décida à lui répondre :

— Vous êtes bien peu indulgente, mademoiselle. Convenez que vous accréditez la méchante réputation que vous avez acquise dans notre famille.

Puis il se rappela avec une joie maligne l'anxiété à laquelle la vieille demoiselle avait été en proie, au moment de lui donner le bras, à la vue de Jack Bezon. Il songea au prétendu Yankee, qu'elle avait trouvé en face d'elle avant de quitter le bateau. Alors Boulinchard ajouta :

— Mais je pense que de votre côté il n'est pas besoin de reculer si loin pour réveiller chez vous des souvenirs désagréables. Vous connaissez cet étranger qui nous regardait si curieusement pendant que vous me rappeliez mes folies de jeunesse. Si j'en juge par le trouble qu'il vous a causé, vous n'avez pas non plus à vous en louer?

— Oh! fit Henriette en tressaillant, d'un air sombre, ne me parlez pas de cet homme! Chaque fois que je le vois il m'arrive un nouveau malheur! C'est précisément parce que j'ai besoin de vous contre lui comme vous avez besoin de moi contre Bertin, que je vous offre mon concours au profit de vos intérêts et de vos affections.

— Du moins, vous êtes franche, exclama Boulinchard, heureux d'avoir pu rendre douleur pour douleur à Henriette. Pouvez-vous me dire quel est cet individu?

— Le protecteur d'une de mes deux orphelines, Julie et Marie.

— Vous avez aussi deux protégées, vous?

— Ne pouvant aimer pour mon compte, répliqua la vieille fille, j'ai aimé pour le compte des autres.

— Voilà qui me semble aussi invraisemblable, reprit Boulinchard, que ce protecteur dont vous avez tant peur. Et pourquoi, en définitive, le craignez-vous?

— Parce qu'il paraît, répondit-elle froidement, que c'est un coquin!

— Hein! exclama l'officier qui se rappela la perte de son porte-monnaie, vous avez des rapports avec des coquins?

— Il s'en trouve bien jusque dans notre famille, continua-t-elle en soupirant.

Le colonel était l'honneur même, comme son
neveu. Il crut d'abord qu'Henriette faisait allusion à cette parente, à cette sœur du père de
Mme Moirot, autrefois soupçonnée de vol, et
qui avait donné sa fille au duc d'Aruja, à feue
madame d'Albanet que la délicatesse d'Henriette
lui défendait d'évoquer. Boulinchard éprouva la
même impression qui, à Calais, avait failli, devant le Moldave, troubler la raison de son neveu.

— Ah! Henriette, si vous voulez me parler
de cette malheureuse qui fut une honte pour
nous tous, et de sa fille cette duchesse d'Aruja
que nous devons tous oublier... vous devenez
bien peu généreuse.

— Eh! s'écria-t-elle, blessée aussi, qui vous
parle de ces gens-là! nous avons bien assez,
contre nous, de ce Bertin?

Boulinchard poussa une exclamation qui té-
moignait de son soulagement.

La vieille fille, après une pause, précipita le
pas; elle dit encore à Boulinchard :

— Mais vous avez raison, colonel, il vaut
mieux ne pas réveiller le passé, n'en parler
que juste ce qu'il faut pour vous être utile
comme je le fus jadis en vous ouvrant la porte

8.

du parc quand vous sauviez, avec Bertin, votre
victime M. Moirot.

— Encore ! exclama l'officier redevenu confus.

— Pardon ! ce regain de souvenir n'est qu'un
point de repère pour aller du passé au présent.

— Abrégeons ces détails...

— Je le veux bien, reprit Henriette s'animant. Et vous vous rappelez que lorsque vous
renonçâtes de votre plein gré à la main de ma
cousine, Bertin partait le soir même.

— Chassé, ajouta Boulinchard, d'une maison
où le traître n'avait fait que des dupes ! Éva,
Moirot et moi.

— Et vous vous rappelez pendant que vous
vous battiez en Italie, continua Henriette, que
Bertin, qui s'appelait encore Bertini, courait le
monde sur les ailes de la fortune, que M. Moirot, remis de sa grave blessure, épousait Éva
pour réparer son honneur compromis par votre
folle équipée.

— Parfaitement, répondit l'officier se mordant la moustache, j'avais travaillé ainsi pour
le compte de mon rival !

— Vous n'avez pas à envier son sort ! La
main de votre ancienne adorée a coûté à Moirot la fortune et la vie !

— Comment cela ?

Henriette se recueillit avant de lui répondre :

— Comment? s'écria-t-elle, mais par la continuation de l'œuvre infernale de cet Italien.

Boulinchard la regarda d'un air d'appréhension. La vieille fille haussa les épaules devant l'air déconfit de l'officier. Il commençait à redouter Bertin parce qu'il se sentait bien plus à l'aise sur un champ de bataille que sur le terrain de l'intrigue.

Elle continua :

— Vous ne savez pas ce que vaut un homme de la trempe de Bertini, surtout lorsqu'il est amoureux. Cet homme qui n'a, après tout, que quarante ans, est encore pour Éva ce qu'il était à vingt ans. Il l'aime aujourd'hui avec sa raison et son talent de fourbe. Il veut la réduire à n'être qu'à lui. Il y parviendra parce que M. Bertin sacrifie tout à l'intérêt comme à la passion. Il n'est pas comme vous un paladin à épaulettes ni, comme l'était Moirot, un industriel gentleman qui poussait la maladresse jusqu'à se ruiner pour rester l'égal de ses clients. Non, Bertin né en Italie, sur la terre classique des tartufes, est un esprit aussi délié que pratique, un commerçant inné, un être venu de très bas pour monter très haut. Cependant l'homme n'est pas parfait. Le plus fort a encore son côté faible. Le talon d'Achille de Bertin, c'est sa passion pour Éva. Soyez certain que Bertin a mis en ligne de compte sa raison avec sa folie. Il a tout prévu jusqu'à la mort du mari d'Éva, dont il s'est fait d'abord la Providence comme le diable qui conseilla si mal le premier homme pour le précipiter du Paradis !

A ce dernier trait, Boulinchard s'arrêta moins surpris par une nouvelle douleur que parce qu'il était étonné de ce qu'il entendait.

Il regarda la vieille fille d'un air stupéfait. Henriette reprit :

— Je vois qu'il faut que je vous prouve ce que j'avance : Eh bien ! je vais le faire en vous racontant en quelques mots la vie de Bertini, devenu Bertin et nationalisé français pour devenir l'associé de la maison Moirot. Par l'histoire de cette existence peu édifiante vous connaîtrez l'art de s'élever à la dignité de notable.

Le colonel répliqua :

— Je vois qu'en dépit de mon expérience, j'ai encore beaucoup de choses à connaître.

— Et vous en connaîtrez bien d'autres chez nous ! lui riposta-t-elle ironiquement.

— Voyons d'abord, reprit l'officier avec avidité, l'existence du professeur Bertini changé en Bertin, existence qui a dû, depuis vingt ans, considérablement s'enlaidir.

— Vous l'avez dit ; jugez-en, ajouta-t-elle. Une fois notre Italien chassé de la maison qui l'avait nourri, il se rendit d'abord à Londres, où Bertin n'eut qu'un but : faire fortune. Ne croyez pas qu'il aimât l'argent pour l'argent. Non, il avait un autre objectif : Éva, celle qui l'avait fait chasser de la maison dans laquelle il s'était bien promis de revenir. Lorsqu'il apprit que vous, Boulinchard, vous aviez renoncé à sa main, Bertin redoubla d'ardeur et de zèle dans la fabrique où on l'avait placé. Il fit fructifier son avoir, fruit de son infamie. Riche de près de cent mille francs, il retourna en France, il s'y fit naturaliser lui et sa famille ; il changea son nom de Bertini en celui de Bertin. Dans cet intervalle Moirot, guéri à peu près de sa blessure, avait épousé ma cousine Éva. Cette union fut pour Bertin un coup terrible. Il s'enquit alors, avant d'agir, si Mme Moirot était heureuse avec l'époux qu'elle avait été forcée de prendre pour sauvegarder l'honneur de sa famille, Bertin apprit avec une joie cruelle qu'il en était autrement. Éva souffrait, Éva était malheureuse parce qu'elle ne voyait avec ce nouveau plastron qu'elle s'était donné, que la misère en perspective. Moirot était un homme de plaisirs, un prodigue. Il n'avait embrassé la carrière industrielle que dans l'espoir de subvenir, à l'aide d'un plus gros capital, à toutes ses prodigalités. Après cinq ans d'établissement, Moirot avait englouti dans sa fabrication la dot de sa femme et sa fortune personnelle. La maison Moirot était sur la pente de la faillite. Alors reparut notre ancien professeur. Il se montra ostensiblement aux deux époux dont il avait été naguère le valet, sous les traits du dieu Plutus ou de la déesse Providence.

— Mais, objecta Boulinchard qui, par sa franche nature, ne pouvait supposer le mal dès qu'il n'était appuyé de preuves plausibles, mais ce retour de Bertin chez des gens qui avaient tant à se plaindre de lui, n'était que très louable? S'il avait été perfide et lâche en nous jouant, Moirot et moi, il redevenait honnête en voulant sauver Mme Moirot qu'il avait failli perdre autrefois.

— Aussi, reprit Henriette, l'adroit Bertin ne voulut-il pas ternir sa généreuse action en rappelant à Éva un honteux passé. Il revint à son époux comme un homme qui a confiance dans son industrie mal conduite ou mal gérée. Il lui apporta simplement ces cent mille francs, fruit de ses économies en ne lui demandant en récompense qu'une place de caissier avec le droit de changer son personnel.

— Et Moirot, demanda Boulinchard, s'empressa sans doute d'accepter des conditions qui n'avaient rien de léonines.

— En apparence, continua Henriette. Seulement, après deux ans de gestion, ce n'était plus Moirot qui était le maître de son établissement, c'était Bertin.

— Comment?

— Comment? ajouta Henriette, parce que les cent mille francs ne suffisant pas à la maison, il fallut, par l'entremise de Bertin, recourir à de nouvelles avances de fonds. Bertin les fit payer à son ancien rival, en lui donnant de nouveaux commanditaires, des gens riches qu'il avait connus on ne sait où, à Londres, et un peu partout. De plus, il y plaça son neveu comme commis voyageur. Puis il établit dans les bureaux des employés à sa dévotion, Alors il exigea d'être de moitié dans la raison rociale. S'il laissa à la maison le nom de Moirot, ce fut pour la compromettre encore, pour faire disparaître l'époux d'Éva de la scène commerciale avant de le faire disparaître de la scène du monde.

— Ah ! parbleu ! exclama Boulinchard, **dont** la haine contre l'ancien professeur se ranimait à ce récit peu édifiant, je suis curieux de connaître les nouvelles perfidies de ce monstre.

— C'est pour les déjouer en partie, continua Henriette, que Mme veuve Moirot vous rappelle sans doute auprès d'elle. Et moi, dans votre intérêt, je tiens à vous faire bien connaître ce dangereux tyran de ma cousine. Je continue donc à vous retracer sa vie peu exemplaire : Moirot, qui n'était plus que de nom le patron de sa maison, restait cependant le mari d'Éva. Il fallait pour Bertin supprimer le mari comme il avait supprimé le commerçant. Voici le stratagème qu'il employa pour arriver à ses fins. Moirot, esprit faible, donnait volontiers dans les innovations, dans les idées les plus extravagantes. Bertin le mit en rapport avec un inventeur insensé. Celui-ci ne tarda pas à lui faire perdre ce qui lui restait de capital dans des essais de toute nature. Pour subvenir aux frais de ces essais stériles, Moirot compromit la signature sociale. Il alla jusqu'à faire des faux. C'est là où l'attendait Bertin. En présence d'une faillite honteuse, Bertin, au nom de ses commanditaires compromis, refusa de payer. Bertin, quoique riche encore, en dehors de la

maison déshonorée par son patron, refusa de
payer pour ne pas paraître, disait-il, aux yeux
des commanditaires, le complice d'un faus-
saire ! Mme Moirot se vit perdue avec son mari.
Quoique subissant avec répugnance la supériorité néfaste de l'homme qu'elle considérait naguère comme un valet, Mme Moirot en fut réduite à implorer Bertin pour sauver son époux,
pour se sauver elle-même. Bertin lui répondit :
« Madame, dois-je, en payant les sommes gas-
« pillées par votre époux, être associé à son
« déshonneur? C'est ce qui m'arriverait aux
« yeux de nos commanditaires qui ne pour-
« raient expliquer ma conduite qu'en me met-
« tant au niveau de votre mari. Du reste, je le
« connais, Moirot recommencerait de nouvelles
« folies ! Il n'y a qu'un moyen de tout sauver ;
« cet homme est aussi glorieux que faible.
« Dites-lui que je refuse de payer ; je le con-
« nais, cet homme par vanité, pour ne pas ris-
« quer les galères, se tuera ! Alors, demain,
« ce soir, si vous le voulez, je payerai tout,
« pour l'honneur de notre maison et par amour
« pour vous. »

— Oh ! c'est horrible ! exclama Boulinchard
qui dévisagea Henriette avec des regards pleins
de stupeur.

9

— Que pouviez-vous attendre de cet Italien, ajouta-t-elle, qui, dix-huit ans auparavant, vous avait armés l'un contre l'autre?

— Et Éva a consenti à cet assassinat ?

— Il le fallait! Elle était perdue. Ce fut elle, ajouta-t-elle, qui, les larmes aux yeux, le désespoir dans l'âme, conseilla à Moirot de se tuer.

— Et alors? interrogea Boulinchard anxieux.

— Alors, c'est-à-dire le soir même, termina-t-elle, M. Moirot s'ouvrait de ses mains la blessure que vous lui aviez faite jadis. Il mourait de cette blessure pour le monde, excepté pour Bertin et pour Mᵐᵉ Moirot.

— Oh! ces deux êtres sont des monstres ! des infâmes !

— Il n'y a d'infâme que Bertin qui, depuis si longtemps, pousse Éva sur cette route de sang. Aujourd'hui, ma cousine a des remords, elle a honte de son criminel tyran. Voilà pourquoi elle m'a raconté, à moi sa confidente un peu forcée, ce nouveau drame, pourquoi elle fait appel à votre dévouement afin d'agir contre ce Bertin, qui possède l'art de s'élever par le crime, à la dignité de notable !

Alors Henriette était parvenue avec le colonel au haut de la rue des Saints-Pères, à l'endroit de la rue Taranne.

Boulinchard, après un silence durant lequel il apaisa ses poignantes émotions, se ravisa. Il se rappela les premières paroles d'Henriette, il lui demanda :

— Expliquez-moi, maintenant, pourquoi en me faisant connaître les détails de la vie de ce scélérat, en me constituant de la sorte votre allié, vous avez besoin de moi contre cet autre coquin que vous avez aussi rencontré dans le bateau ?

A cette dernière question, Henriette tressaillit. Elle quitta brusquement le bras de Boulinchard, elle se dirigea seule vers une maison dont la porte était illustrée d'une double plaque d'huissier :

— Je suis persuadée, ajouta-t-elle, que derrière Bertin, il y a précisément ce coquin, cet étranger, cet homme à la grande barbe que nous avions devant nous dans le bateau ! Tout me fait supposer que c'est ce personnage qui lui a fourni autrefois les moyens de se rapprocher de notre famille, lorsque le père de ma cousine l'en éloignait !

— Dites-moi ce qui vous fait supposer cela ?

— Je suis arrivée, s'écria-t-elle. Du reste,

c'est mon secret! Il n'appartient pas qu'à moi, il
appartient à Julie, ma seconde orpheline, dont
l'origine est tout aussi ténébreuse que celle de
Marie. Ne m'interrogez plus sur ce sujet.

— Parce que vous n'osez pas vous expliquer, exclama Boulinchard avec dépit, en se
pinçant les lèvres, car comme les gens faibles,
il redoutait d'être la dupe des autres.

— Que voulez-vous dire? lui demanda-t-elle
d'un air offensé.

— Vous me comprenez? reprit-il sur le ton
sarcastique.

— Pas le moins du monde.

— Je veux dire, continua-t-il en imitant le
ton acerbe de la vieille demoiselle, que du
Mexique, votre renommée est parvenue jusqu'à
moi. On m'a appris des choses sur cet artiste
Paindorge qui ont un peu écorné votre réputation. Faites en sorte de protéger un peu moins
en public ceux qui vous sont chers. Sur ce,
mademoiselle, j'ai bien l'honneur de vous
saluer.

Et Boulinchard courut de toute la vitesse
que lui permettaient ses rhumatismes, après
avoir décoché à Henriette cette flèche du
Parthe.

La vieille demoiselle, profondément blessée,

porta la main à son cœur. Elle faillit chanceler sous le dernier coup lancé par l'impitoyable colonel.

La nature anguleuse et sèche de la cousine de Boulinchard cachait des trésors de sentiments. Elle n'était si irritable que parce que son dévouement était méconnu, parce qu'il se dérobait le plus souvent sous un esprit plus mordant qu'impitoyable.

Elle était d'autant blessée par le colonel qu'elle l'avait aimé en secret. Elle le lui avait prouvé en le sauvant vingt ans auparavant, lors de son duel avec Moirot dans le parc de la maison de la rue de la Pompe. Elle le lui prouvait de nouveau en l'avertissant au moment de redevenir, vingt ans après, la dupe de Bertin et d'Éva, se livrant entre eux de nouveau au combat.

Et comment Boulinchard récompensait-il Henriette, par d'odieux sarcasmes, après n'avoir eu pour elle autrefois que de l'indifférence?

Ce fut le deuil dans le cœur que la vieille fille se rendit chez l'huissier pour sauver Paindorge, une autre victime du fidèle et astucieux amant d'Éva !

CHAPITRE IX

L'ARTISTE ET LE SERPENT

Après les différents entretiens qui ont eu lieu entre tous les gens touchant de près ou de loin à la maison Moirot, il est essentiel de revenir sur le drame de la première nuit de noces de la duchesse d'Aruja.

La présence du prince Jaga dans un compartiment de première classe au moment du vol de Calais, exige cette explication.

Il était évident que le prince et la duchesse étaient trop connus d'Alfred et de Morand ; autrement, lorsque le prince avait cherché à se lier avec eux sur le train de Boulogne, ceux-ci n'auraient pas répondu à ses avances, par une provocation.

Quel était le motif qui, d'abord, avait excité Jaga à se fixer un moment à Londres, avant de revenir à Paris, deux ans après le drame du Vésinet?

Un motif de vengeance.

A cette époque, le prince, ruiné par sa maîtresse, venait de voir sa porte se fermer pour lui.

Pour se la faire rouvrir il s'était rendu à Londres. Il tenait à revoir la mère de la duchesse.

On se rappelle que la nuit du mariage de sa fille, la dame était contrainte de se rendre dans cette métropole, après un vol de diamants étouffé par l'annonce de la brillante union de sa fille, union terminée par une sanglante catastrophe.

De retour à Paris, le prince Jaga possédait sa vengeance.

En vertu de son titre de prince qui, malgré notre époque de démocratie, a encore le privilège de peser sur toutes les grandes administrations de l'Europe, Jaga connaissait le passé de la duchesse d'Aruja.

Il avait appris ce qu'il n'avait fait que soupçonner en face de l'individu masqué, de Jack Bezon, le chef des pickpokets : Mᵐᵉ d'Albanet, une demoiselle Blandureau, était bien une voleuse.

Elle avait été obligée de fuir Paris pour ne pas être inquiétée par la police, et pour éviter de passer en justice, grâce à d'importantes influences.

Ce qu'il avait appris par la suite était bien plus terrible pour sa fille. Sa mère était morte, tuée par son ancien amant, le chef des détectives, Storer, après une vive discussion entre lui et cette femme équivoque.

Une fois à Londres, à bout de ressources, Mme d'Albanet avait mandé le chef des agents de la police ; elle l'avait menacé de faire connaître ce qu'elle était, ce qu'il était à elle-même, s'il ne lui assurait pas une fortune indépendante.

Devant ce chantage, Storer était devenu fou. Marié, jouissant à Londres d'une réputation sans tache, le chef des détectives s'était violemment emporté contre son ancienne maîtresse, une voleuse du grand monde.

Il s'en était suivi une rixe entre lui et cette femme, rixe dans laquelle Mme d'Albanet avait trouvé la mort !

Le policier avait expliqué ce trépas, en faisant connaître à ses supérieurs ce qu'était sa victime; une voleuse de diamants chez un bijoutier du Palais-Royal, réfugiée à Londres et se refusant de lui livrer les pièces de conviction qui la condamnaient. Storer avait eu grand soin de taire les anciennes relations qui avaient existé entre cette voleuse et lui.

La police pourtant s'en doutait mais elle ferma les yeux dans l'intérêt de l'administration.

La police anglaise savait aussi que Mme d'Albanet, avant d'épouser un vieux colonel, courait les garnisons, d'officier en officier, comme elle courut plus tard les ambassades, une fois veuve de cet officier supérieur.

La police internationale de Londres et de Paris n'ignorait pas non plus que cette madame d'Albanet avait eu une autre sœur, maîtresse du voleur Jack Bezon, morte depuis longtemps.

Bezon avait eu une fille de cette sœur, comme Mme d'Albanet en avait eu une de Storer, toutes les deux appartenant à la famille Blandureau.

Voilà ce qui expliquait la situation bizarre du voleur et du policier se rencontrant sur le train de Calais, ainsi que les paroles énigmatiques qu'ils avaient échangées entre eux avant la perpétration du vol de trois cent mille francs au préjudice de la maison Moirot.

On conçoit sans peine, d'après les scandales

9.

que Jaga tenait de la police anglaise, la revanche qu'il espérait avoir avec la duchesse d'Aruja.

Ces secrets de famille ne lui étaient pas plus inconnus qu'ils ne l'étaient à Jack Bezon.

Le voleur tenait aussi la maison Moirot par Bertin, son ancien secrétaire, avant d'avoir été celui d'un Blandureau.

On connaît le motif qui avait guidé le bandit patronnant jadis Bertin ou plutôt l'italien Bertini qui, jadis, déshonorait par calcul la fille de son patron.

Bertin, Bezon, le prince, la duchesse d'Aruja devaient devenir les mauvais génies de la famille Moirot, comme les Boulinchard, sous l'inspiration de la cousine Henriette, devaient en être les anges gardiens.

Aussi la vieille fille pouvait bien paraître très émotionnée lorsque, sur le bateau omnibus, elle rencontrait Bezon dont l'indigne profession ne lui était pas tout à fait inconnue.

De son côté, le prince Jaga, aimant toujours la femme qui l'avait éconduit, n'avait pas perdu son temps à Londres.

Il s'y était fortement armé contre celle qui le repoussait parce qu'il était ruiné. Il tenait à la forcer à revenir à lui, l'imprudent!

En dehors de la vengeance personnelle du

prince, on devine cè qu'avaient à redouter les Boulinchard, parents par alliance des Blandureau, en se mêlant aux intérêts de fortune ou de passion qui gravitaient autour de la maison Moirot.

En 1872, la duchesse d'Aruja était à bout de ressources, comme son prince, parce que l'or glissait dans ses doigts comme l'amour sur son cœur. Elle cherchait donc par tous les moyens possibles à se rapprocher de sa famille.

Jaga n'avait pas tardé à apprendre ce nouveau détail.

C'était parce que Alfred et Morand n'ignoraient pas cette particularité qu'ils avaient paru si furieux en présence de l'ancien amant de la duchesse sur le train de Calais.

Quoique le prince fût mêlé à un drame de sang et à une action infamante, ce n'était pas encore un malhonnête homme. C'était un amoureux passionné qui avait le malheur d'aimer une malhonnête femme.

Ruiné, le prince avait été repoussé à son tour de celle qui avait fait de son époux un cadavre. Il voulait se venger de l'ingrate, mais, répétons-le, pour revivre auprès de cette fille de glace qui embrasait les cœurs sans jamais s'y réchauffer.

Pour elle, l'amour n'était qu'un caprice, la passion, une fantaisie. Son amour pour **Jaga** n'avait duré que ce que dure le caprice ou la fantaisie. Il n'aurait pu se prolonger que par l'intérêt. Le désir de prendre un amant chez la duchesse n'était le plus souvent que le désir de prendre sa bourse.

Si elle eût été capable d'aimer quelqu'un, c'eût été le prince ; un tel homme avait l'art de remuer ses sens, et sa possession pouvait faire crever de dépit ses rivales.

Elle aimait de la tête, en calculant ce que chaque tête pouvait lui rapporter.

Jaga, lui, aimait de cœur, sans calcul ; l'amour qui le domptait pouvait le conduire à tout, même à l'infamie !

Il n'avait jamais demandé à sa maîtresse, tant qu'elle l'avait aimé ou cru l'aimer, ce qu'elle était, ce qu'elle avait été. Il ne s'était enquis de son passé que lorsqu'elle l'avait congédié.

Meurtrier, sans le vouloir, de son mari, il était prêt à recommencer avec elle d'autres crimes. Peu lui importait d'être son complice, dès qu'elle lui appartenait.

Ce qu'il ne voulait pas, c'était d'être à un autre que lui.

Il était disposé à redevenir pour elle ce

qu'elle était elle-même : un objet de mépris ! Il ne voyait pas son âme de boue, il ne voyait que son visage. Ange ou démon, il tenait à faire corps avec cette créature fatale.

Tel était cet amoureux, ce sauvage, qui vivait, en sa qualité de sauvage et de gentilhomme, en dehors de nos mesquineries sociales !

Après avoir été congédié par la porte, une fois ruiné, il revenait par la fenêtre. Il voulait la dompter par l'intimidation, par un moyen aussi déshonorant que celui qui l'avait fait agréer d'abord de la duchesse.

La maîtresse qui le possédait était forte de ses infamies. Le prince, accessible à toutes les faiblesses de l'amour, ne s'appartenait plus. C'était le lion sans griffes, sans dents, cherchant à écraser un serpent qui lui réservait, au moment de la lutte, tout le venin dont il était pétri !

Après le vol de Calais, Jaga, jaloux de la duchesse, se disposa à l'aller retrouver dans son habitation de Paris. Naguère, après avoir traîné d'abord sa maîtresse dans tous les centres mondains de l'Europe, il avait régné en maître dans cette maison. Il y revenait maintenant en ennemi éconduit et soumis.

Mme d'Aruja habitait, boulevard Haussmann,

un appartement qu'elle n'avait abandonné que momentanément, en partant avec le prince Jaga, la nuit du suicide de son mari.

Vers midi, quelques instants avant la visite de son prince qu'elle n'attendait plus, la duchesse était couchée sur un divan bas, en satin grenat lamé d'or, dans un salon coquet, orné de glaces vénitiennes, de potiches, de petits meubles en bois de thuya surchargés de bibelots.

Elle était en demi-toilette. Elle portait un peignoir de serge vert, de safran galonné, ses bras presque nus, ornés de bracelets-serpent, se rejoignaient au-dessus de sa tête, dont la chevelure débordait autour de sa personne. Au repos, la duchesse représentait la beauté dans l'ennui.

Jamais la duchesse n'avait été aussi belle. Le calme du célibat, grâce à son amant congédié, avait rendu à sa jeunesse les charmes que lui avaient marchandés autrefois des nuits de plaisir et de fiévreuse insomnie.

Elle se laissait épanouir dans son printemps. Placée en regard d'une glace qui lui renvoyait son image, elle semblait s'étudier pour l'avenir.

Elle minaudait, l'esprit partagé entre deux résolutions extrêmes.

Veuve, sans amant, devait-elle suivre désormais la vie régulière des femmes du monde, auxquelles elle n'appartenait que par le titre?

Au contraire, devait-elle reprendre le chemin de traverse qu'elle avait parcouru avec le prince Jaga et en lui donnant un ou plusieurs successeurs?

Voilà ce qu'elle se demandait en se contemplant.

La nonchalante paraissait chercher, de ses paupières taillées pour ses longs regards, ses victimes placées à l'avance sous sa prunelle lumineuse, dévorante, insolemment perfide.

La belle duchesse était la tentation incarnée, depuis le haut de sa taille, dont le peignoir échancré dessinait les rebondissants contours, jusqu'à la cambrure de son pied, que sa chaussure talonnée découvrait aussi jusqu'à l'orteil. Tout respirait en elle la femme entraînante et habile, irrésistible mais malsaine. Elle inspirait deux sentiments : l'envie et la peur.

Elle se disait, étendue sur son divan, les mains jointes sur sa tête, soupirant et bâillant avec délice :

— Rentrerai-je chez les bourgeois ou resterai-je la petite duchesse des boulevards? On vieillit vite avec les crevés, on risque de se momifier avec les Iroquois de la rue Charlot.

Elle en était là de ses réflexions, lorsque le bruit d'un timbre se fit entendre.

En même temps, un coup discret retentit à la porte de son salon ; une servante-soubrette apparut ; elle avait le nez retroussé, la bouche souriante, les regards effrontés qui savent dévisager du premier coup un visiteur dans l'antichambre.

Immédiatement, elle annonça, en ouvrant la porte à deux battants et en courant derrière l'homme qui ne tarda pas à la devancer :

— Madame la duchesse : le prince !

Aussitôt, la porte se referma sur Jaga, en face de la duchesse.

A sa vue, sa maîtresse, frémissante de colère, se releva tout à coup du sofa, elle s'écria :

— Comment, c'est vous ? encore vous ?

— Oui, duchesse ! exclama Jaga avec sang-froid, quoique très mortifié de cette offensante réception, c'est moi. Je reviens ici, au mépris de la rupture que vous avez jugé convenable de provoquer entre nous, parce que je ne vous étais plus utile, parce que surtout j'étais ruiné !

— Allons ! bon ! répliqua la duchesse, en se replaçant sur le divan, en ayant soin d'arranger

avec grâce les plis de son peignoir, des reproches,
à présent ! cela va être gai ! ce sera-t-il long ?

— Pas précisément, riposta le prince, prenant une chaise qu'on ne lui offrait pas ! Du
reste, les circonstances dans lesquelles nous
nous sommes rencontrés, la nuit des noces de
votre mari, quand vous m'avez congédié pour
la première fois, n'ont pas été tout à fait d'une
gaieté folle ? Un cadavre à vos pieds, une mère
qui se sauvait de ce meurtre, parce que c'était
une voleuse, un pickpocket qui m'ouvrait la
porte pour consommer votre adultère ? Avouez
que tout cela ne constitue pas le sujet d'un
opéra-bouffe ?

— Tenez ! voulez-vous que je vous dise,
prince ? continua-t-elle, en étouffant, de sa main
nerveuse, un énorme bâillement, avec vos re-
montrances à perte de vue, vous êtes *crevant !*

Le prince sursauta sur son siège. Il aimait
réellement cette femme qui ne s'inquiétait pas
plus des plaintes de son amant que de sa propre
infamie.

— Ah ! reprit Jaga dont la colère fondit devant cette femme de glace, vous ne mentez
plus, comme vous me mentiez lorsque, pour
vous, je parcourais l'Europe, allant de casino
en casino, cherchant de préférence les endroits

les plus solitaires, les Édens les plus enchanteurs, où vous désiriez, disiez-vous, entendre toujours parler mon cœur !

— Oui, fit-elle, en persiflant, votre cœur avec une chaumière dans les savanes ! Mais ça n'a qu'un temps, ça ! L'été, par exemple, quand il fait chaud !

— Et l'hiver est venu !

— Eh bien, oui, là ! fit-elle avec impatience et en haussant les épaules, je vous ai aimé, je ne vous aime plus !

— Parce que je ne peux plus vous payer !

— Oh ! pour un prince ! lui répondit-elle en le dévisageant, voilà une parole qui sent furieusement son cordonnier !

— C'est qu'un cordonnier, ajouta-t-il, sait aussi bien aimer qu'un prince ! Il y a des gens de cœur partout, comme il y a des filles partout ! dans les bouges, dans les brasseries, comme sur les marches d'un palais !

— Dieu ! fit-elle en tapotant sur ses petits doigts rosés, que vous êtes embêtant, mon cher, avec vos rengaines sentimentales ! Mais vous êtes un raseur ! Vous avez une fidélité de caniche ! Vous n'êtes pas un homme ! Vous êtes un chien d'aveugle ! Pour Dieu, j'ai coupé la ficelle, ne la renouons plus.

— Duchesse, exclama le prince exaspéré, vous avez laissé tomber mon cœur, mais moi, je l'ai ramassé.

Mme d'Aruja, à bout de patience, se redressa sur son séant, et, faisant le geste d'un joueur d'orgue, elle chantonna :

Quand vous verrez tomber, tomber les feuilles mortes,
     Si vous m'avez aimé (*bis*),
     Vous prierez.....

— Assez !... Assez, misérable !... s'écria le prince se levant comme mû par un ressort, les dents serrées, plus exaspéré de son ironie que de son dédain. Puis, lui serrant le bras dans une de ses puissantes mains, il ajouta :

— Pour me narguer, il ne faudrait pas que je connusse votre passé, vous le savez bien, puisque je viens de vous rappeler les circonstances fatales dans lesquelles je vous ai connue ? Prenez garde ! je pourrais vous envoyer à Saint-Lazare ! car j'ai pris mes informations à Londres ; je connais votre vol commis avec votre digne mère et l'inconnu masqué qui m'a fait fuir sur le cadavre de votre mari. Je sais tout, madame.

— Ah ! rugit la comtesse, en perçant son

âme de ses yeux fouilleurs et avec un sourire aigu. Ah! comment? prince, vous vous êtes fait policier? Vous dérogez de plus en plus, mon cher !

— Et je pourrais déroger davantage, fit-il en lui rejetant le bras d'un air de dégoût, en vous dénonçant à la police, comme voulait le faire à Londres l'amant de votre mère, M. Storer ; car vous savez, n'est-ce pas que votre mère en est morte ?

Cette fois, la duchesse ne riait plus.

Elle poussa une exclamation haineuse et douloureuse, qui le fit frémir.

— De plus en plus ! exclama-t-elle en mettant une sourdine à sa rage, après avoir été bête, vous devenez lâche ! et vous brutalisez une femme !

Elle lui montra son bras endolori, entouré d'un cercle bleuâtre par la pression de sa main de fer.

— Alors, parlons sérieusement : voulez-vous redevenir, de gré ou de force, ce que vous avez été pour moi dans le passé ?

— Prenez garde, si je disais oui, il pourrait vous en cuire !

— Je n'ai pas peur de vos menaces ; je vous tiens.

— On ne tient jamais une femme !

— Même une voleuse, lui riposta-t-il d'un sourire perfide.

— Oh! assez de compliments! Assez! s'écria-t-elle comme honteuse du prince. A mon tour, laissez-moi vous parler sérieusement.

— Je vous écoute, dit-il en se rasseyant d'un air recueilli.

— Prince, ajouta-t-elle sur le même ton, puisque vous avez eu l'indélicatesse de réveiller mes remords, je vais les faire parler devant vous.

— Ah! vous avez donc des remords ?

— Aussi vrai que vous n'avez rien du gentilhomme, vous! lui riposta-t-elle. Oui, j'ai des remords, c'est précisément parce que je ne veux pas suivre la voie où m'avait autrefois entraînée ma mère, où vous avez continué à me lancer, que je désire rentrer dans ma famille, que je veux abdiquer mon titre taché de sang et rentrer dans ma famille en faisant partie de la maison Moirot !

— Pour achever sa ruine par vos désordres, par vos intrigues !

— Ah! mon cher, vous devenez Berquin après avoir été Florian.

— Continuez, reprit Jaga d'un air distrait ; après tout, votre retour ne me regarde pas. Devenez bourgeoise de la rue Charlot ou aristocrate du trottoir, cela m'est égal, pourvu que vous restiez ma maîtresse.

— Vous tenez à jouer avec le feu? lui demanda-t-elle en souriant.

— Oui, reprit-il sur le même ton, pourvu que nous brûlions ensemble.

— On n'est pas plus galant ! termina-t-elle. Tenez, pour vous prouver que je ne vous trompe pas cette fois, savez-vous où je me dispose à aller en vous quittant ?

— Non.

— Chez l'artiste Paindorge, l'artiste de la maison de ma vieille cousine et qui fait, sur commande, une statue de Sapho dont je suis le modèle. C'est un moyen comme un autre, de rentrer dans ma famille sur un socle de pendule. Que voulez-vous ? j'ai toujours été un peu artiste, moi.

— Quand vous n'êtes pas serpent.

— On n'est pas plus aimable !

— Trêve de marivaudage, fit Jaga impatienté. Voulez-vous, oui ou non, revenir à moi ?

— D'ordinaire, on donne trois jours aux condamnés à mort.

— Je vous donne vingt-quatre heures, s'écria-t-il, prêt à franchir la porte.

— Soit, revenez demain, vous aurez ma réponse et... votre sentence.

— Choisissez, dit le prince en partant, d'un ton dégagé : « Amour ou Saint-Lazare ! »

Une fois la porte fermée, le prince disparu, la duchesse bondit comme une panthère, en rugissant :

— Oh ! qui me délivrera de cet homme, comme il m'a délivré du duc d'Aruja ?

Puis, en se retournant, elle poussa un cri. Elle se retrouva devant un second individu qui la salua ironiquement et qui lui dit presque aussitôt :

— Pas de sottise ! Le meurtre laisse des traces ; la ruse, au contraire, les efface. Ne sois artiste qu'à tes heures, ma fille, pour capter tes victimes. Reste serpent pour les empoisonner. C'est un ami, un maître, un complice qui te conseille.

— Jack ! c'est toi ! exclama la duchesse, les bras en l'air, la bouche béante, muette de surprise, avant de prononcer ces mots de joie et de reconnaissance. Mais d'où viens-tu ! Par où diable es-tu entré ?

— Par la porte de service. Si tu l'ignorais en-

core, dit Bezon, — car c'était le même individu que l'on a vu au bateau omnibus, comme
à la villa du Vésinet, — ta servante est ma
créature; c'est aussi la fille d'un *buglar*, c'est
elle qui m'a introduit ici, en tapinois, pendant
que tu désespérais, d'une façon si sotte, ta brute
de prince!

— Ah! monsieur, vous m'espionniez? fit la
duchesse d'un geste de doigt amical, d'une voix
caressante et presque câline.

— J'espionne, reprit froidement Bezon qui
avait conservé les allures du Yankee, tous les
gens de ma compagnie, et j'ai de la besogne de
Paris à Londres!

— Alors, fit la duchesse tout à fait rassurée,
en engageant Bezon à s'asseoir à côté d'elle,
alors, comme tu t'intéresses beaucoup à moi,
mon cher Bezon, tu vas me débarrasser de ce
lourdaud de prince. Il me pèse plus à présent
que cette moule de d'Aruja!

— Au contraire, fit Jack en baissant les yeux
d'un air réfléchi, après s'être assis à côté d'elle.
Au contraire il vaut mieux le garder!

— Pourquoi? répliqua-t-elle d'un air étonné,
avec un petit geste de protestation.

— Parce qu'il nous devient plus utile que
jamais. Rappelle-toi, ajouta sentencieusement

Bezon, que si tu n'avais pas eu autrefois Jaga sur ta route, tu étais enchaînée à l'Espagnol qui, en sa qualité de Castillan, était pétri de préjugés. Et, dame ! sans son rival, une fois la lune de miel passée avec le noble duc, tu risquais fort d'aller en prison. C'est Jaga qui t'a délivrée d'un retour pénible pour toi. Il t'a débarrassée de ton mari comme moi je t'ai débarrassée de ta mère, une *géneuse* depuis votre vol de diamants, et que j'ai renvoyée à Londres !

— Oui, parlons-en, fit-elle en mordillant ses doigts et fronçant les sourcils, le voyage de Londres a bien profité à ma pauvre mère. Elle en est morte !

— Par le fait de son ancien amant, le policier Storer, ton père, qui a tué ta mère de ses mains ? Mais, par mon dernier tour sur le train de Calais, je veux faire de ce policier un complice de voleur, comme tu feras plus tard de ton prince un Alphonse !

— Oh ! rugit la duchesse grinçant des dents et se mordant les doigts, je vengerai ma mère !

— Sur la personne de ton père ! Ce serait l'acte d'une mauvaise fille ! continua Bezon avec indifférence. Crois-moi, mon enfant, étouffe tes rancunes, quelque légitimes qu'elles paraissent être. La passion est mauvaise conseillère. Ne sois artiste, je te le répète, **que pour plaire aux jobards, par tes excentricités!** Pour nous, des gens pratiques, reste dans la peau du serpent! Les pieuvres n'ont pas de sang! Elles ne sont que plus dangereuses! Contente-toi comme elles du sang de leurs cadavres.

— Alors, fit la duchesse attentive, que me conseilles-tu?

— De ramener à toi le prince Jaga! **Tu désires rentrer dans la famille Moirot, n'est-ce pas? Rentres-y avec lui.**

— Par quels moyens?

— En le faisant actionnaire pour trois cent mille francs dans ta famille qui en a bien besoin, depuis mon vol de Calais.

— Tu veux rire! Je n'ai pas le sou, ni le prince non plus!

— Je te fournirai les fonds par un intermédiaire qui les donnera à ton prince; car s'ils passaient par tes mains, je te connais, ils seraient croqués. Un panier percé et le tonneau des Danaïdes, ça ne fait qu'un avec toi.

— Mais, insista la duchesse charmée et intriguée de cette proposition, quel but mystérieux as-tu de m'obliger ainsi et de me clouer au prince?

— Ça, ma fille, dit Bezon, prêt à se retirer,

c'est un secret de famille, un secret du cœur !
Si M. Morand, que j'ai rencontré à Calais, porteur de trois cent mille francs, les eût donnés
directement à la maison Moirot, peut-être
n'eût-il plus voulu se marier à Julie, une fille
pauvre ! L'ambition perd les hommes ! Tous
les amoureux ne sont pas de l'acabit de ton
prince. Voilà pourquoi je veux Morand pauvre,
je veux qu'il *nous* doive un jour sa position
pour qu'il reste à Julie.

— Tu as donc aussi ta petite passion, Jack ?
lui demanda la duchesse en le raillant.

— Ça, ma fille, c'est mon secret ! Contente-toi, ajouta-t-il en se levant du divan,
d'accepter le service que je te rends pour me
rendre... service.

— En attendant, fit la duchesse en boudant,
on me condamne au Jaga à perpétuité.

— Avec lui, tu tiendras le commerce, la
maison Moirot, comme tu tiens déjà par lui
la noblesse ! Plus tard, si tu es bien sage, je
te lancerai dans la finance, par des gens moins
retors que les bourgeois de la rue Charlot,
moins fougueux que ton Moldave ! Une fois
forte de mon expérience, tu iras loin, ma
fille ; car par ton esprit, par ta beauté, tu dé-
passeras ton maître ; mais méfie-toi de tes ca-

prices. Contente-toi de servir de modèle aux
artistes par tes charmes. Reste ce que tu es et
ce que ton sexe a toujours été depuis la créa-
tion : un serpent!

Bezon, en terminant ces mots, disparut par
la porte du fond du salon, comme il y était
entré. La soubrette l'attendait, au bout de l'appartement, pour le faire échapper par la porte
de l'escalier de service.

Une heure après, la duchesse d'Aruja, qui
était passée dans son cabinet de toilette, en
sortait complètement métamorphosée.

Dans un délicieux costume de ville rappelant un peu celui d'une amazone, le feutre
empanaché, le corsage à revers à la Barras,
elle sortait de chez elle pour gagner le remise
l'attendant sous le péristyle.

Elle se rendait à Belleville, chez l'artiste
Paindorge, où depuis un mois, à la connaissance de Bertin qui n'en avait soufflé mot à
Mme Moirot, la duchesse posait comme modèle
pour l'image de Sapho.

Paindorge avait trouvé original d'avoir pour
poseuse une femme titrée, une cousine de
Mme Moirot, la veuve convoitée de l'ancien secrétaire de son père, maintenant l'âme de sa
maison.

Où Paindorge eût-il trouvé, du reste, un plus parfait modèle ?

La duchesse n'avait de laideur que dans l'âme. Elle était belle et pure de corps. Les lignes de son visage étaient aussi enchanteresses que ses formes les plus cachées. Elles avaient des replis infinis, charmants de grâce. Avec cette beauté étonnante, plus étonnante encore dans ses courbes secrètes, il n'était pas difficile, de la part de son interprète, de rappeler Clodion par l'allure, Jean Goujon par la grâce !

En servant de modèle à Paindorge, la duchesse savait ce qu'elle faisait.

Elle créait pour la maison Moirot un type qui, en la popularisant, édifiait sa fortune, Paindorge, autant par malignité que par intérêt, ne pouvait pas négliger une pareille aubaine.

Le lendemain soir, en revenant de chez son sculpteur, après une séance laborieusement employée, la duchesse retrouva le prince Jaga qui l'attendait.

Fidèle à sa promesse, il venait chercher l'arrêt de son amour qui devait être aussi l'arrêt de sa maîtresse.

Celle-ci lui dit avec une grâce charmante :

— Prince, j'étais folle ; je t'ai insulté, méconnu ! Entraînée par une fantaisie d'artiste,

10.

je me suis regimbée contre tes façons impératives et brutales ! Je me repens, mon sauvage ! je me repens parce que je t'aime ! Si tu ne m'avais pas insultée en croyant que je t'avais abandonné parce que tu étais ruiné, je t'aurais déjà rouvert ma porte et mon cœur.

Le confiant Jaga, malgré ce qu'il savait de cette odieuse créature, lui répondit :

— Tu ne m'avais pas moins chassé autrefois ?

— Parce que, en revenant à la vie bourgeoise, pour laver la souillure de ma jeunesse, de mes fautes originelles, je voulais, malgré moi, chasser ton image et mes remords. Tu ne le veux pas ; tu es mon maître, après tout, oui, mon maître par l'amour et par la reconnaissance. Je reviens donc à toi, puisque tu le veux.

— Est-il bien possible ? s'écria le prince ravi, mais à demi convaincu.

— La preuve, fit-elle, c'est que je vais te rendre ce qu'il me reste des cinq cent mille francs que je t'ai mangés en partie ; trois cent mille francs que tu placeras dans ma famille. Tu vois que je ne suis pas aussi perdue que te l'a dit la police anglaise, dès que je reviens à toi comme l'enfant prodigue.

L'hypocrite duchesse embrassa bien fort le confiant Jaga.

Dans l'égoïsme de sa passion, le prince ne s'attendait pas, en lui ouvrant son cœur, à le livrer aux morsures de ce serpent !

La duchesse était une habile artiste...

CHAPITRE X

LA CONSIDÉRATION

Sitôt Jack Bezon parti de la rue Charlot, après avoir annoncé à Bertin le vol de Calais, celui-ci avait éprouvé une rage sourde voisine du désespoir. Il comptait sur les trois cent mille francs de Morand comme sur le Messie. La perte de cette somme faisait crouler du même coup son échafaudage. Il ne s'illusionnait pas sur les ressentiments et les répulsions que nourrissait contre lui la veuve Moirot.

Ce n'était que contrainte et forcée, en la sauvant de la faillite, qu'il espérait pouvoir redevenir maître du cœur de la veuve et de sa fabrique. Maintenant cette arme n'était plus en son pouvoir.

Jack Bezon lui faisait tout perdre en une minute. Ses plans laborieusement conçus étaient
détruits ! Ne calculant pas les conséquences de
son désespoir, Bertin résolut de se venger sur
celui qui tuait ses espérances.

Dès que le chef des pickpokets fut parti, il le
fit suivre par son fidèle domestique, le même
qui recevait Alfred quelques heures après. Ce
serviteur ne tardait pas à lui apprendre que le
faux Yankee s'était arrêté rue de Hanovre, à
l'hôtel du Hanovre.

Une fois certain que Jack Bezon y résidait,
Bertin adressait une plainte au parquet, il dé-
nonçait le voleur des trois cent mille francs
soustraits sur le train de Boulogne, que la police de Londres et de Paris recherchait active-
ment mais d'une façon si malheureuse.

Bertin allait bientôt se repentir de son acte
de vengeance irréfléchie, que la reconnaissance
qu'il devait à Bezon, lui aurait défendu de con-
cevoir.

Trois jours après, le prince Jaga, réconcilié
avec la duchesse, se présentait chez Bertin. Au
nom de sa maîtresse, il lui offrait les trois cent
mille francs sur lesquels il comptait tant avant
le vol de Calais.

Le prince disait qu'il était sur le train de

Boulogne lorsqu'un vol avait été commis au préjudice de sa maison. Comme insinuait le prince, il était au mieux avec une cousine de Mme Moirot, c'était autant pour être agréable à cette dame que pour faire lui-même une bonne action et une bonne affaire, qu'il lui offrait, avec *intérêt*, bien entendu, la somme équivalant à celle qui avait été volée à l'un de ses représentants.

Bertin menacé de la faillite, menacé dans sa considération, ce qui l'aurait perdu aux yeux de la veuve Moirot, accepta avec joie les propositions de ce comparse de la duchesse et de Jack.

Il ne vit pas, avec les taux exorbitants de ce prêt d'argent, le piège qu'on lui tendait. Il ne vit que la planche de salut sur laquelle surnageaient toutes ses espérances.

Cependant il réfléchit que ces manèges pouvaient bien être dus à Jack Bezon qu'il avait dénoncé.

Alors il eut peur d'une seconde vengeance de sa part. Il ne faisait pas bon de lutter dans l'ombre contre cet homme, qui savait voir dans les ténèbres les plus épaisses.

Encore une fois, il le lui avait prouvé en travaillant à rapprocher de la famille Moirot la

duchesse d'Aruja, devenue dans cette intention le modèle de la Sapho, commandée à son
artiste Paindorge.

Bertin avait été trop vite dans son ingratitude!

Pour endormir sa sécurité, une fois à l'abri
de la faillite, et certain de pouvoir peser sur la
volonté de Mme veuve Moirot, il ne songea plus
qu'à dresser contre elle ses batteries.

La veuve appelait à son aide ses parents
pour se défendre contre lui. Bertin prenait ses
mesures contre ceux qui voulaient défendre sa
victime.

Avant les Boulinchard, qu'il était sûr de
vaincre, il voulait s'attaquer à Henriette. Il
savait que cette femme, possédant tous les secrets de sa famille, était son ennemie la plus
dangereuse.

Pour en avoir raison, il voulait l'attaquer par
son point sensible, par Marie, son orpheline,
qu'elle avait placée dans la maison Moirot.

Quel était son but en agissant ainsi? Il soupçonnait Marie d'être la fille d'Henriette. Ce n'é-
tait pas sans dessein, comme l'avait avoué Boulinchard, sur le bateau omnibus, que Bertin
avait répandu cette calomnie dans la famille
Blandureau.

Pour lui, Paindorge dont Henriette payait

les dettes, était l'ancien amant d'Henriette ; le gage de cet ancien amour, c'était Marie.

Une fois sauvé dans sa considération par l'offre inespérée, du prince Jaga, Bertin revenait au désir de réduire à néant tous les renforts de parents dont s'armait contre lui Mme Moirot.

Henriette étant la femme la plus à craindre, c'était Henriette qu'il voulait d'abord attaquer, en forçant Paindorge, un *panier percé*, à avouer tout ce qu'il soupçonnait.

Lorsque Bertin, par Popino rencontrant Hector rue Charlot, n'eut plus à douter du retour des Boulinchard, il ne les attendit pas, une fois délivré par Jaga de ses inquiétudes financières.

Immédiatement il alla trouver Paindorge,

A cette époque, l'artiste était en train de confectionner, au profit de la fabrique, sa Sapho, dont le modèle était, par un calcul de famille, la belle duchesse d'Aruja.

On a vu dans quelle intention la duchesse avait eu cette fantaisie, on sait dans quel intérêt Paindorge s'était prêté à cette fantaisie, conciliant ses intérêts avec son amour pour le beau.

La demeure et l'atelier de l'artiste se trouvaient dans la rue de Belleville, à l'endroit de la montée qui s'appelait autrefois : *la Ferme*, au fond d'une impasse composée de misérables masures.

Un jardinet clos de murs, devant une maisonnette à deux étages à laquelle s'adossait un bâtiment vitré, telle était la retraite de cet artiste. A la porte extérieure, on voyait, donnant sur l'impasse, deux statuettes de Michel Ange : le Moïse et le Soldat romain *réduit* par le procédé Collas.

Le jardinet, taillé dans les dépendances de l'ancienne *Ferme*, était un peu plus grand que la main. Il y avait pourtant de tout : une balançoire, un trapèze, un rocher, un bassin. Derrière la *cascade*, d'où se développait un tapis vert de poche, s'élevait le parc, figuré par deux arbres gardant de chaque côté un berceau lilliputien de chèvrefeuille et de clématites.

Des plâtres recouvraient le gazon ; c'étaient les surmoulés des œuvres de l'artiste.

Paindorge n'était pas un esprit vulgaire ; il avait un entrain d'enfer. S'il était resté inconnu, il le devait à son amour de l'indépendance et de la dive bouteille, comme à son dédain pour l'art de convention qu'il avait sacrifié au métier.

C'était un grand et fort gaillard, ancien élève de Rude et de Pradier. Il avait fait longtemps l'école buissonnière à la porte de l'académie, plutôt que de se cloîtrer en loge.

Métier pour métier, Paindorge, faute de mieux, au gré de ses intérêts et de ses passions, avait brusquement sauté de l'académie à l'école de l'industrie.

L'art ne vit pas que de pain. A quarante ans, Isidore Paindorge s'était réveillé de son obscurité après avoir créé plus de statues à lui seul que tous ses condisciples des Beaux-Arts.

Malgré son obscurité, cet artiste d'initiative, aussi fécond qu'ingénieux, n'était pas moins le Michel-Ange des fabricants de pendules, le Ducerceau des marchands de meubles.

Il tint pendant vingt ans au bout de ses doigts, par le crayon et par l'ébauchoir, les destinées de l'art industriel.

Il eut un atelier d'ouvriers *artistes* et d'artistes anonymes.

Le bohémien de l'industrie, le paria de l'art, fut très étonné, un beau jour, de se trouver tout à coup classé dans le monde commercial.

Mais au moment d'être quelque chose et de compter aux yeux de ses fournisseurs, sa nature primesautière regimba. Elle protesta contre la vie monotone et régulière que le travail lui offrait. A vingt ans, au nom de l'indépendance, Paindorge s'était révolté contre les tendances classiques de l'école. A quarante ans, il eut honte de ses succès faciles, il les renia.

Il voulut recommencer sa vie et la consacrer au beau, il était trop tard !

Après avoir dépensé plus d'imagination que n'en exige l'art classique, après avoir donné à l'industrie plus d'études qu'elle n'en demande, il reprit sur le tard sa vie d'artiste.

Alors la fortune l'abandonna comme l'avait délaissé la renommée. Paindorge se vengea du sort au fond du verre.

Quand il était gris, l'artiste incompris déblatérait contre l'école, berceau de sa jeunesse artistique, et contre l'industrie, source de sa prospérité. Alors on le délaissa.

Au moment où la duchesse d'Aruja devenait son modèle, Paindorge n'était plus que l'artiste de la maison Moirot, le créateur quotidien de ses bonshommes en zinc.

Entre les commandes de Bertin, il travaillait son art, qu'il avait trop négligé autrefois.

Il voulait, à quarante ans, revenir à son

point de départ, à l'école, pour la révolu-
tionner.

Il rêvait rendre deux choses impossibles en
sculpture : l'expression de Prudhon et le mouvement de Géricault.

L'industrie avait gâté Paindorge. A force de
tourmenter son art, de le faire plier aux caprices de la mode, il voulait *peindre* avec l'ébauchoir ; ce qui prouvait que ce n'était pas un
esprit routinier et qu'il appartenait à cette
classe des intelligents dont le nombre disparaît
de jour en jour.

La masse, composée de soldats de plomb, ne
lui pardonnait pas ses écarts à un âge où il
n'est plus permis d'en faire. Paindorge, artiste
obscur, n'était plus assez fort pour lutter contre la routine après s'être si longtemps assoupli
à ses exigences. Il était vaincu à force de lutter
contre la vie régulière. Les huissiers étaient
venus frapper à sa porte dès que sa clientèle
bourgeoise avait déserté le chemin de son
atelier.

Quoique contribuant encore à la fortune de
la maison Moirot, il n'avait plus trouvé en Bertin un maître aussi complaisant que son prédé-
cesseur, le mari d'Éva.

Ses besoins s'augmentant à mesure que le

commerce le laissait plus libre de ses actions, Paindorge creusait plus profond l'abîme ouvert sous ses pas.

Il s'y précipita gaiement parce qu'il n'aimait de la vie que les agréments, parce qu'il se plaisait à penser à l'envers.

Rien ne le satisfaisait autant que de revenir à sa jeunesse, de repousser bohémien sur le terrain où ne fleurissaient que des existences uniformes et fortunées.

Il se promettait, dans une sphère plus intelligente, de foudroyer Apollon comme il avait foudroyé Mercure dans son monde de la rue Charlot.

Paindorge ne se doutait pas qu'il se suicidait en se donnant pour adversaires les sots et les routiniers, tous les arrivés, ameutés contre lui pour amortir ses coups.

Esprit imprévoyant, il ne s'était pas assez prémuni contre la misère que l'on nargue à vingt ans, qu'on ne peut plus défier à quarante.

Cependant notre artiste, en dehors de son talent, qu'il laissait couler comme un robinet qu'on a oublié de fermer, avait acquis au contact des commerçants une certaine prévoyance relative.

Il s'était assuré une retraite dans la maison Moirot.

Paindorge était lié à Bertin par des attaches mystérieuses. Il connaissait ses relations avec la famille Blandureau, il connaissait maintenant la duchesse son modèle, devenue la commanditaire de Bertin. Il s'en était fait le camarade en reproduisant ses traits.

Bertin le craignait parce qu'Henriette surtout s'en était fait un égal auxiliaire.

Mais la protection de la vieille demoiselle n'avait pas tardé, comme on l'a vu, à entamer sa réputation.

Bertin n'avait pas peu contribué, par ses menées souterraines, par ses propos malveillants, à perdre de réputation Henriette et à ruiner Paindorge.

Henriette, en quittant Boulinchard, s'était rendue chez l'huissier instrumentant au nom de Bertin contre Paindorge, uniquement pour arrêter les poursuites, au moyen d'un fort acompte.

Le passé la liait en effet à l'imprévoyant artiste, mais pas comme la malignité publique le prétendait.

Attirée aussi par cette malignité, la duchesse d'Aruja s'était rapprochée de sa famille dont elle convoitait, par l'avance des trois cent mille francs de Bezon, toute la fortune. Le prince Jaga qu'elle avait été forcée de rappeler n'était donc qu'un instrument de sa double intrigue.

C'était pour mieux ourdir cette trame qu'elle s'était faite la poseuse gratuite de Paindorge.

Paindorge trouvait original d'avoir pour poseuse une duchesse, d'accord avec son patron qu'il détestait.

Lorsque Bertin se rendait chez Paindorge sous prétexte de voir si Sapho était bien avancée, l'artiste ébauchait son œuvre après le départ de son aristocratique modèle.

Bertin n'était plus le jeune homme d'autrefois quand il était, à Passy, le secrétaire de M. Blandureau. Ce n'était plus l'Italien aux yeux noirs et à l'air fatal! Non, il avait pris de l'embonpoint. Sa figure était ronde comme une boule. Ses yeux enfoncés sous les boursouflures des chairs s'étaient rapetissés en prenant une expression plus sournoise encore. Son nez crochu s'était dilaté ; il lui donnait une physionomie bénigne que ses lèvres minces rendaient plus louche. Il ne fallait pas se fier à sa face de Prudhomme, pas plus qu'on ne se serait fié jadis à son air piteux. C'était toujours le même hypocrite.

En entrant, il vit l'artiste en train de ratisser de son ébauchoir la terre glaise représentant les formes enchanteresses et l'agréable physionomie de la duchesse.

Assez matériel de sa nature, Bertin eut un cri d'admiration voluptueuse à la vue des beautés dévoilées de la cousine d'Éva.

— Ah! s'écria-t-il, après avoir salué d'un geste protecteur Paindorge et en tournant tout autour de sa maquette. Ah! comme c'est ça!

— Hein! fit l'artiste l'ébauchoir aux dents. J'espère qu'elle est *réussie*, votre Sapho! Pourtant son modèle ne vous a pas coûté cher! Et pour avoir été faite en famille, elle ne vous donnera pas moins des milliers de pendules en zinc! Cette fois vous aurez tout bénéfice! Puisque mon modèle, la belle duchesse, d'après ce qu'elle vient de m'apprendre, vous apporte avec elle la somme de trois cent mille *balles!* Quelle aubaine pour la maison Moirot et Cie!

Bertin était loin de penser que son artiste pouvait lui faire cette révélation due à l'indiscrétion préméditée de l'astucieuse duchesse. Il fit un saut et faillit éprouver un coup de sang. Cependant il se remit et riposta:

— Je ne pourrai pas en dire autant de mon artiste, il me coûte cher, lui!

— Ah! oui, parlons-en, aimable patron!
s'écria-t-il, sans la bonne Henriette qui, ces
jours-ci, a bien voulu arrêter les poursuites
dirigées par vous contre moi, j'étais saisi, net-
toyé, ratissé. Faites donc la fortune des patrons
pour en être réduit à crever sur la paille!

— Heureusement que Mlle Henriette est là,
fit méchamment Bertin en clignant de l'œil, et
avec ma caissière, Marie, un trait d'union qui
vous lie à Henriette, n'est-ce pas, heureux
Paindorge?

A ces mots, l'artiste, qui avait une affection
désintéressée pour la cousine d'Éva, poussa
un rugissement de colère. Il pétrit avec acharnement une boulette de terre! Il se demanda
s'il ne devait pas la lancer à la tête de l'insolent plutôt que d'en faire profiter son ébauche.
Il se contint.

Bertin vit son mouvement, tout en obliquant
autour de la Sapho. Devant l'artiste courroucé,
il eut un sourire perfide, pendant que Paindorge reprit avec menace :

— Ah! pas de mauvais contes sur Mlle Henriette, patron, je n'aime pas ça; sur l'autre cousine, la duchesse, tant que vous voudrez! je
vous l'abandonne à votre langue... d'Italien!
Mais l'autre, jamais!

11.

— Oh! oh! fit l'impitoyable Bertin, tournant toujours autour de la Sapho, je comprends que vous défendiez Mlle Henriette, c'est votre devoir. Du reste, à part mes intérêts qui me commandaient cette visite, je suis venu pour réparer, par une entente amiable, les accrocs faits à la vertu d'Henriette. Ma considération, la sienne, la vôtre, l'exigent.

— Votre considération! exclama Paindorge haussant les épaules, votre considération? Mais c'est une ficelle que votre considération. Elle est bonne tout au plus pour prendre les clients par la patte. Affichez-la dans vos réclames, à la quatrième page des journaux. Devant la famille Moirot, elle jure, votre considération, comme un chien devant un évêque.

— Vous êtes insolent, monsieur Paindorge.

— En tout cas, je ne suis pas méchant! riposta-t-il, et vous, en me parlant de votre considération, lorsque je sais comment vous êtes devenu l'associé de la veuve Moirot, vous avez un aplomb d'une force de trente-six bœufs!

— Monsieur, s'écria-t-il en se rengorgeant, je suis un honnête homme!

— Un honnête homme qui reçoit d'une duchesse du *toc*, d'une catin, pour ne pas dire plus, trois cent mille francs pour faire aller son commerce.

— Monsieur, l'argent n'a pas d'odeur.

— Comme le commerçant n'a pas de cœur, en mettant sur la paille un artiste comme moi, qui depuis vingt ans fait votre fortune.

— Monsieur, les affaires sont les affaires ! vous travaillez, je vous paye; vous faites le vide dans ma caisse, je cherche à la garantir par tous les moyens légaux ! Cependant je ne suis pas un ingrat, je reconnais les services que vous avez rendus à la maison. Vous êtes en avance de dix mille francs avec nous, eh bien ! je consens à vous en faire la remise, en raison de votre intelligence, et si vous daignez m'éclairer sur un passé scabreux concernant la maison Moirot.

— Lesquels? C'est qu'ils sont nombreux dans votre maison, les sujets scabreux?

— Passons sur ce que vous croyez qui me concerne, fit Bertin d'un air réfléchi. Parlons de Mlle Henriette et de Mlle Marie, dont vous désirez, autant que moi, plus que moi, le bonheur...

Paindorge, très intrigué, s'écria :

— Que diable me chantez-vous là? Qu'est-ce que cela peut me faire, le bonheur de

Mlle Marie? Où avez-vous jamais vu que j'y étais intéressé?

— Voyons! voyons! fit l'industriel qui mit sa surprise sur le compte de la dissimulation, ne feignez pas avec moi. On sait ce que vous êtes à Henriette. On n'avance pas de l'argent à un huissier en faveur d'un artiste insolvable sans que cet artiste soit très intéressant pour la prêteuse. D'ailleurs, Henriette a presque avoué.

— Ah bah! fit Paindorge, placé entre la stupéfaction, la défiance et la colère.

— Il paraît, continua Bertin sur ce ton mystérieux, que Marie est sa fille.

— Cela se peut bien, dit Paindorge qui se remit à ratisser sa maquette.

— Et puisqu'elle est sa fille, insista Bertin, il faut que sa fille ait un père.

— C'est assez logique.

— Et vous, qui fréquentiez la famille Blandureau avant son alliance avec les Moirot, vous le connaissez sans doute, le père?

— Pas plus que vous, répondit Paindorge essayant de lui rendre sa même monnaie, pas plus que vous qui quittâtes à peu près en même temps que moi les Blandureau pour aller refaire fortune, et un peu malgré vous, dit-on.

Bertin se mordit les lèvres ; il comprit trop bien l'artiste et lui demanda :

— Interrogez bien votre jeunesse ?

— J'y consens, pour vous faire plaisir. A seize ans, lui répondit-il, j'étais apprenti bronzier chez M. Blandureau, fabricant de bronze et de cuivre estampé, avant d'avoir été aux Pyrénées, je ne sais quoi. Le zinc ne s'était pas encore infiltré dans nos mœurs. Donc, l'aurore du zinc vit la mienne. De son introduction dans votre maison date l'histoire de ma vie. Ma famille de Bourgogne m'avait placé sur la recommandation d'Henriette, cousine d'Éva, dans l'atelier de bronze des Blandureau. Sitôt à Paris, l'amour de l'art m'empoigna. Je quittai l'industrie, j'entrai dans l'atelier de Rude. Ma sœur, mariée à un cultivateur, n'entendit pas de cette oreille-là. Elle me fit revenir, après trois années d'école et de misère dans sa province, puis elle me réintégra, pour un moment, dans la maison Blandureau, transformée par le mariage de la bourgeoise actuelle en maison Moirot. Le mari de la patronne était un homme de progrès ; il adopta le zinc dans sa fabrication de bronze. Comme M. Moirot n'était pas un épicier comme vous, quoique vous soyez Italien, il cultiva mes nobles instincts au profit

de son zinc. Il me renvoya aux beaux-arts à la
condition que mon génie, en faisant ma gloire,
contribuerait à sa fortune.

— Pardon, fit Bertin l'interrompant avec impatience ; mais, dans cette histoire de jeunesse, vous oubliez trop la fée bienfaisante de
deux enfants venus je ne sais d'où, la Providence des orphelines de notre maison, Marie et
Julie.

— Mlle Henriette, n'est-ce pas ?

— Oui, Mlle Henriette, répéta le fabricant
avec intention, à qui nous devons particulièrement Mlle Marie élevée jusqu'à l'âge de dix ans
en Bourgogne et que Marie ne quitta que lorsque mourut votre sœur. Je sais tout, heureux
père !

A ces derniers mots lancés comme un trait
de feu au visage de Paindorge, celui-ci tressauta d'indignation.

— Ah ! pas de mauvaise plaisanterie, exclama l'artiste. Mlle Henriette a été la protec-
trice de Marie, mais elle n'a été rien de plus ;
du reste, je possède de ma pauvre sœur une
lettre qui ne doit être ouverte que lorsque
Marie aura vingt et un ans. Cette lettre dévoi-
lera le mystère de sa naissance. D'ici là, patron, je n'ai rien de plus à vous dire.

Paindorge tremblait en passant l'ébauchoir sur sa maquette. Il avait toutes les peines du monde à se contenir.

L'artiste avait horreur de la lâcheté. Sans l'ardent désir de servir sa bienfaitrice, de connaître tout entiers les projets de son patron, il eût jeté Bertin à la porte.

Il se contint, il attendit avec une sourde agitation la réponse de son patron.

— Et si pour le bonheur de Marie, reprit Bertin, je vous payais cette lettre par la remise de dix mille francs que vous nous devez, que diriez-vous?

Paindorge se mordit les lèvres. Il ferma les poings avec une envie démesurée de les tambouriner sur les épaules de son fabricant.

— Parbleu! répondit l'artiste, je me dirais que votre générosité ne pouvait avoir qu'une infamie pour mobile. L'infamie, la voilà.

— Vous êtes fou ! s'écria Bertin se contraignant. Et si je ne m'intéressais pas autant que vous à votre fille, je ne vous rendrais pas ce service par considération pour la famille Moirot.

— Alors, vous tenez à ce que votre caissière soit ma fille?

— Mlle Henriette ne pourra pas toujours le cacher, par la lettre de votre sœur.

— Et vous désirez, reprit l'artiste qui le vit venir, vous désirez posséder la lettre de ma sœur ?

— Dans votre intérêt, dans celui de votre enfant, et, je le répète, par considération pour la famille.

— Alors, continua Paindorge, alors vous renonceriez, sur la promesse de la remise de cette lettre, aux poursuites que vous dirigez contre moi pour les dix mille francs que je vous dois ?

— En voulez-vous la preuve ?

— Sur-le-champ.

— Parlez, reprit Bertin qui croyait tenir son artiste, et ordonnez-moi ce bienfait.

— Eh bien ! dit celui-ci en se consultant, écrivez à l'huissier devant moi que vous payez toutes mes dettes ; moi, en échange, je vous écris que je vous promets la remise de la lettre de ma sœur, concernant la naissance de la caissière.

— Marché conclu, s'écria Bertin avec entrain, prêt à chercher une plume et du papier.

— Voilà qui est fait, exclama Paindorge écrivant sur un carton à dessin pendant que Bertin traça quelques mots sur un escabeau où il avait avisé un encrier de plomb, du papier

gris, une mauvaise plume perdus sous des bou-
lettes de terre.

Les deux hommes écrivirent avec une préci-
pitation fiévreuse, avant de s'échanger leurs
lettres.

Bertin formula ainsi sa missive :

« Je réponds de la dette de dix mille francs
de Paindorge, en échange de la lettre écrite à
notre artiste par sa sœur, au sujet de Marie,
notre caissière, qui, jusqu'à l'âge de vingt et
un ans, a passé un contrat avec notre maison
par l'intermédiaire de notre associée, Mlle Henriette.

« *Signé* : BERTIN,
« *De la maison Moirot et Cie.* »

Paindorge, de son côté, traça ces lignes :

« Je consens à remettre à M. Bertin la lettre
de ma sœur aux termes exigés par elle, c'est-
à-dire lorsque Marie aura vingt ans accomplis.
Jusque-là, cette lettre, entre les mains de
Mlle Henriette, ne pourra en sortir pour rentrer
dans les miennes. A cette époque, je me ferai
un devoir de remplir mes engagements vis-à-

vis de M. Bertin, sans enfreindre, en quoi que ce soit, les volontés de ma sœur.

« *Signé* : PAINDORGE,

« *Sculpteur de la maison Moirot et C*ie. »

L'artiste eut bien le soin de ne remettre son engagement entre les mains de son fabricant que lorsqu'il eut le sien en sa possession.

Paindorge jouissait du tour qu'il venait de jouer à l'Italien, sans compromettre en rien Mlle Henriette, liguée contre Bertin.

Du reste, l'artiste abhorrait l'Italien en raison de son passé.

Bertin, après avoir jeté longuement les yeux sur l'écrit de Paindorge, en avoir commenté la teneur, s'écria, hors de lui :

— Mais, avec ce papier, je n'ai rien, je reste au pouvoir d'Henriette, je suis joué.

— Encore une ficelle, lui répondit l'artiste, comme votre considération.

Le fabricant était furieux.

L'artiste mit tranquillement dans sa poche la lettre qui l'exonérait de sa dette et ajouta :

— Que voulez-vous ? Pour une fois, j'ai été plus malin que vous, continua-t-il. Maintenant, j'aurai du cœur à l'ouvrage. Sans votre désistement, votre Sapho non achevée courait le risque de devenir une chimère ; c'est vous qui y gagnez encore.

— Au moins, répondit Bertin réfléchissant au moyen de prendre sa revanche, de tirer parti de l'écrit de Paindorge, vous consentirez bien à vous intéresser avec moi au sort de cette chère Marie, car vous devez plus que moi protection à cette intéressante enfant, la vôtre...

— Ah ! vous y tenez, l'interrompit-il avec humeur.

— Et, continua Bertin sans sourciller, je compte que vous ne désavouerez pas un jour la mère, pour le bonheur de la fille.

— Est-ce le désir de Mlle Henriette ? lui demanda-t-il.

— En tous les cas ce doit être le vôtre, lui répondit-il.

— Alors, bonsoir, dit Paindorge qui s'inclina triomphalement devant Bertin.

— Bonsoir, répéta le fabricant en lui lançant des regards obliques comme un être qui médite un mauvais coup contre un adversaire dont il n'avait soupçonné ni la force, ni la ruse.

Ils se séparèrent, l'un fier d'avoir échappé à la morsure de ce serpent, l'autre se préparant à blesser tous ceux qui avaient échappé encore à ses blessures.

Un vif ressentiment animait l'industriel contre l'artiste qui l'avait joué.

CHAPITRE XI.

LA HAINE ET L'AMOUR

Mme veuve Moirot qui, avant d'appartenir au rival de Boulinchard, avait été si convoitée par Bertin, redoutait Henriette. Sa cousine, une Boulinchard, connaissait trop les secrets de sa jeunesse.

Bertin, en noircissant Henriette, se défaisait donc d'un redoutable adversaire.

Il ne s'illusionnait pas cependant sur l'étrange pouvoir à l'aide duquel il tenait à merci le cœur et l'esprit de la veuve. Mme Moirot, par remords, par orgueil, avait horreur de son ancien amant qui avait pris captieusement vis-à-vis d'elle le rôle de la Providence.

Lasse de sa tyrannie doucereusement cruelle,

elle avait en dernier lieu fait appel, comme on l'a vu, à son ancien prétendu, à l'oncle Boulinchard, devenu colonel, doublé de son neveu Alfred.

A cet appel, Bertin avait sonné l'alarme ; il avait dépêché chez sa plus intime ennemie, chez Henriette, son neveu Popino.

Tout cela s'était produit dans l'ombre. L'ancien Italien réservait ses derniers coups pour le moment où la veuve aurait osé rompre ouvertement avec lui.

De son côté, la veuve était trop fine pour lutter franchement contre un homme dont l'habileté l'avait forcée à entrer dans son jeu aussi infâme que terrible.

Elle craignait d'autant plus Bertin qu'elle sentait que l'Italien n'avait pas étayé uniquement l'édifice de son ambition sur l'intérêt, elle savait que la passion était plus forte chez lui que la satisfaction des richesses. Mme Moirot était femme ; elle connaissait le pouvoir qu'elle exerçait sur cet amant criminel dont les forfaits étaient dictés par la constance de son amour malhonnête.

Fidèle à sa tactique de femme et de coquette, elle avait conçu le projet d'opposer à cet homme abhorré et dévoré de désirs, un rival aussi à craindre que son tyran. Elle croyait le trouver d'abord dans le colonel. Elle espérait, après vingt années d'intervalle, reprendre un roman interrompu jadis dans la maison de la rue de la Pompe.

Éva, aimée à dix-sept ans par Bertin, s'était développée en grâce et en beauté. Elle avait trente-huit ans, on lui en eût donné trente. Elle était adorable. Elle comptait faire de Boulin-chard, son vieil adorateur, un instrument aussi docile que dangereux contre Bertin.

Heureusement pour le colonel qu'il venait d'être averti par Henriette, à la suite de sa ren-contre avec elle sur le bateau omnibus. Que peut la sagesse contre la passion, même dans le cœur d'un homme d'un âge mûr?

On sait de quelle façon l'oncle Boulinchard accueillit les paroles raisonnables de la vieille demoiselle. Il n'était pas moins prévenu par sa cousine. Sans cette rencontre avec Henriette, Boulinchard, dès sa première entrevue avec la belle veuve, eût mis à néant ses vieilles ran-cunes, il eût été à sa merci. Les malheurs d'Éva, son expérience de la vie, ses ruses de coquette qui ne se laissaient plus déjouer par la volupté, l'avaient rendue invulnérable.

Alors la belle veuve s'épanouissait comme la

fleur qui, près de son déclin, répand un parfum si enivrant qu'il tue celui qui le respire.

Mme Moirot était une femme mûre, réfléchie, voilant ses charmes sous des allures pudiquement étudiées.

Depuis la mort de M. Moirot, elle était toujours vêtue de noir. Si elle portait obstinément le deuil de son mari, c'était parce qu'elle ressortait, plus éblouissante d'attraits, de ce cadre de deuil.

En 1872, la régularité de ses traits était animée d'une chaude carnation illuminée de vifs et limpides regards. Elle tenait les paupières baissées comme pour voiler les feux de ses prunelles qui étincelaient à travers ses longs cils. Tout brillait, tout brûlait en elle. Les courbes harmonieuses de ses formes élégantes, souples et gracieuses, protestaient amoureusement contre la sévérité de ses modestes vêtements.

C'était la volupté endormie par la mélancolie; c'était la coquetterie innée à travers le masque de la dévote et de la puritaine. C'était l'élégance de l'ancienne femme du monde se dérobant avec art sous la gaucherie de la bourgeoise.

Coquette *voilée* à trente-sept ans, comme elle

avait été coquette *effrontée* à seize ans, Éva n'a-
vait fait que changer de rôle.

A cette époque, quoique très simple en apparence, Éva était plus composée que jamais. Elle
jouait à la vieille pour paraître plus jeune. Elle
avait l'air de se soumettre à la vieillesse, mais
comme ces gens qui, ayant peur de mourir, se
disent préparés à la mort. Nulle plus qu'elle
n'avait peur de vieillir. Elle se mettait en paral-
lèle avec sa fille, parce que les formes, encore
indécises d'Olympe, faisaient valoir l'opulence
de sa beauté. Elle mettait de l'ombre sur ses
attraits comme un peintre combine les effets
de son tableau, pour mieux en faire ressortir
l'éclat.

Pour ceux qui avaient connu l'élégante Éva
et qui retrouvaient la sévère Mme Moirot, c'était
la même créature. Elle n'avait fait que changer
de coquetterie. C'était toujours la même femme
subtile, plus séduisante avec l'âge, inspirant
la passion sans la recevoir.

Sous le même toit, Bertin et la veuve Moirot
s'observaient sans cesse.

L'Italien avait à sa dévotion tout le personnel
de la maison. Aussi avait-il appris, dès le jour
même, la présence du rival de son neveu dans
la place : Alfred Boulinchard.

Et l'on sait que sans se déclarer ouvertement contre les parents de Mme Moirot, Bertin avait dépêché son neveu Popino chez Henriette pendant que celle-ci s'apprêtait à déjouer tous ses plans.

Éva était trop fière pour se cacher tout à fait de son ancien amant, pour ne pas avouer ses vues en faveur de sa famille dans laquelle Bertin, quoique son associé, était toujours considéré comme un valet.

Lorsque Mme Moirot, qui espionnait aussi Bertin, apprit qu'il favorisait dans sa maison l'accès de la duchesse d'Aruja, travaillant de toutes les façons à rentrer par lui dans sa famille, elle fit mander son associé.

Cela se passait trois jours après l'entrevue manquée d'Alfred Boulinchard avec Mme Moirot, après l'arrivée de Bezon apprenant à Bertin le vol de Calais.

Alors l'industriel revenait de voir Paindorge à Belleville. Celui-ci n'avait pas manqué d'instruire la maison Moirot du manège de la duchesse, *sa poseuse*.

Mme Moirot faisait mander son associé dans le même salon où, trois jours auparavant, Alfred Boulinchard, en tête à tête avec Popino, avait vainement attendu sa tante ; elle tenait à avoir une explication sur l'étrange retour de la duchesse.

— Pourriez-vous m'expliquer, monsieur Bertin, lui demanda-t-elle, d'un ton aigre-doux qu'elle prenait toujours avec lui dans le tête-à-tête, comment il se fait que Mᵐᵉ d'Aruja dont l'étrange mariage a été un scandale pour tout Paris, revient parmi nous en se faisant, par une fantaisie indigne de son nom, bien digne de son caractère, la poseuse de notre sculpteur?

— Parce que, répondit-il d'un ton sournois, c'était le ton habituel de Bertin à l'égard de la veuve, Mᵐᵉ la duchesse nous apporte, en outre de sa gracieuse image, trois cent mille francs que, dans ce temps de ruine et de désastres, notre maison ne peut refuser d'accepter.

— Heu! heu! fit Mᵐᵉ Moirot, avec une moue dédaigneuse, je reconnais encore là un des tours de votre sac à malice.

— Il vaut le vôtre, madame, reprit-il d'un ton piqué.

— Que voulez-vous dire?

— Si je ramène vos parents chez vous, dans l'intérêt de notre maison, n'en faites-vous pas autant de votre côté avec les Boulinchard?

— Est-ce que vous voulez mettre les miens à la porte, maintenant ?

— Dieu m'en garde ! exclama-t-il d'un air béat.

— C'est heureux.

— Mais dans votre intérêt, continua-t-il, je vous ferai observer que votre idée d'unir le neveu de M. Boulinchard à mademoiselle votre fille, Olympe...

— Ah ! vous savez tout, vos gens vous ont instruit, exclama-t-elle exaspérée.

— Je sais, ajouta-t-il sans lever les yeux sur la veuve aussi surprise que courroucée, je sais ce que personne, depuis trois jours, n'ignore ici.

— Et ce que tout le monde vous raconte par vos ordres ! l'arrêta-t-elle avec impatience. Et vous allez sans doute vous prononcer contre ce mariage dont le projet a été caressé depuis longtemps par mon cousin Boulinchard ?

Mme Moirot mentait. Elle n'osait avouer que c'était elle qui avait suggéré cette idée au colonel en l'appelant auprès d'elle.

M. Bertin le savait. Il était trop adroit pour lui faire sentir son mensonge. Il lui répondit d'un air contrit.

— Mon Dieu, madame, je n'ai ni le pouvoir,

ni la volonté d'aller contre les sentiments ou les intérêts de votre famille. Cependant, je vous ferai observer que ce mariage pourrait un jour compromettre notre position réciproque.

— Vous n'aimez pas le neveu de Boulinchard? lui demanda-t-elle avec un sourire aigu.

— Moi, au contraire, reprit-il de la même façon, je l'adore. C'est un sympathique et brillant jeune homme. Ce n'est pas une raison parce que, entre le colonel et moi, il y a eu autrefois rivalité...

— Passons ! l'interrompit la veuve impérieusement, les choses d'autrefois sont oubliées ; revenons à Alfred.

— Je le répète, madame, reprit Bertin respectueusement, personne plus que moi ne rend justice à votre neveu. Il a de l'éducation, de l'esprit, du courage, tout ce que n'a pas Popino, j'en conviens. Mais je vous ferai observer que Popino a ce qu'il faut précisément pour être un bon mari et un habile commerçant : il a de l'ordre sous une apparence de légèreté très excusable à son âge, un grand fonds de conduite sous un extérieur de débauché pour rire. Bref, il a tout l'entrain de commande exigé par son état. Et, dans votre intérêt, je suis donc obligé de vous dire, madame, que si Popino n'épousait

12.

pas un jour Mlle Olympe, votre fille, je me ver-
rais forcé d'établir ailleurs mon neveu et de
retirer, par conséquent, mes capitaux de la maison Moirot, représentés aujourd'hui en partie
par un ami de la duchesse, le prince Jaga.

— Ce qui signifie, répliqua-t-elle avec dégoût,
au nom du prince, que malgré l'intérêt que vous
me portez, vous me ruineriez ?

— Il en coûterait à mon amitié, lui riposta-
t-il en roulant des yeux à la Basile, ce n'est
pas moi qui l'aurai voulu. Dieu m'est témoin,
mon passé l'a prouvé, que je vous suis tout
dévoué, mais je suis aussi dévoué aux miens.
Popino est mon neveu.

— C'est-à-dire, se récria-t-elle avec impatience, que vous voulez me contraindre à con-
gédier Boulinchard et son neveu qui comptent
maintenant sur mon consentement ; c'est-à-dire
que vous continuez de pousser ici les vôtres au
détriment des miens.

— Oh ! fit Bertin avec un geste de doux
reproche, vous êtes injuste. Les vôtres, je crois,
sont ici assez bien partagés, je n'ai aucun droit,
du reste, à vous contraindre. Que Mlle Olympe
épouse Alfred, s'ils s'aiment, ces jeunes gens,
j'en serai ravi pour eux. Mais, dans votre
intérêt...

— Vous me ferez observer... l'interrompit-elle avec malice.

— Que l'amour n'a qu'un temps, reprit-il très sérieusement, et malheureusement, l'expérience nous l'a prouvé, la passion est rarement d'accord avec la raison.

Comme on peut en juger par cet entretien aigre-doux entre ces deux personnages, la haine et l'amour se livraient chez eux de perpétuels combats. Bertin, avec l'âge, ainsi qu'il l'a été dit précédemment, avait changé d'allures et de physionomie. Mais il était resté le même fourbe d'autrefois.

A cette époque, les rôles étaient bien changés entre Éva et son ancien amant. Bertin commandait, Éva obéissait. Si l'ancien professeur n'avait plus comme autrefois l'allure fatale d'un don Juan, son attitude devenue très réservée vis-à-vis de sa victime n'en était que plus terrible. Il n'abusait plus de sa force, il la faisait sentir d'une façon doucereuse d'autant plus implacable contre Éva que Bertin avait eu l'art de contraindre sa victime à devenir sa complice.

L'Italien la tenait maintenant en son pouvoir par l'argent, par l'indigne duchesse d'Aruja, par l'esclavage qu'il lui avait imposé au nom

d'un passé funeste et d'une parenté criminelle.

Éva n'éprouvait qu'une joie auprès de son
bourreau, c'était de le faire souffrir sous le pouvoir de ses attraits.

Éva, répétons-le, était aussi la même, comme
Bertin, resté l'amant des premiers jours. Mme Moirot, comptant alors avec l'opinion, était une
coquette masquée sous des allures bourgeoises:
Bertin, sous l'apparence d'un homme sérieux,
était un volcan sous la neige. Éva le savait.

A chaque instant elle faisait tressauter son
cœur pour mieux l'aiguillonner. Elle n'avait
qu'une satisfaction dans sa haine contre son
tyran, celle de jouer avec son amour en attendant le moment de le désespérer!

Glissant avec dessein sur les dernières allusions de Bertin, qui réveillaient des souvenirs
aussi douloureux pour elle que délicieux pour
lui, la veuve ne répondit qu'à ses reproches:

— Que parlez-vous des miens? En vérité, je
vous trouve sans vergogne! C'est à moi que
vous reprochez de songer à ma famille quand
vous ne m'avez entourée que d'espions intéressés à me l'aliéner! Oh! ajouta-t-elle sur un
geste de dénégation de Bertin, je ne vous parle
pas d'Henriette, celle-là je vous l'abandonne,

quoiqu'elle soit de ma famille ! Excepté cette
Henriette qui me traite aussi en ennemie, que
suis-je dans ma maison ? Quelle figure y fais-je
depuis que vous avez l'art de m'entourer de
commanditaires étrangers, comme le prince
Jaga, comme une parente plus indigne encore,
cette duchesse d'Aruja, sans compter un Anglais, un Milton de Londres qui, bon an, mal
an, nous prend nos artistes avec nos modèles,
sans compter Marie, cette orpheline dont le sort
dépend de vous comme dépendra peut-être le
sort de ma fille, de ma chère Olympe, en l'en-
chaînant à votre Popino ?

— Madame, répliqua Bertin se mordant les
lèvres, vous êtes injuste ! Ne sont-ce pas les
fautes de votre entourage qui m'ont contraint,
moi naguère un paria, un homme sans sou ni
maille, à sauver, à force d'intelligence, il y a
quelques années, comme aujourd'hui, votre
maison menacée de la ruine ? J'aurais cru, au
contraire, que vous m'auriez su gré d'avoir
donné à votre maison, par mon travail, par mon
crédit, une prospérité que les vôtres ont fort
compromise. Ah ! je suis bien mal récompensé
de mon dévouement...

— Qui a perdu mon mari et les miens ?
acheva-t-elle brusquement.

— Votre mari, madame, riposta-t-il sèchement, s'est perdu de lui-même comme les
vôtres ! Sans parler de votre ancien entourage,
parlons un peu, madame, de votre mari que
vous épousâtes autrefois par raison.

— Encore ! exclama la veuve dévisageant son
associé avec colère, ne vous avais-je pas défendu de revenir sur le passé ?

— Mon Dieu ! s'écria le fourbe d'un air contraint, si j'y reviens, c'est pour vous faire voir
les mêmes périls qui vous menacent. M. Moirot, lui aussi, comme Alfred, votre neveu, avait
un cœur d'or, des qualités brillantes ! Ce qui
lui manquait et ce qui est impardonnable en
affaires, c'était un esprit de suite et de conduite. Et, si je n'étais revenu en France, accom-
pagné d'étrangers que j'intéressais à votre
maison, où en serait-elle aujourd'hui ?

La veuve courba la tête. Elle était terrassée
par l'apparente logique de Bertin ; elle rougit
et balbutia :

— Oui, je sais ce que je vous dois. Et voilà
des années que je vous en suis reconnaissante.

— De la reconnaissance ! exclama Bertin d'un
air de protestation chaleureuse. Vous savez bien
que, depuis dix-huit ans, un autre sentiment
n'a cessé de me guider.

— Oh ! fit la veuve dissimulant sa peur sous de l'ironie, vous devenez par trop chevaleresque, mon ancien professeur ! Puis elle reprit en baissant les yeux, d'un air sombre : Vous savez bien que vous ne pouvez espérer retrouver la clef de mon cœur, puisqu'elle est tachée de sang. Taisez-vous, taisez-vous, je vous en supplie, au besoin je vous l'ordonne.

L'ancienne maîtresse de l'Italien lui lança ces paroles d'un ton qui le frappa au cœur.

Il ne riposta pas, il se contenta d'étouffer un soupir de rage.

Pourtant, il eût tué volontiers en ce moment cette femme vindicative et trop aimée.

La veuve trembla ; elle avait été trop loin.

Par prudence, bien plus que par générosité, elle reprit avec moins d'âcreté :

— Bertin, je suis votre associée, je ne puis être rien de plus. Par grâce ! plus d'enfantillages ! Vous êtes un homme sérieux, moi je suis devenue une vieille femme ! La passion est rarement d'accord avec la raison ; nous sommes tous les deux d'un âge où l'on ne parle plus que le langage de la raison. Bannissons des souvenirs importuns, ridicules, funestes. Tenez ! pour que vous ne les réveilliez plus, je préfère complaire à vos vœux. Jurez-moi de ne rester

que mon associé et je vous jure, moi, qu'O-
lympe, ma fille, n'épousera que Popino.

— Mais je ne veux pas autre chose, répondit
Bertin avec un sourire aigu qui déguisait à
peine son amour et son amour-propre blessés.

— Je veux bien le croire, répondit la veuve
qui avait hâte de quitter ce terrain brûlant ;
cependant, je ne puis éconduire brutalement
Boulinchard et son neveu. Il y a trois jours, le
neveu de Boulinchard est venu ici me rendre
visite. Je n'ai pu le recevoir. Comme vous le
savez, j'ai réception tous les vendredis ; j'ai
fixé ce jour, où nous nous réunissons d'ordinaire, pour inviter Alfred avec son oncle. Je les
attends donc à dîner aujourd'hui.

— Et, continua Bertin ravi des mauvaises
dispositions de la veuve à l'égard de sa famille,
et vous tenez à les éconduire avec tous les respects qu'on se doit entre parents. Est-ce que
Mlle Henriette sera aussi du repas ?

— Non, répondit-elle, parce que, je l'avoue,
je redoutais vos observations. Ma cousine, par
esprit de famille, n'eût pas manqué d'être contre
vous dans le camp des Boulinchard.

— Et vous avez, cette fois, écouté la raison.
Ah ! elle ne parlera jamais par la voix de cette
méchante Henriette, qui se compromet à plaisir

et compromet aussi tout le monde par sa fausse humanité.

— N'en dites pas trop de mal ; nous lui devons Marie.

— C'est la seule chose qu'elle ait faite de bien dans sa vie, probablement parce qu'un intérêt de famille l'y forçait.

— Ah ! reprit avec joie la veuve qui aimait toujours à cacher sa honte sous le manteau de sa cousine, voilà que vous devenez aussi méchant qu'elle !

— J'ai tort, répondit-il en souriant, et je vous remercie d'avoir écarté Henriette, de vous être privée, du moins, de cette auxiliaire contre moi.

— Parce que j'avais peur de votre tyrannie !

— Ou de ma raison ! acheva-t-il d'un air soumis et demi-menaçant.

Les deux complices s'étaient, comme on voit, sensiblement adoucis, en apparence.

Tous les deux ne s'appartenaient pas. N'étaient-ils pas liés par un passé qu'ils se reprochaient mutuellement, au gré de leurs caprices ou de leurs intérêts ?

C'était entre eux un combat continuel, où ils étaient toujours en éveil par cette haine et par cet amour animant la veuve, la patiente, et l'industriel, le bourreau.

13

A la fin de cet entretien, l'hypocrite Bertin s'était dit :

— J'ai fait jouer le sentiment et le remords, nous tenons, mon neveu et moi, tous les intérêts de la maison.

Alors un grand bruit se fit entendre dans l'escalier.

Il annonçait Boulinchard.

L'oncle d'Alfred, rencontrant, trois jours auparavant, sa cousine Henriette, n'avait pas été fâché, par la nouvelle invitation de Mme Moirot, de remettre trois jours après, la visite qu'il voulait faire à la veuve, le jour même où il revoyait Henriette sur le bateau omnibus.

Maintenant qu'il connaissait les menées et le crime de Bertin, il était sur ses gardes.

Le colonel tomba comme une bombe dans le salon. Il tendit les bras à Éva, tandis que Bertin se recula en faisant le gros dos, à l'exemple d'un chat à la vue d'un dogue.

— Ah ! exclama le colonel, je la revois, ma chère cousine ! Voilà près de deux heures que je cherche votre maison. Avec vos nouvelles tranchées, on ne se reconnaît plus dans ce diable de Paris !

Il demanda à Mme Moirot :

— Vous permettez l'accolade ?

La veuve lui tendit la joue avec un sourire cordial.

— De grand cœur ! lui répondit-elle.

Alors M. Bertin roula des yeux furibonds, il refit le gros dos.

Mais, au moment où Boulinchard, ravi et joyeux, s'approcha de la veuve pour l'embrasser, ses bras s'arrêtèrent. Il tressauta comme un pantin tiré par un fil. Une nouvelle douleur comprima l'élan de sa reconnaissance, elle lui fit pousser un soupir.

Au lieu d'embrasser Mme Moirot, il se frotta la jambe, il s'écria devant la cousine ébahie :

— Ne faites pas attention ! c'est un coquin de rhumatisme qui me vient d'Italie, je connais ça !

Bertin, d'abord plein de rage, acculé dans l'angle le plus obscur du salon, eut un mouvement ironique. Il fut aperçu de Mme Moirot, confuse et peinée.

Elle ne s'attendait pas, comme Bertin, à voir son vieil adorateur si dépoétisé par le temps et par la gloire.

Une fois remis, Boulinchard embrassa sa cousine et lui demanda, sans voir encore son ancien rival :

— Ainsi, c'est convenu ? Le traité est passé,

la paix conclue, mon neveu épousera Olympe ?

A cette brusque entrée en reconnaissance, l'industriel toussa et sortit de son coin.

— Tiens, ajouta le colonel en se reculant à la vue de l'ex-professeur, qu'il ne reconnut pas d'abord, qu'est-ce que c'est que ça ?

A cette dédaigneuse interpellation, la veuve s'empressa de présenter son associé avec tous les égards dus à son plus intime ennemi.

— Comment, Boulinchard, vous ne reconnaissez pas M. Bertin ?

Sous le coup des terribles révélations d'Henriette, le colonel fit un bond comme s'il eût marché sur un serpent.

Il se remit et prononça un : « Ah ! bah » très mortifiant.

Bertin y répondit en s'inclinant :

— Moi-même, monsieur Boulinchard...

Le colonel riposta :

— Il y a dix-huit ans, vous étiez long et maigre comme un fusil à aiguille. Je vous retrouve aussi rond qu'un boulet de trente-six. Du diable si je vous eusse reconnu ! Eh bien ! qu'est-ce que vous faites là ?

— Madame, répliqua Bertin, d'un ton digne et offensé, veuillez donc dire à monsieur ce que je vous suis.

— Il me semble, reprit à dessein le colonel qui tenait par-dessus tout à mortifier l'industriel, que vous n'êtes ni allié, ni parent à la famille. Si sur son invitation, je viens demander à Mme Moirot la main de ma nièce pour mon neveu, cela ne vous regarde pas, je suppose ?

— Peut-être ! reprit Bertin en traînant à dessein sur ce mot et en jetant des regards obliques à la veuve.

— Plaît-il ? fit Boulinchard en toisant l'industriel.

Mme Moirot jugea nécessaire de s'interposer entre eux. Elle dit vivement au colonel :

— Je dois ma position nouvelle à M. Bertin. Et vous oubliez, cher cousin, que vous parlez ici à mon principal associé.

Mais Boulinchard, qui savait à quel prix il était devenu le factotum de la maison, ne se départit pas de son insolence, il répondit :

— Ah ! saperlipopette ! voilà qui est plus violent que mes rhumatismes ! Et moi, je me rappelle qu'il y a dix-huit ans, monsieur était à votre père ce que mon brosseur est à moi-même. Monsieur se sert probablement aussi de l'autorité qu'il a su prendre sur vous pour s'opposer à l'union de mon neveu avec Olympe ?

— Oh ! répondit l'industriel, élevant les bras et baissant les yeux, je n'en ai pas le droit !... Cependant je ferai observer dans l'intérêt de Mme Moirot que...

— Que votre intérêt, ajouta Boulinchard, est diamétralement opposé à celui de notre famille, n'est-ce pas ?

Il s'arrêta pour pousser un cri arraché par la douleur.

— Et, continua-t-il, si mon neveu aime ma nièce, Alfred épousera Olympe malgré vous ! Oh ! vous ne vous jouerez plus de moi.

Ne voulant pas trop en dire, il regarda autour de lui comme pour chercher Alfred qui aurait dû l'avoir devancé. Il s'écria :

— Ah çà ! où donc est le gamin ? Je le croyais ici, Madame Moirot ? N'a-t-il pas reçu son invitation, de votre part, en même temps que la mienne ? Et votre invitation à dîner est bien près, je pense, d'être un dîner d'accordailles.

Mme Moirot, par prudence, resta silencieuse.

Bertin, furieux de l'attitude de la veuve et de Boulinchard, répondit à ce dernier :

— Monsieur, vous aurez bien égard, ce me semble, avant de songer à l'établissement de votre neveu, à la détermination de votre cousine ?

— Est-ce que je vous parle à vous ? riposta le colonel, qui finissait par s'agacer des objections de l'industriel. Eh bien ! je vais vous parler une bonne fois. Est-ce que vous me prenez pour une bête ? Vous savez bien que ma cousine n'a toujours fait que vos volontés. Je connais ça, comme je vous connais de longue date. Tenez ! je n'avais pas besoin, il y a trois jours, de rencontrer M\u1d49\u02e1\u02e1\u1d49 Henriette pour me rappeler ce que vous valez ! Je parie que vous n'avez eu l'idée de marier Olympe à votre imbécile de neveu que du jour où Alfred a été promis à la fille de ma cousine ?

— Ah ! reprit l'industriel avec une joie haineuse, dès que vous avez rencontré M\u1d49\u02e1\u02e1\u1d49 Henriette, je ne m'étonne plus de vos amabilités. En tous les cas, monsieur Boulinchard, vous me supposez l'âme bien noire ?

— Oh ! fit le colonel, je ne suppose rien, je constate !

— Si c'est comme cela, riposta Bertin piqué, que vous prétendez faire la paix avec la maison Moirot, vous ?

— La paix avec vous ? jamais ! s'écria le colonel hors de lui, et si ma cousine vous soutient, rien n'est fait. Mais, malheur à vous ! car je connais votre passé, monsieur le notable, monsieur Bertini dit Bertin ! Vous ne nous bernerez plus comme autrefois, lorsque vous n'étiez à Passy qu'un méchant gratte-papier.

A ces mots, Mme Moirot s'élança pour s'interposer entre ces vieux rivaux. Elle avait des gestes suppliants, des regards éplorés.

L'intercession de la veuve en faveur de Bertin ne fit qu'irriter Boulinchard ; l'industriel profita de l'avantage que lui donnaient les invectives du colonel pour lui dire :

— Monsieur, les faits que vous rappelez ne témoignent pas en faveur de votre générosité. Permettez-moi de vous dire que je ne puis les entendre devant la femme de celui qui fut mon meilleur ami.

— Oui, l'ami *in partibus*, je connais ça ! s'écria Boulinchard, exaspéré et poussé à bout.

A cette saillie plus qu'inconvenante, Bertin poussa un soupir indigné qui fut comme l'écho du cri d'alarme de la veuve.

Celle-ci dit aux deux rivaux en attachant des yeux furieux sur le colonel, qu'elle avait pourtant attiré pour la défendre :

— Messieurs... messieurs ! on pourrait nous écouter ! Pour la mémoire de mon mari, pour

sa veuve, taisez-vous ! N'oubliez pas qu'il y a
une femme entre vous. Par respect pour vous-
mêmes, cessez cet entretien, je le veux.

Boulinchard était confus ; Bertin rayonnait.
En exaspérant le colonel, le fabricant l'avait
enferré. Il avait eu l'adresse de mettre Mme Moirot de son côté ; elle qui, pourtant, avait voulu
se servir de son parent contre lui.

Boulinchard, revenu de sa fureur, comprit
un peu tard les salutaires avis d'Henriette.

Encore une fois, l'ancien amant d'Éva avait
exploité la haine et l'amour qui cependant lui
marchandaient le terrain sur lequel il tenait,
au nom du drame de la rue Charlot, à redevenir le maître absolu de la maison.

Les rivaux et la veuve en étaient là de leur entretien lorsque le vieux serviteur ouvrit une
porte donnant sur la salle à manger et annonça :

— Le dîner est servi !

Boulinchard offrit le bras à Mme Moirot. Elle
se laissa conduire d'un air courroucé, pendant
que Bertin les suivait, la tête basse, en se
frottant les mains.

13.

CHAPITRE XII

MADEMOISELLE OLYMPE

Alfred, en revenant trois jours après avec son oncle dans la maison de sa tante, n'avait pas pris, comme la première fois, la grande porte du magasin donnant sur le salon commun. Il s'était fait conduire dans l'appartement de l'étage supérieur occupé par Mme Moirot et Mlle Olympe, sa fille.

Ici ce n'était plus comme au premier étage, le pompeux étalage de l'industriel fier de sa marchandise. On n'y voyait pas ces produits du luxe sombre, prétentieux et sépulcral, d'autant plus lugubre qu'ils n'avaient pas été rajeunis depuis la mort de M. Moirot. Ce n'était plus comme au salon de la fabrique, un hommage

à la réclame unie à la douleur ; c'était l'at-
trayant reflet de deux beautés qui se com-
plétaient, l'une par sa simplicité, l'autre par
sa grâce.

Un salon, deux chambres à coucher, un boudoir pour la mère, où le jour était habilement
tamisé sous d'épais rideaux en guipure ; un
boudoir pour la fille, auréolé de mousselines
diaphanes, voilà la composition sommaire de
cet appartement.

Dans le salon, il y avait des meubles noirs
incrustés de nacre, de vrais bronzes d'art sans
dorure. Mme Moirot, dans son intérieur, s'était
souvenue de ce qu'elle avait été avant d'être
une bourgeoise de la rue Charlot : une demoiselle du monde.

Ses meubles, d'une élégance sévère, faisaient
ressortir son éclat en servant de cadre au profil
délicat de sa fille.

Mlle Olympe, à dix-sept ans, n'avait, au phy-
sique, presque rien de sa mère. Ses traits cor-
rects sans animation, accusaient une absence
complète d'esprit, d'idées, de sentiment. Elle
avait cette élégance d'une gravure de mode,
ce verbiage qui s'acquiert au babil des gens du
monde, cet idéal malsain que donne l'abus des
veilles, cette pétulance qui frise le mouvement

perpétuel et ne permet aucun repos à la pensée.

A dix-sept ans, Olympe, en véritable enfant gâtée, ne connaissait d'autres sensations que celles que l'on éprouve à l'invitation d'un bal, au choix d'une toilette, elle n'appréciait la vie qu'à travers les joies passagères de la mode et du plaisir.

Feu Moirot et Éva, en faisant de leur fille leur idole, avaient voulu la placer dans un milieu tout différent du leur. Ils comptaient la marier à un homme du monde, ils l'avaient élevée en grande demoiselle.

Olympe, en se prêtant complaisamment aux goûts de sa famille, avait gardé, malgré son éducation plus brillante que solide, un esprit positif.

Formée en vue d'un époux riche, elle avait la coquetterie, la sécheresse d'âme de sa mère, elle ne pouvait en avoir la souplesse.

Mme Moirot, pour lui faire éviter les dangers provoqués par son éducation, avait développé en elle la fleur de l'égoïsme. Olympe, comme sa mère, n'était que très disposée à se croire une merveille; égoïste et coquette, elle ne savourait que ses perfections.

Encore occupée d'elle-même à l'heure où Mme Moirot s'entretenait avec Bertin au sujet du dîner de famille dans lequel elle se préparait à recevoir Alfred et Boulinchard, Olympe ne songeait qu'à l'effet qu'elle produirait sur le jeune officier.

Depuis deux heures, dans son boudoir, après s'être vue, revue et corrigée à sa glace, elle s'était tenu, à peu près en ces termes, le monologue suivant :

— Je m'appellerais Mme Popino ! Non, ce serait trop drôle ! Mes bonnes amies de pension se moqueraient de moi. Tandis que, avec M. Alfred, un officier, un chevalier de la Légion d'honneur, je serai enviée, fêtée, et mes bonnes amies en dessécheront de jalousie.

Puis, étudiant avec minutie les moindres détails de sa coiffure et de son costume :

— Voilà un nœud, dit-elle en minaudant, qui ne sied pas à mes cheveux. Où ai-je eu la tête ? Décidément je changerai de couturière. J'ai l'air d'une allumette avec cette robe sans tournure. Je subis l'influence de la rue Charlot. Quand je serai mariée, je n'habiterai que la Chaussée-d'Antin. Là seulement on s'habille !

Olympe était trop sévère pour ses fournisseurs. Ce qu'elle demandait à sa couturière et à son coiffeur était indépendant de leur art. Pouvaient-ils lui donner la souplesse et la grâce qui manquaient à son corps si guindé et si froid.

Après s'être de nouveau passée en revue, Olympe reprit le fil de ses pensées, pesant le pour et le contre de son avenir.

— M. Alfred, ajouta-t-elle, est très bien en uniforme, j'en conviens, cela suffit-il? Avec Popino qui a un caractère sérieux et l'entente des affaires, je puis avoir équipage. L'industrie mène à tout. Popino est bête, j'en conviens, mais Popino est dans le mouvement. Riche, il sera décoré plus tard comme Alfred. Et, grâce au progrès, un mari aujourd'hui n'est plus que la recette dont la femme est la dépense.

Si Mlle Moirot eût ressenti quoi que ce soit dans l'âme, elle eût été un monstre. Olympe n'était qu'une vulgaire égoïste qui ne faisait que répéter le catéchisme des mondaines.

Elle attacha si peu d'importance à sa réflexion qu'elle revint à elle-même, elle reprit en se mirant de nouveau :

— Comme ce nœud va mal! Je vais appeler Marie. Lorsque je serai mariée, je la prendrai près de moi, cette orpheline, elle se chargera de m'habiller. Cela lui fera une position à cette pauvre enfant.

Puis revenant à sa personne, elle ajouta:

Je ne puis descendre ainsi. Je suis affreuse, je vais appeler Germain pour qu'il m'amène Marie.

Et au moment où Olympe se disposait à appeler ce domestique, Alfred se présentait devant elle.

En montant dans les appartements de Mᵐᵉ Moirot, Alfred ne cherchait pas Olympe. On lui avait dit au rez-de-chaussée que Mˡˡᵉ Marie était probablement auprès de mademoiselle. Il allait la chercher dans le corps de logis de la famille.

Il se disait en gravissant les dernières marches du second étage :

— Il y a trois jours, je n'ai pu parler à Marie. Elle était restée avec ce sot de Popino. Elle a fait semblant de ne pas s'apercevoir que je voulais avoir avec elle une explication. Elle m'en veut sans doute de ma fausse confidence ! Oh ! ces jeunes innocentes, elles sont, à leur insu, plus cruelles que les coquettes !

Mais la vue de Mˡˡᵉ Olympe, ouvrant la porte au moment où Alfred se disposait à y sonner, arrêta ses réflexions. Elle lui causa un vif désappointement.

Mˡˡᵉ Moirot s'écria d'un air de joyeuse surprise :

— Tiens, mon cousin ! Vous arrivez après

trois ans d'absence et juste quand je ne vous cherchais pas! Cependant je vous attendais; car c'est pour vous, monsieur, c'est pour vous recevoir, pour vous fêter, qu'on a fait cette toilette. Comment la trouvez-vous?

La jeune fille, après avoir poussé la porte derrière le jeune officier, sonna à deux reprises différentes. Elle invita ensuite Alfred à s'asseoir dans la première pièce, le salon de la famille.

L'officier s'exécuta avec assez de bonne grâce tout en cherchant Marie des yeux.

Une fois assis, il répondit à Olympe:

— Cousine, cette toilette vous embellit, comme trois ans d'absence vous ont embellie encore.

— Cette couleur sied bien, n'est-ce pas?

Et elle étala sa jupe avec complaisance devant le jeune homme qui se dit:

— Quand je disais que c'était une poupée!

— Mais, demanda-t-elle en s'avançant vers l'officier qu'elle inspecta des pieds à la tête, pourquoi n'êtes-vous pas venu ici comme lorsque vous étiez à Saint-Cyr: en uniforme?

— Hein! exclama Alfred, est-ce que vous croyez que je reviens du camp avec armes et bagages?

— Dame! fit Olympe minaudant, c'est qu'au-

jourd'hui ce n'est pas comme tous les jours.
Vous savez que le dîner où l'on vous invite est
presque un dîner d'accordailles? presque un
jour officiel pour nous.

Le jeune officier se recula stupéfait; il ne put
s'empêcher de penser :

— Oh! naïveté du Marais! je te retrouve
dans ta candeur.

Olympe, impatientée, resonna.

— Qui sonnez-vous? lui demanda-t-il.

— Je fais appeler Marie, répondit-elle, ma
robe va horriblement; et Marie a un goût tout
particulier pour m'habiller.

— Allons bon! murmura Alfred, voilà le
commis de la maison changé en femme de
chambre!

La porte s'ouvrit sur le serviteur qui, trois
jours auparavant, avait introduit Alfred au salon commun.

— Mademoiselle a sonné? lui demanda-t-il.

— Deux fois, Germain! répondit-elle, faites
monter Marie!

— C'est que, reprit-il avec un embarras,
mademoiselle est à la caisse, je ne sais si je
dois...

— Plaît-il? riposta Olympe avec hauteur,
est-ce que je vous demande ce que fait Marie?

Est-ce que les affaires de la maison me regardent? J'ai besoin de Marie. Il me semble que cela doit suffire?

Le valet sortit sans répliquer, laissant la porte entr'ouverte comme il l'avait trouvée et comme il convenait de la laisser, dès qu'Olympe était en tête à tête avec le jeune officier.

Celui-ci s'empressa d'ajouter en persiflant tant soit peu sa cousine:

— Ce domestique est bien impertinent! Les soucis de votre toilette sont choses plus sérieuses, ce me semble, que les intérêts de la maison Moirot?

— A la bonne heure! vous me comprenez, cousin! répondit-elle sans s'apercevoir de la feinte ironique d'Alfred. Je vois que vous ferez un excellent mari et que vous ne contrarierez jamais les vues de votre femme.

— C'est mon vœu le plus cher, ajouta-t-il en s'inclinant.

— Et pour cette bonne parole, continua Olympe très heureuse de sa soumission, voici ma main.

Alfred, pour continuer son jeu vis-à-vis de la coquette, prit la main qu'on lui présentait; il y déposa un respectueux baiser.

Un cri douloureux se fit entendre derrière la

porte. Marie, mandée par Olympe, venait de sur-
prendre encore Alfred en faute, en embrassant
sa cousine. Décidément Marie jouait de malheur.

L'officier, à la vue de Marie, se releva en se
pinçant les lèvres. L'orpheline, immobile devant lui, le couvrit de ses regards accusateurs.

Il se recula en murmurant :

— Encore une maladresse !

Marie, après avoir fait sentir à Alfred tout
le poids de sa sourde colère, demanda froidement à Olympe :

— Vous m'avez appelée, mademoiselle ?

— Oui, dit-elle d'un air distrait en se tournant dans tous les sens. — Tiens, arrange-moi
ma ceinture ? Cette couturière n'a aucun goût.
Ma jupe va d'un côté, ma tournure d'un autre.
Je l'ai décidé : quand je serai mariée avec M. Alfred, je veux que ce soit toi qui m'habilles. Je
ne veux plus que tu te salisses les doigts à tenir
des écritures dans nos bureaux.

Sans prononcer une parole, après avoir vu
d'un coup d'œil ce qui faisait tort à sa toilette,
Marie se mit à arranger sa robe.

Olympe se prêta avec complaisance à ses
soins. La jeune fille émue se pressa si peu d'en
finir avec sa ceinture qu'Olympe, impatientée,
lui demanda :

— Eh bien ! est-ce fait ?

La caissière, encore sous le coup de ce qu'elle croyait être une nouvelle trahison d'Alfred, répondit par un cri douloureux.

— Qu'est-ce ? demanda sèchement Mlle Moirot.

— Rien, mademoiselle, s'écria Marie, je me suis piquée !

— Et cela fait plus de mal, murmura Alfred à l'orpheline, que les taches d'encre, n'est-ce pas ?

La jeune caissière lui lança un regard de colère qui décontenança le jeune homme. Cependant il ajouta à voix basse pendant que la jeune fille, à demi baissée, continuait d'épingler la robe d'Olympe :

— Il faut absolument que je vous parle.

Marie ne daigna pas lui répondre.

En ce moment, le vieux domestique reparut.

— Comment, s'écria Olympe au serviteur pendant qu'elle était toujours entre les mains de Marie, comment ? encore vous, Germain !

— Mademoiselle, lui dit-il d'un air singulier qui démentait ce qu'il annonçait, je viens de la part de madame votre mère, pour vous avertir que le dîner est servi, et l'on n'attend plus que mademoiselle et M. Alfred.

Puis le valet prit à part Olympe, délivrée des soins de la caissière. Il l'entraîna, après lui avoir dit un mot à voix basse, dans son boudoir, au nom de sa mère. Mme Moirot, depuis son récent entretien avec Bertin et l'altercation de l'industriel avec Boulinchard, désirait probablement que sa fille se montrât moins favorable à Alfred.

Le jeune homme utilisa le moment où le vieux serviteur entraînait Olympe dans la pièce voisine pour s'adresser à Marie.

— Mademoiselle, lui dit-il, il faut que je vous parle, car je suis venu ici pour vous seule.

— Monsieur, riposta-t-elle avec hauteur, vous le voyez, je ne suis dans cette maison qu'une servante. Je suis trop humble pour être l'objet de vos hommages, trop fière pour les écouter.

Elle n'avait pas achevé qu'Olympe, munie des instructions de Germain, très dissimulée comme sa mère, dit à Alfred sitôt revenue auprès de lui :

— Allons, beau cousin, on nous attend en bas. Votre bras et à table !

— Je suis tout à vous, ma jolie cousine, répliqua Alfred lui offrant galamment le bras et grimaçant un sourire.

La jeune fille et le jeune homme disparurent en passant par les appartements qui conduisaient à un escalier dérobé et aux appartements du premier étage, où étaient réunis Boulinchard, Bertin et Mme Moirot, prêts à se mettre à table.

Alfred accompagna Olympe avec la mort dans l'âme.

Quant à l'orpheline, une fois seule, elle tomba anéantie sur un siège. Elle s'abandonna à sa douleur et s'écria :

— Ah ! que je suis malheureuse ! mon Dieu ! que je suis malheureuse !

Elle se prit à sangloter.

CHAPITRE XIII

LE DINER DE FAMILLE ET LA PARTIE DE LOTOS

Au moment où Marie exhalait cette plainte, Henriette arrivait à la maison de la rue Charlot. Elle entendait les sanglots de Marie.

La vieille demoiselle montait le premier étage ; elle croyait y retrouver sa cousine pour lui demander l'explication des événements qui se passaient chez elle depuis quelques jours, touchant l'arrivée de Boulinchard et le retour de la duchesse d'Aruja, la poseuse de l'artiste Paindorge. Elle était furieuse parce qu'on lui avait caché ces événements.

Sa colère redoubla lorsque, parvenue au premier étage, elle entendit de la porte entre-bâillée du second, les sanglots de Marie, qui avait toute son affection.

Elle soupçonna un nouveau danger dans cette maison qu'elle savait remplie de pièges semés par le perfide Bertin.

Elle enjamba quatre à quatre l'étage supérieur, poussa la porte, pénétra comme une furie dans le salon.

Avant que Marie eût eu le temps d'essuyer ses larmes, Henriette lui demanda avec vivacité :

— Eh bien ! qu'est-ce que c'est ? Tu pleures ? Ah ! je devine. On te fait subir ici quelques nouvelles humiliations.

— Ah ! mademoiselle, répondit Marie en se laissant aller de nouveau à sa douleur, je suis bien à plaindre. On me sacrifie à Olympe ! Voilà donc le sort de la fille pauvre comparée au sort de la demoiselle de maison. On ne m'épargne pas, moi, mais je ne subirai pas plus longtemps leurs outrages.

Et la caissière, la tête dans ses mains, se reprit à sangloter.

— Ta ! ta ! ta ! marmotta la vieille fille avec impatience, tout cela n'est que phrases. Arrivons au fait, d'où vient ton désespoir ?

— Alfred épouse Olympe. Il ne m'aime pas !

— Qui le prouve ?

— L'évidence, répondit Marie. On prépare en bas le repas des accordailles.

— C'est impossible, exclama Henriette stupéfaite, ébahie.

— Pourquoi? lui demanda la jeune fille.

— Parce que, dans un pareil dîner, on invite d'ordinaire tous les parents de la future, et que je ne suis pas invitée, objecta la vieille fille. Il est vrai, fit-elle avec dédain, qu'on me considère comme si peu dans cette maison !·

— Parce que vous, ma chère Henriette, continua Marie, vous êtes avec moi un obstacle à ses intérêts. Vous le voyez, je n'ai plus qu'à sortir d'ici !

— Vraiment, fit-elle en souriant avec amertume, partir comme cela sans tambour ni trompette ? quand on manque à tous les égards dus à ma parenté. Ah ! tu ne me connais pas, va !

Et elle accompagna ces derniers mots d'un geste qui fit frissonner Marie.

— Oh ! pas d'esclandre, s'écria-t-elle, je n'en vaux pas la peine. Par grâce, ne vous aliénez pas pour moi l'esprit de cette famille, qui n'est que trop disposée à vous considérer comme une personne dangereuse !

— Eh bien ! c'est cela ! riposta Henriette en regardant Marie d'un air de reproche, dis aussi

comme les gens de la maison, toi, va, ne te gêne
pas ! Comment ? je m'indigne parce que tu
pleures, j'oublie jusqu'à l'outrage que l'on me
fait pour vouloir ne venger que tes affronts, et
voilà que tu penses comme tout le monde. Ah !
si cela était, Marie, acheva-t-elle d'un air chagrin, tu serais une ingrate et méchante enfant.
Elevez donc ça ! se reprit-elle en haussant les
épaules.

— Pardon ! reprit la jeune fille avec confusion, ce n'est pas ce que j'ai voulu dire, pardon !

— Allons, sèche tes larmes, continua Henriette revenue au profond intérêt qu'elle portait
à Marie, nous disions donc qu'Alfred ne t'aime
pas ?

— Il l'a avoué !

— A qui ?

— A Popino.

— A Popino ? ça ne compte pas, dit-elle
haussant les épaules. Popino, c'est un crétin.

— Mais, insista la jeune fille, puisque le mariage va se conclure. Puisque M. Boulinchard,
dans ce dîner de famille, est en train de demander pour son neveu la main de Mlle Olympe.

— Et... l'interrompit Henriette avec un sourire dédaigneux, et te voilà froissée, désolée,

prête à abandonner la partie, parce que je te connais, tu es de ma trempe. Tu aimes tout d'une pièce! Or, je le crains, si tu n'étais à celui qu'a choisi ton cœur, tu resterais comme moi, vieille fille. Mais je ne le veux pas! Ah! termina-t-elle en tirant violemment un cordon de sonnette, ah! nous ne sommes pas du dîner de famille.

A ce mouvement d'Henriette, Marie lui demanda avec appréhension :

— Que faites-vous?

— Tu vas voir, lui répliqua-t-elle en sonnant avec plus de violence.

Elle n'avait pas achevé que Germain parut. Le serviteur venait des appartements du bas. Il fut au comble de la surprise en se trouvant en présence d'Henriette et lui demanda :

— Mademoiselle a sonné?

— Oui, répondit-elle avec ironie! oui, Germain, mademoiselle a sonné. Elle désire qu'on lui serve à dîner pour deux, au troisième, dans la chambre de Marie. Allez, mon bon Germain, aux mansardes. Allez!

Le vieux serviteur ouvrit la bouche d'un air ébahi. Marie ne parut pas moins confondue.

— Mais mademoiselle n'y songe pas? répli-

qua le domestique. Un jour comme celui-ci
où nous sommes si occupés !

— C'est pour cela, reprit Henriette d'un
grand sang-froid. Puisque la maison festoie,
nous festoyons ! Allez, Germain, allez mettre
notre couvert chez Marie.

Une fois le valet parti, la caissière regarda
Henriette avec stupéfaction et lui objecta :

— Oh ! mademoiselle, ce que vous faites là
est bien hardi !

— Va, lui répondit-elle, ne t'inquiète pas. Je
tiens dans mes mains le lien de bien des choses. Après tout, ne suis-je pas de la famille ?
Donc, je suis dans mon droit...

— Oui, je le sais, mais moi ? l'interrogea
Marie.

— Toi ! je t'invite. Et, ajouta-t-elle, si ma
cousine trouve le procédé de mauvais goût, je
me charge de lui expliquer ma conduite. Ah !
ils ne m'ont pas conviée à la grande table ! Eh
bien ! je vais dîner à la petite, avec toi.

— Ainsi, fit la caissière, vous le voulez absolument ?

— Oui, pour défaire là-haut ce qu'ils font en
bas ! Et je leur promets, en plus, ma présence
au dessert. Viens, Marie, en dînant, tu m'ou-
vriras ton cœur ?

— Prenez garde de prendre trop ouvertement la défense de l'orpheline, élevée ici, presque par charité !

— C'est précisément, termina Henriette, parce que tu es orpheline, parce que j'ai connu tes douleurs que je trouverai un baume à tes blessures. Montons chez toi, à table, puisque l'on dîne déjà au premier.

La vieille fille et la jeune caissière sortirent ensemble des appartements de Mme Moirot pour monter à l'étage supérieur, à la chambre de Marie où Germain, tout en maugréant, avait dressé deux couverts.

Le dîner de famille, au premier étage, ne fut pas moins orageux que le dîner en tête à tête d'Henriette et de Marie.

L'adroit Bertin, pour éloigner tout de suite l'idée de marier Olympe à Alfred, annonça pompeusement à la famille le retour de la duchesse d'Aruja. Il lui fit part des trois cent mille francs qu'elle apportait à la fabrique par le concours du prince Jaga.

A cette annonce perfide, faite à brûle-pour- point devant Mme Moirot résignée, devant les deux Boulinchard, l'honneur même, il se fit parmi les convives un silence glacial, mépri-

14.

sant et désapprobateur. Mais Popino le rompit en s'écriant avec joie :

— Ah! quel bonheur! Ah! quel honneur. Nous allons être nobles par contre-coup! Posséder parmi nous la belle et aristocratique duchesse, la merveille et l'attrait du *Tout-Paris!* Quelle réclame, mes amis! quelle réclame!

— Oui, exclama Boulinchard indigné, parlons-en! Une fille perdue dont la mère est morte à Londres, on ne sait comment! Une duchesse, dont le mari est mort on ne sait par quels moyens, en partant avec un prince Jaga on ne sait où! Jolie réclame. Est-ce que pour votre part, Mme Moirot, vous acceptez la mise de fonds de cette impure? En tous les cas! ce serait pour votre maison un fort vilain cadeau!

— Hélas! mon cousin, répondit-elle d'une voix brisée, et ne perdant pas de vue le geste d'intelligence de Bertin. La nécessité fait loi. Les temps sont si durs. Il faut bien prendre l'argent où on le trouve! Après tout, la duchesse n'est pas moins notre parente, ma cousine germaine, une Blandureau. Sa mère, Mme d'Albanet, n'était-elle pas la sœur de mon père, ma tante?...

— Pardon! pardon! exclama Boulinchard, outré de cette réponse, non moins furieux que son neveu qui se rappelait alors que, sur le train de Calais, il avait précisément failli se battre avec le prince Jaga. — Pardon ! ce n'est pas une raison parce que l'on a dans sa famille des gens qui ont mérité le bagne, pour les replacer dans son giron, sinon, la maison Moirot deviendrait une véritable forêt de Bondy.

— Ah ! exclama Bertin feignant l'indignation.

— Je ne vous parle pas à vous, reprit Boulinchard. Je parle à ma cousine ! Si jamais la duchesse revenait ici, j'y laisserais et mon neveu ferait comme moi, j'en suis sûr, j'y laisserais mes épaulettes et mon épée !

Alfred se souvint aussi de son incident avec le prince Jaga sur le train de Calais, il appuya fortement du geste, les paroles indignées de Boulinchard.

Mme Moirot n'osa rien répliquer, tenue en respect par les regards menaçants de Bertin.

Il va sans dire, à la suite de cette nouvelle qui jeta un froid durant le dîner, qu'il ne fut pas question du mariage d'Olympe avec Alfred.

C'était ce que voulait Bertin. Quant à Alfred, il ne demandait pas mieux que de retarder une conversation en désaccord avec son cœur.

Mais Boulinchard, très obstiné de sa nature, malgré le désagrément causé dans la famille par l'arrivée prochaine de la duchesse, ne désespérait pas de marier son neveu avec Olympe. Il espérait, par son ancienne affection pour Mme Moirot, la débarrasser de tous les coquins qui la tyrannisaient et épurer ainsi sa maison.

Henriette n'avait donc pas tort en désespérant de l'entêtement de ce vieil amoureux.

Un autre incident vint troubler ce repas. Germain prévint, au champagne, Mme Moirot, que Mlle Henriette et Marie dînaient au troisième, quand, eux, dînaient au premier.

Ce nouveau désagrément acheva de troubler la veuve. Elle se tut jusqu'à ce que les convives eussent déserté la table pour gagner la pièce adjacente.

Ce ne fut que lorsque les invités passèrent au salon, qu'elle fit part à Bertin de l'inconvenance de sa cousine !

— C'est une indignité ! s'écria subitement le fabricant qui cherchait à se venger par tous les moyens de la présence de Boulinchard et de son neveu. On n'a jamais vu d'exemples d'une pareille audace.

La veuve voulut contenir Bertin en face de

Popino, d'Olympe, du colonel et de son neveu, très intrigués par cette nouvelle sortie.

— Non, reprit Bertin avant de prendre un fauteuil ! non, madame, on ne se conduit pas comme cela ?

Tout le monde était surpris excepté Popino toujours content, très enchanté d'un repas où l'on n'avait point parlé du projet de mariage d'Olympe avec Alfred.

Du reste, Popino, un peu gris, n'était plus à l'entretien de son oncle avec la veuve.

Aussi dit-il, de son côté, à Mme Moirot en train de calmer Bertin furibond :

— Ah ! délicieux ! parfait, votre dîner, madame Moirot. On ne soupe pas mieux au Jockey ! Vous aviez un *champ*... d'un clicquot et d'un mousseux !

— Qu'est-ce que c'est que ça, un champ ? demanda Boulinchard, prêt à se jeter aussi dans un fauteuil.

—Parbleu ! répondit Popino laissant la veuve s'expliquer avec Bertin pour répondre au colonel. C'est du champagne, vétéran ! C'est un mot du club !

— Du club de la rue Mouffetard ! riposta Alfred prêt à prendre un siège à côté de son oncle et toujours préoccupé de Marie.

La sottise prétentieuse d'Hector avait suffi à
faire reconnaître au colonel son gandin du bateau omnibus. Il commençait à avoir le neveu
en grippe comme l'oncle.

Bertin de plus en plus agité disait à Mme Moirot en marchant par mégarde sur la jupe de sa
fille :

— Eh, bien, non ! je ne puis me contenir ! Il
faut que tout le monde connaisse l'inconvenance
de Mlle Henriette. Je le dis, c'est une abomi-
nation !

— Prenez donc garde à ma traîne ! exclama
Olympe furieuse de voir sa robe servir de tapis
de pieds à l'industriel. Monsieur Bertin, vous
êtes dessus !

— Pardon, Olympe, se reprit l'ancien professeur en se reculant. C'est que, voyez-vous,
j'ai peine à me contenir ! Savez-vous, continua-
t-il en se tournant vers l'auditoire, savez-vous
où est Mlle Henriette, en ce moment ? Au troisième, en train de dîner en tête à tête avec
notre caissière. Donner une pareille leçon à
Mme Moirot ! Se faire servir à dîner chez elle,
pour nous narguer ! c'est trop fort. Il faut en
finir avec cette peste !

— Ah ! palsembleu ! s'écria Boulinchard. Je
vous trouve magnifique ! Comment vous évin-

cez notre cousine, et vous voulez encore pié-
tiner dessus ?

— C'est juste, riposta Bertin ne demandant qu'à reprendre ses hostilités contre le
colonel. Dès que je l'accuse, vous la défendez,
monsieur Boulinchard.

— C'est que je connais votre jeu ! se récria
Boulinchard. Henriette étant un obstacle à vos
projets, vous tenez à la noircir, je connais ça !

— Mon Dieu ! repartit l'industriel d'un air
béat, dites tout de suite que je suis un Tartufe ?

— Si vous le voulez ! termina le colonel.

Mme Moirot, pour prévenir un nouveau scandale, s'adressa à Boulinchard :

— Ah ! colonel, lui dit-elle, vous m'aviez
promis, dans votre réponse à mon invitation,
de faire taire tous vos anciens griefs.

— Oui, répondit-il en revenant au but de
sa visite, quant à ce qui concerne le mariage
de ces enfants, — il montra Olympe et Alfred
— mais ce n'est pas une raison pour tolérer à
l'endroit d'Henriette un manque d'égards...

— Auquel elle a répondu, riposta Bertin,
par une impertinence ! Se faire servir à dîner
ici ! Et chez qui ? Chez notre employée, presque
notre servante !

— Oui, ici, insista ironiquement le colonel, chez sa protégée, dans sa famille, dans une maison où Henriette a des intérêts, quelle horreur !

La veuve commençait à être très perplexe. Elle redoutait un nouvel esclandre. Elle se tourna vers le vieil officier et lui dit :

— Modérez-vous, Boulinchard !

— Vous êtes bonne, là, lui répondit-il en se frottant la jambe, moitié souffrant, moitié colère, c'est comme si vous disiez à mes rhumatismes de se calmer. C'est plus fort que moi !

La veuve essaya de l'apaiser, en lui donnant une apparence de raison. S'adressant à Bertin, à qui elle fit un signe, elle ajouta :

— Au fait, colonel, vous n'avez pas tout à fait tort, Henriette, malgré son méchant caractère, est ma cousine. Nous n'avions pas le droit de l'éloigner dans une pareille circonstance.

On eût dit que ces paroles étaient dictées par l'arrivée de la personne incriminée.

A peine furent-elles prononcées, que la vieille demoiselle parut tout à coup à l'extrémité du salon.

Henriette était descendue du troisième, se doutant bien de l'effet produit par son étrange détermination. Elle arrivait au milieu des pa-

rents, comme elle se l'était promis, à la fin du
dîner.

Connaissant les êtres de la maison, elle s'é-
tait fait ouvrir par Germain la porte des appartements du premier. Elle avait entendu les derniers mots de sa cousine.

Sa serviette sous le bras, dans une allure
déterminée, Henriette s'avança vers les invités.
Ils se reculèrent comme s'ils avaient en face
d'eux la tête de Méduse.

— Merci, cousine, lui cria-t-elle, merci de
votre indulgence ! Et se tournant vers Bertin :
Cela vous apprendra à être plus royaliste que
le roi, vous !

Les bras croisés et dominant les invités stupéfaits, la vieille fille ajouta :

— Ah ! vous invitez mon cousin sans me
prévenir ? Mais j'ai bien pensé que c'était une
erreur, je ne m'en suis pas formalisée, et me
voilà !

— En effet, riposta la veuve en se pinçant
les lèvres, ce n'est qu'un oubli ! Dans la préci-
pitation à recevoir notre cousin et son cher
neveu, je vous avais tout à fait oubliée. Si
vous n'aviez de vous-même réparé cet oubli,
je vous en ferais mes sincères excuses.

— Et je suis d'autant plus ravie de cet oubli

involontaire, ma chère cousine, lui répliquat-elle en désignant Bertin, que mon dîner à la *petite table*, avec Marie, m'a dispensée du vis-à-vis de monsieur !

L'industriel opéra, sur le geste de la vieille fille, un haut-le-corps significatif, pendant que la veuve lançait des regards foudroyants à Henriette.

Alors Alfred disait tout bas à Boulinchard qui se frottait les mains :

— Décidément ! Voilà une drôle de famille.

En ce moment, le neveu se sentit frappé sur l'épaule. C'était Popino qui, fatigué de ces tracasseries, tirait à part Alfred et lui disait :

— Si nous faisions un tour au café ?

— Non, lui répondit-il, car cette petite scène intime m'intéresse plus que vous ne le pensez.

Mais Mᵐᵉ Moirot, par prudence, fidèle à son rôle de maîtresse de maison, avait tout intérêt à étouffer la discorde.

— Voyons, mes chers parents, ne nous aigrissons pas les uns les autres pour des futilités. Tout est excusé, réparé. Germain, avancez le jeu de lotos. Vous, Popino, arrivez près de moi. Préparez les cartons, tenez le sac.

Hector ne demandait qu'à respirer un air de

boulevard et à emmener Alfred pour l'éloigner d'Olympe. Aussi se gratta-t-il le front avec une expression de mauvaise humeur.

Il alla cependant près de la tante en voyant les invités disposés à accéder au vœu de la maîtresse de maison.

Germain venait de déposer solennellement le jeu de lotos sur la table du salon. Les invités se groupaient autour. Bertin sortait un pince-nez de son gilet; Boulinchard se rapprochait des joueurs en se frottant la jambe, Olympe ramenait ses jupes, Alfred se garait déjà des gestes automatiques de son oncle et des traînes de Mlle Moirot.

Les invités, présidés par la veuve flanquée de Popino remuant le sac, avaient déjà les regards fixés sur leurs cartons.

Ils attendaient l'appel des numéros, lorsque Henriette s'écria derrière les joueurs :

— Un instant ! Il manque Marie. Germain, vous avez oublié ses cartons. C'est bien assez de l'avoir oubliée au dîner, cette chère enfant.

Un cri de réprobation, qui ne fut pas soutenu par Alfred, retentit de toutes parts.

Mme Moirot ne put s'empêcher de répliquer avec humeur en faisant signe à Germain :

— Il faut bien s'exécuter pour ne pas s'ex-

poser, de la part de Mademoiselle, à de nouvelles leçons. Faites venir Marie-Cendrillon !

A cette interpellation injurieuse, qui froissa
la vieille fille, Marie apparut à la porte du
salon.

Elle était pâle, très émue.

Malgré les conseils d'Henriette, Marie avait
pris une énergique résolution.

Sous l'injure de Mme Moirot, cette résolution
était inébranlable.

Marie voulait quitter une maison où elle
n'était qu'un objet de discorde et de mépris.

Alfred, en la voyant, poussa un cri de joie.
En elle, il retrouvait le ciel, mais un ciel gros
d'orage.

Pour les invités, l'arrivée de la jolie caissière c'était la foudre suspendue sur leurs
têtes.

Marie s'avança gravement au milieu des
joueurs pendant que le domestique y plaçait
ses cartons.

— Merci, Germain, s'écria-t-elle, je ne joue-
rai pas ! Henriette, ajouta-t-elle avec un accent
plein de fermeté, je vous remercie des bontés
que vous avez eues pour moi, de toutes les
peines, de toutes les humiliations que vous
avez subies pour l'orpheline, pour la Cen-

drillon ! Demain, elles auront cessé, j'aurai quitté cette maison.

Un cri de surprise s'échappa de toutes les poitrines. Les joueurs parurent stupéfaits. Rien de la part de Berlin ou de Mme Moirot ne motivait en apparence cette sortie de la caissière.

Il n'y avait qu'Alfred qui démêlait la véritable cause de cette détermination. Marie croyait n'être pas aimée de lui ; elle fuyait une maison où elle n'avait pas même la consolation d'être prise en pitié par l'homme qu'elle aimait.

La veuve interprétant d'une tout autre façon la détermination de sa caissière, s'écria furieuse à Henriette :

— Ah ! voilà le coup de Jarnac que nous préparait notre bien-aimée cousine. Après nous avoir donné la charge d'élever une enfant depuis l'âge de sept ans, au moment où elle commençait à nous rendre quelques services, elle nous l'enlève :

A ces mots, Marie, si mal jugée, rougit de confusion.

— Oh ! madame ! exclama-t-elle en protestant de la voix et du geste.

— Est-ce que je ne vois pas votre jeu ? fit Mme Moirot à Marie, et en engageant Hector à

tirer un loto du sac. Est-ce que je ne vois pas
que cela est une comédie?

— Dont le but, ajouta Bertin, gesticulant
avec ses cartons, dont le but est notre ruine!
Mₗₗₑ Marie connaît aujourd'hui toutes nos affaires. Si elle veut nous quitter, c'est sans doute
pour se placer dans une maison concurrente?
Mais...

— Mais, l'arrêta vivement Henriette, votre
supposition n'a pas le sens commun. Si, pour
mon compte, j'étais l'instrument d'une pareille
pensée, monsieur Bertin, je me ferais concur-
rence à moi-même. Est-ce que je ne protège
pas ici, moi, tout ce que vous attaquez?

— Ta! ta! ta! répondit-il avec humeur. Vous
voulez parler de Paindorge! On sait pourquoi
vous protégez Paindorge!

— En tous les cas, riposta Henriette, cette
protection ne fait tort qu'à moi, tandis que vos
affections nuisent ici à tout le monde?

Bertin devint livide. On eût dit que le revers
de ses cartons se reflétait sur son visage.

— Ah! bien touché! exclama Boulinchard,
c'est un obus qui tombe en plein dans votre
jardin?

— Messieurs! messieurs! reprit Mₘₑ Moirot,
toujours en garde contre l'industriel et contre

l'officier. Plus un mot sur ce sujet. Il me semble qu'il n'y a rien à voir entre nos affections et nos intérêts?

— Après tout, continua le fabricant qui reprit l'entretien à l'endroit laissé par la veuve, après tout, Marie a été élevée parmi nous pour faire nos affaires; elle est une partie intégrante de notre commerce. Marie, ajouta-t-il en la désignant avec un de ses cartons, Marie, prenez place au jeu. Toi, Popino, remue le sac, appelle les numéros?

— Vraiment? fit Henriette, qui, s'avançant contre Bertin, bouscula Popino et défendit à Marie de s'asseoir, vraiment? Vous considérez Marie, ma protégée, comme faisant partie de votre matériel, n'est-ce pas?

— Mademoiselle, cria Bertin en élevant ses cartons en l'air, mademoiselle, je ne vous parle pas! Popino! hurla-t-il devant les joueurs ébahis, remueras-tu le sac?

Au moment où Hector allait en sortir un loto, il fut arrêté par Boulinchard qui dit à son tour à Bertin :

— Le fait est que la pauvre petite n'a pas grand agrément avec vous, à ce qu'il paraît. Allons, termina-t-il, laissons ça! Du train où

va la manœuvre, nous ne commencerons jamais
la partie. Appelez donc Popino !

Hector allait enfin sortir un loto lorsque Alfred le laissa encore en suspens ; il alla à Marie
et dit à son oncle :

— Je vous approuve, moi, mademoiselle, oubliez cette querelle ; restez avec nous !

Le jeune officier avait prononcé ces mots
avec un élan chaleureux et des regards pas-
sionnés qui laissèrent froide Marie. Ils ne
trompèrent pas le perspicace Berlin.

Alfred savait la cause des désespérances de la
caissière ; il n'avait pas craint, en ce moment,
de se compromettre aux yeux d'Olympe et de
manifester sa vive sympathie pour la jeune
orpheline.

Mlle Olympe était trop vaine pour ne voir dans
l'acte d'Alfred qu'une action fort naturelle.
La glorieuse jeune fille se persuada que l'officier n'avait qu'un but : commencer le jeu pour
ne pas perdre l'occasion de l'entretenir tout à
son aise.

Mlle Olympe était trop entichée d'elle-même
pour se supposer une rivale.

Boulinchard, de son côté, ne pouvait penser
que son neveu n'eût un autre mobile que la galanterie vis-à-vis de la Cendrillon de la maison,

Mais Henriette connaissait les secrets intimes des deux jeunes gens ; lorsque l'officier alla à Marie en se regardant avec une expression de prière amoureuse, la vieille fille tressaillit de joie.

Elle regarda d'un air de défi Bertin, qui ne cessa d'examiner avidement Alfred et Marie.

Mlle Moirot, elle, frémit de colère.

Alors, le fabricant se dit :

— Est-ce que le beau neveu aimerait l'orpheline ? Cela modifierait alors mon plan du tout au tout.

Mme Moirot, de son côté, se consulta. Elle eut une pensée bien différente de celle de Bertin.

— Si Alfred, pensa-t-elle, n'aimait pas ma fille. S'il aimait Marie ? Je serais sans pouvoir contre mon associé.

La veuve et son ancien amant ne purent se raffermir dans leurs espérances ou dans leurs craintes.

Marie, qui tenait rancune au jeune officier, ne répondit pas à sa prière.

Les regards baissés, elle se renferma dans sa dignité sans prendre place à la table, à côté de ses cartons.

Boulinchard, impatienté de la gêne qui régnait autour de lui, s'adressa à la caissière :

15.

— Saperlipopette ! mademoiselle, cédez à la prière de mon neveu. Voilà trop longtemps que nous tenons Popino en vedette !

— Et moi, exclama Mme Moirot, à bout de patience, moi, je dis à la fin que c'est assez de condescendance, assez de leçons comme cela. Puisque, sur les instigations d'Henriette, mademoiselle veut nous quitter, je ne puis m'épuiser à lutter contre tant d'inimitié. Oh ! ajouta-t-elle en s'exaltant pendant qu'Henriette, froide en apparence, mais remplie de rage, battait la mesure avec ses pieds, oh ! il n'est pas difficile, je le répète, de voir clair dans le jeu de ma charitable cousine ! En recueillant chez elle Marie, elle a travaillé plus pour elle que pour nous. Cela se conçoit, du reste, car mademoiselle n'a rien à refuser à celle qui lui est si chère à tant d'égards. Elle ne peut que complaire à ses volontés. Puisque Mlle Marie veut partir, mieux vaut que ce soit aujourd'hui que demain ; qu'elle parte !

A ces derniers mots Henriette, honteuse de l'impudence et de l'ingratitude d'Éva, ne se contint plus. Elle s'élança vers Marie et lui cria :

— Oui, elle partira, et avec moi !

— Et avec vous, ma cousine, je l'espère bien.

A cette nouvelle sortie, les joueurs se regardèrent très interdits. Boulinchard se frotta la jambe; Popino faillit laisser tomber son sac, Bertin regarda en dessous de son pince-nez; Olympe ne songea qu'à sa robe, et Alfred resta de glace, de peur de compromettre Marie.

Henriette, outrée de la façon dont on traitait l'orpheline, ajouta à sa cousine :

— Tenez! vous n'avez pas de cœur, vous! Et je ne laisserai pas souffrir davantage celle que je regarde comme ma fille!

— Sa fille! exclamèrent les joueurs se doutant depuis longtemps de ce que la vieille demoiselle n'avait jusqu'alors jamais avoué.

— Ah! s'écria avec joie Bertin, voilà le mot lâché! Mais ce mot-là, je l'attendais! car on ne paye pas impunément la dette de mon artiste, quand cet artiste, ce Paindorge n'est pas à Marie ce que vous êtes vous-même, mademoiselle Henriette. Hier en questionnant Paindorge, j'ai pu m'assurer du fait ..

— Vraiment, exclama Henriette en le regardant d'un air méprisant et dédaigneux.

—Et, continua-t-il, je me disais aussi...

— Vous vous disiez, interrompit Henriette avec véhémence, au risque de faire voler tous les cartons à lotos, vous vous disiez aussi qu'il y avait quelque chose sous roche, vous ne vous trompiez pas !

Puis, couvrant Marie de ses bras, elle acheva:

— Cette enfant, après tout, m'appartient...

— Son enfant ? Aïe ! cria Boulinchard, honteux pour Henriette ! Mais cette maison est pire qu'une forêt de Bondy, c'est un lupanar !

Mme Moirot, ravie de cet aveu qu'elle supposait arraché par la colère, se radoucit. Elle dit à la vieille demoiselle d'un air de componction hypocrite :

— Oh ! ma pauvre cousine ! à quelle extrémité m'avez-vous réduite ? Croyez que si j'avais connu votre faute...

— Comme je connais la vôtre, lui riposta Henriette avec hauteur. Puis, se rapprochant d'elle, elle lui murmura : Et si je la racontais ce n'est pas moi qui, courbée sous la honte, sortirais de cette maison, ce serait vous !

L'ancienne victime de Bertin pâlit, frissonna. Elle se recula comme si elle eût craint la morsure d'un serpent.

Heureusement que ces derniers mots avaient été prononcés à voix basse, qu'il n'y avait eu que Bertin qui les avait entendus.

Henriette, remise de sa colère, se contenta d'achever :

— Je n'ai pas à m'expliquer davantage, adieu, ma cousine!

Puis prenant le bras de la caissière, étourdie de ce qu'elle entendait, Henriette dit devant tous les joueurs atterrés :

— Viens, Marie, sortons par prudence de cette maison !

A peine la caissière et Henriette eurent-elles fait quelques pas vers la porte qu'Alfred, qui les avait suivies, murmura à l'oreille de la jeune fille :

— Ah! Marie, j'éprouve un grand soulagement à vous voir sortir d'ici.

La caissière salua le jeune homme sans lui adresser une parole.

Henriette entraîna sa protégée.

Le désarroi était à son comble.

M. Bertin observait tout.

Mme Moirot, sous le coup des dernières paroles de sa cousine, était sur le point de se trouver mal.

Le fabricant s'aperçut de sa défaillance. Il se rapprocha d'elle et lui dit :

— Calmez vos sens ou vous êtes perdue !

Une fois Henriette partie, Bertin, dans la stupeur générale, dit à Popino ébahi, son sac à la main :

— Eh bien ! Hector, jouons-nous ou ne jouons-nous pas ? Appelle donc !

La veuve, revenue à elle, refit la même invitation à Hector. Celui-ci, debout, remua enfin son sac, il en sortit triomphalement un loto et cria :

— 22 ! les deux cocottes !

Les joueurs baissèrent le nez sur leurs cartons.

Leurs pensées étaient ailleurs, la plupart, aux souvenirs terribles du duel mystérieux de la rue de la Pompe et du drame de la rue Charlot.

Alfred, bien décidé à avoir une entrevue avec Marie, était résolu à rompre avec Olympe.

Bertin espérait, par l'animosité d'Éva, escompter son vieil amour. Popino avait surpris, dans la scène intime entre Marie et Alfred, le défaut de la cuirasse de son rival, Boulinchard, de son côté, savait par le récit d'Henriette sur le bateau, comment attaquer Bertin.

Le feu de la haine et de l'amour embrasait la maison Moirot.

Cependant le jeu de lotos s'effectua sans encombre.

Mais la foudre avait éclaté, la flamme couvait encore sous la cendre !

CHAPITRE XIV

LA CICCIATA

Trois jours avant cette scène de famille, rue Charlot, il s'en passait une autre bien plus critique au fond d'un cabaret, dans un endroit désert du Trocadéro, jadis fermé par l'ancienne barrière des Bonshommes.

Des Italiens se battaient au couteau dans une salle obscure; c'étaient des bandits de la troupe de Jack Bezon.

On se rappelle que ce jour-là Bezon, sous les traits et le costume d'un Yankee, n'avait pas perdu de vue sur le bateau omnibus, Boulinchard et Henriette jusqu'au moment où ils quittèrent le Pont-Royal. Bezon n'avait rejoint ses complices qu'après s'être rendu chez la duchesse d'Aruja, bien après le départ du colonel et de la vieille demoiselle.

En 1872, Bezon n'était pas seulement descendu de Londres à Paris dans le but paternel et très sentimental qu'on lui connaît. Non.

Lui et sa bande, après les désastres de la Commune, étaient arrivés à Paris comme à l'époque de l'Exposition universelle de 1867, dans un intérêt professionnel.

Paris est pour le forban cosmopolite un pays de Cocagne, les portes des Parisiens lui sont ouvertes par droit de conquête. Les pickpockets exercent en détail, dans la population parisienne, le même métier que les voleurs de couronne, Paris appartient à l'étranger.

Cette opinion était celle de Jack Bezon qui, par patriotisme, prétendait-il, exerçait en grand ses malversations sur notre capitale. Bezon était un voleur patriote.

Son malheur était d'avoir pour subalternes des brutes compromettant ses coups les plus audacieux et les plus habilement ourdis.

La scène dramatique qui se passait au Trocadéro, dans un endroit désert, au fond d'un cabaret, le prouvait encore. Elle devait lui être fatale comme la dénonciation de Berlin, son ancien complice.

Après que Jack Bezon, suivi de Cri-Cri et de son compagnon, eut amené dans ce bouge tous ses pickpockets pour partager le butin de la journée, il les quitta en leur recommandant la plus grande prudence, la plus sévère circonspection.

Peine perdue! Les misérables, délivrés de leur chef, se dispersèrent dans les lupanars des faubourgs pour faire ripaille.

Il ne resta au cabaret du Trocadéro que les Italiens originaires de Viterbe, au nombre desquels se trouvaient le jeune Cri-Cri et son camarade l'allumeur de la bande.

Ce dernier, en sa qualité de Parisien, fuyait toujours les étrangers; Cri-Cri ne tarda pas à abandonner son camarade et les autres Italiens qui, après le partage, s'apprêtaient, dans le cabaret du Trocadéro, après des libations immodérées, à organiser une *Cicciata*.

La *Cicciata* est originaire de Viterbe.

Entre buveurs, quand les cerveaux sont échauffés par le vin, on propose une *Cicciata*; ceux qui ne veulent pas y prendre part se hâtent de sortir.

La *Cicciata* est un duel au couteau, il a lieu

dans la nuit. On conçoit que Cri-Cri, qui connaissait ce genre de jeu, ne tenait pas à en devenir un des héros.

En vain, aux environs de Rome, le maître d'une hôtellerie s'oppose-t-il à ce duel féroce et barbare. Lorsqu'il est décidé on met, pendant le combat, l'hôtelier à la porte et l'on se barricade contre les gendarmes.

Le lieu choisi par les bandits de Bezon était bien approprié à leurs sanglants exploits. En 1872 cette partie du Trocadéro rappelait ce qu'elle était encore du temps qu'elle appartenait au domaine *intra-muros* de l'édifice gréco-romain de l'ancienne barrière des Bons-Hommes.

Le cabaret où venaient d'achever de boire nos malfaiteurs se dressait aux confins de la montée de Passy, derrière des terrains vagues contournant la rue Beethoven.

Dans cette rue dégringolent des masures bancales, grises ou noires, aux toits de brique s'enchevêtrant les unes dans les autres; elle semble être le déversoir de ce riant cottage. A cette époque l'escalier monumental qui borne l'une des ailes de la galerie du palais du Trocadéro n'était pas édifié. Les prairies de gazon et de fleurs qui bordaient naguère l'escalier central, sans issue et sans palais, s'arrêtaient à ce passage accidenté, terminé par une taverne d'aspect sinistre.

La cahute à terrasse, coiffée d'un toit de briques, avait deux étages; ses fenêtres basses, aux vitres poussièreuses, regardaient le quai d'une façon louche et malhonnête. Elle s'adossait à une grande porte de ferme s'ouvrant sur des terrains sans murs remplis de fumiers où gisaient des débris de camions et de roues de voitures. On descendait dans la salle principale par une pièce du rez-de-chaussée dont la porte intérieure était masquée par un comptoir. La seconde salle, aussi vaste, aussi profonde que la première, était basse et étroite. Elle allait sous terre; elle s'ouvrait par une autre porte sur les immenses caveaux du Trocadéro qui servaient au XVIIIe siècle de caves à l'ancien couvent des Bons-Hommes.

C'était à la suite d'une vive discussion entre buveurs à propos du partage du butin effectué sous les yeux de Bezon qu'eut lieu, une fois les bouteilles vides, ce duel horrible de la *Cicciata*.

Ces buveurs étaient restés dix dans la salle, prêts à en finir par le couteau avec leurs discussions. L'homme qui paraissait avoir le plus d'autorité sur ses compatriotes, après avoir jugé que ses camarades ne pouvaient pas s'entendre sur les parts qui leur avaient été échues, avait donc proposé d'en terminer par une *Cicciata*.

A cette horrible proposition les Italiens poussèrent des cris de forcenés. Les couteaux furent tirés. Le maître du cabaret, très alarmé de ce bruit, sortit de son comptoir; il parut sur le seuil de la seconde salle. Il fut rejeté loin de la porte contre laquelle les combattants poussèrent des tables afin de se barricader contre les gens du dehors.

Les lampes furent éteintes, les couteaux reluirent dans l'ombre; on se précipita les uns sur les autres pour s'éventrer.

Il se fit dans ce combat un silence plus épouvantable que ne l'aurait été le bruit du plus horrible carnage.

Dans cette nuit où l'homme se cherchait, se guettait, il n'y avait que la mort qui paraissait avoir des yeux.

On n'entendait ni un cri, ni une plainte. A peine, par intervalle, un râlement étouffé! C'était lorsque deux lames se rencontraient, lorsque deux corps s'entrelaçaient ou s'enfonçaient la lame dans les chairs! lorsque la couleur du sang inondait les lutteurs et flamboyait à l'étincelle de l'acier des couteaux!

Cette étincelle était l'unique reflet éclairant cette lutte de démons silencieux ou râlants.

Ce jeu atroce a aussi ses règles. Il est défendu de parler parce qu'il ne doit rester de ce combat anonyme ni ressentiment, ni désir de vengeance, parce qu'il ne faut pas qu'on puisse reconnaître la voix de l'homme qui a frappé.

Les coups sont dirigés vers le bas-ventre, non à la hauteur du visage, pour conserver intacte la lame du couteau. Il n'est pas permis de frapper un homme à terre, chacun est libre de se mettre en dehors du combat en se couchant dans un coin.

Mais pas un n'y songeait, tant les combattants étaient acharnés à la lutte. Tous se tordaient dans la nuit sous leurs coups imprévus comme la couleuvre se tord sous les éclats de la foudre, comme le fauve se bat les flancs sous les morsures d'un ennemi invisible qu'il cherche à perforer de ses griffes. Tous se grisaient de sang comme ils s'étaient grisés de vin.

Quelquefois un corps rebondissait avec un coup sourd sur la muraille, c'était lorsque le couteau avait trop labouré des chairs meurtries et pantelantes.

Un quart d'heure s'écoula dans cette salle

inondée de ténèbres où tombaient un à un, alté-
rés de sang, les furieux de la *Cicciata* lorsqu'un
bruit du dehors fit cesser ce duel horrible.

La police, avertie par le maître de l'établissement, descendit dans la taverne.

A ce bruit, les survivants rallumèrent les
lampes.

Ils se disposèrent à fuir par la porte donnant
sur les caves du Trocadéro. Des dix combattants, quatre gisaient à terre ; deux avaient de
si graves blessures à l'abdomen que leurs en-
trailles sortaient du ventre. Le sol était couvert
de flots rouges où surnageaient des moribonds
jurant et râlant.

Lorsque les gardiens de la paix, conduits par
le maître de l'établissement, parvinrent à enfoncer la première porte, ils furent en présence de cet horrible spectacle préparé par les
victimes de la *Cicciata*. Quant à leurs bourreaux,
ils avaient fui dans les caves dont les détours
leur étaient connus.

Il restait cependant à la police les blessés
qui, transportés au poste de l'Hôpital, avouèrent
la véritable cause de leur duel.

Sur les révélations de ces victimes, la bande
de Bezon, et Bezon lui-même, dénoncé aussi
par Bertin, fut arrêté.

Jack Bezon, qui logeait dans un hôtel honnête et discret de la rue du Hanovre, fut donc pris sur la double dénonciation des victimes de la *Cicciata* et de son ancien secrétaire, l'ancien amant d'Éva.

Mais le chef de bandits devait encore avoir le dernier mot de son arrestation qu'il imputait à tort à Storer. On va le voir par la lettre qu'il écrivait, lui, le père de Julie, au chef des détectives, le père non moins mystérieux de la duchesse d'Aruja.

CHAPITRE XV

LA JEUNESSE D'UN BANDIT

Lorsque Jack Bezon fut enlevé de grand matin sur la dénonciation de Bertin et de ses Italiens, à l'hôtel de la rue du Hanovre, il ne
tarda pas, sur les ordres du commissaire de police du quartier, à être conduit à la préfecture.
Il fut arrêté simultanément avec la plupart de
ses voleurs cosmopolites. Ils allèrent grossir,
dans la même journée, l'ignoble population du
dépôt en attendant le moment d'être jugés et
dirigés sur une prison centrale.

Jack Bezon, par son importance, en sa qualité
de voleur du grand monde, ne fut pas jeté dans
la salle commune où s'entassent les vagabonds
ou les fileurs vulgaires. Il fut placé en cellule,

séparé de sa bande, mise en fourrière dans la grande salle.

Dès le premier interrogatoire du juge d'instruction, le vol de Calais n'était plus un mystère.

Morand et Storer, arrêtés préalablement à la gare, par le tour infernal que leur avait joué Bezon, ne tardaient pas, une fois leur identité connue, à être relaxés.

Morand, par l'instruction préventive du magistrat, apprit, après l'arrestation du voleur anglais, le rôle de dupe qu'il avait joué avec le chef des détectives, dépêché de Scottland-Yard pour filer Bezon qui les avait fait prendre.

Une fois libre, le représentant de la maison Milton courut à la rue Charlot. Là, une nouvelle surprise l'attendait. Il sut que le vol dont il avait été victime, venait d'être réparé par le prince Jaga, l'amant de la duchesse d'Aruja, cousine de Mme Moirot.

En apprenant par Bertin que le prince, la honte de la famille Moirot, que ce viveur titré qui l'avait nargué avec Alfred sur le train de Calais, devenait son commanditaire, un soupçon affreux, un trouble terrible s'emparèrent de ses esprits.

Il résolut de retourner à Londres pour avoir

16

une explication auprès de son patron Milton. Guidé par son honnêteté, il voulait, coûte que coûte, avoir des éclaircissements sur le vol des trois cent mille francs aussitôt réparé que conçu. Par un pressentiment que sa rencontre à Boulogne avec le prince rendait plus fort encore, il tenait à voir clair dans un mystère où il se débattait d'une façon si fatale !

Sans s'en rendre bien compte, ce pressentiment lui disait que Jaga et la duchesse étaient solidaires d'un vol dont il était encore responsable.

Avant de partir pour Londres, Morand tenait à revoir aussi, comme Alfred, une jeune fille recueillie à Passy par Mlle Henriette, élevée avec la jeune orpheline aimée d'Alfred.

Ainsi que le neveu de Boulinchard, Morand était amoureux. Tous les deux, répétons-le, n'étaient pas que guidés par les affaires, sur le train de Calais où ils avaient fait de si fâcheuses rencontres.

Les jeunes gens ne se doutaient pas qu'ils devaient en partie ces rencontres au drame de la rue Charlot.

Quant à Storer, malgré son titre, malgré sa mission, il ne sortit pas d'une façon aussi nette des mains du juge d'instruction. Il était prouvé;

pour le magistrat, que le détective Bohnson avait trempé dans le vol de Calais ! Il n'était pas sûr que l'important commis du Scottland-Yard ne fût pas de connivence avec Bohnson, Storer, Graff et Cri-Cri, incriminés dans le même vol.

Après avoir interrogé plusieurs témoins, voyageurs de Boulogne à Paris, ils avaient certifié que plusieurs fois Storer s'était mis en rapport avec le bandit Bezon. Rien ne disait que Storer ne trompait pas la police anglaise dont il était, en France, le représentant.

En raison de son grade, en sa qualité d'étranger, le juge d'instruction n'avait cependant aucun mandat pour sévir contre un homme que l'administration anglaise avait dépêché en France, pour surveiller les pickpockets et les déférer à la justice.

Pour agir préventivement contre Storer, il eût fallu un ordre d'extradition. Le juge d'instruction ne l'avait pas. Au contraire, il avait devant lui un homme armé par la loi anglaise pour agir contre Bezon et ses complices.

Cette défiance de la police française contre l'agent de la police anglaise affecta particulièrement Storer.

Il devait ces suspicions à son passé, à ses relations avec une voleuse, mère de la duchesse, à sa mort tragique, œuvre de ses mains.

De plus en plus pressé par les mailles de l'adroit Bezon qui le rendait suspect à Londres comme à Paris, Storer se renforçait dans sa résolution de donner sa démission de chef des détectives. Il comprenait qu'il ne s'appartenait plus, qu'il appartenait aux coupables dont il n'était plus libre de faire la chasse.

Une fois relâché, Storer sentit le pouvoir de Bezon. Celui-ci croyait avoir été arrêté par lui, après son *filage* de Calais, et il lui faisait remettre, par son avocat, de sa prison, une longue lettre que, dans sa cellule, le voleur avait eu le temps de méditer et d'écrire.

Pour pouvoir l'envoyer directement à Storer, Bezon avait fait valoir auprès du magistrat sa qualité d'étranger. Il avait dit que sa lettre n'intéressait que la jurisprudence anglaise, qu'elle ne pouvait être lue que par le chef des détectives de sa nation ; qu'elle allait lui fournir, dans l'intérêt de son extradition et de la justice, de curieuses révélations sur ces bandits cosmopolites dont il était le chef.

Avec intention, le juge d'instruction laissa faire Bezon, se réservant de faire intervenir par cette lettre, l'Anglais Storer pour bien l'étudier et se rendre compte du véritable rôle qu'il jouait vis-à-vis de ces bandits.

La correspondance du voleur avec son policier ne faisait que le compromettre davantage.

Voici la lettre que Storer reçut de Bezon. C'était la confession de sa jeunesse, l'histoire de sa vie à laquelle était liée en effet la vie de Storer.

« Mon cher policier,

« Je dois à votre zèle administratif, sans doute, mon arrestation dans un pays ennemi. Cependant j'avais droit à votre indulgence, au nom de la même cause qui nous anime. Vous êtes policier, je suis voleur, mais nous sommes patriotes et vous poursuivez en France le même but. L'or que nos concitoyens prennent dans les caisses de l'industrie française, par vos relations avec certaines maisons de Paris, vaut la menue monnaie que je prends journellement dans les poches des Parisiens. Au nom de *notre* patriotisme, je le répète, vous auriez dû me ménager ; vous ne l'avez pas fait, tant pis pour vous ! Notre désunion à l'étranger pourrait vous être funeste. Jusque dans ce Paris où vous m'avez *filé* je me suis ménagé sur votre terrain des intelligences qui pour-

16.

raient vous être très préjudiciables. Avant de
brûler mes vaisseaux et de vous engloutir dans
le naufrage où vous avez fait sombrer mon
épuipage et son capitaine, votre serviteur, je
m'explique.

« Vous connaissez, n'est-ce pas, la maison
de la rue Charlot? Moi aussi, je vous le
répète, je la connais. Moi aussi j'ai des intérêts
dans cette maison, comme votre fille, *la* duchesse, *ma* créature dont vous avez tué *la* mère
par devoir professionnel, j'en conviens ! Mais
une faute, un crime est toujours une faute et
un crime. Rappelez-vous que nous nous res-
semblons sur plus d'un point; d'abord nous sommes beaux frères, et, en bon père, vous suivez à
Paris, comme moi, une enfant naturelle que,
pour votre compte, vous ne voudriez pas faire
connaître en Angleterre à votre femme légi-
time. Eh bien, honnête et tendre policier, ce
que vous avez fait pour la duchesse d'Aruja,
votre fille, très connue aujourd'hui par Jaga
dans la haute bicherie parisienne, je l'ai fait
pour ma Julie, une enfant que j'aime comme
vous aimez la vôtre. Vous ne pouvez ignorer
que ma Julie est aussi vertueuse, quoique fille
de voleur, que la vôtre est une coquine quoique
fille de policier.

« Que penseriez-vous du scandale qui rejaillirait sur votre personne si j'apprenais à la magistrature, c'est-à-dire à tout le monde, que moi, le voleur, aussi bon père que vous, je me suis introduit dans la maison de la rue Charlot pour me mettre en garde contre vous, contre tous les gens que vous volez à votre manière comme je les vole à la mienne, guidé par la même tendresse paternelle ?

« N'est-ce pas que nos ennemis en riraient les premiers ? N'est-ce pas que votre repos, votre position en souffriraient doublement ?

« Malgré votre état, vous ne connaissez peut-être qu'imparfaitement les liens qui nous lient l'un à l'autre, sans quoi vous ne m'eussiez pas fait arrêter. Je vais donc bien établir ici, en revenant sur notre jeunesse, notre situation respective.

« En 1852, vous le savez, et vos rapports de policier peuvent le certifier, je faisais partie d'une bande d'Italiens et de Gitanos séjournant alors aux Pyrénées, sur les frontières d'Espagne.

« A cette époque, son chef était un nommé *Blanduros*, un bohémien contrebandier, braconnier et voleur au besoin ; c'était celui qui devint, deux ans après, en francisant son nom, le chef de la maison de la rue Charlot. C'était le Blandureau, dont la fille est aujourd'hui la veuve Moirot, convoité par M. Bertin, un Italien également francisé.

« En 1852, ce Blanduros était retiré dans les Pyrénées avec ses deux sœurs, deux gitanas comme lui-même un gitanos, il attendait un frère qui revenait de Californie.

« Possesseur d'un demi-million, ce frère s'était enrichi dans les placers ; il revenait en France, guidé par une pensée généreuse. Au nom de sa fortune, il voulait faire sortir de leurs conditions misérables tous les gens de sa famille ; Blanduros des Pyrénées, ses deux sœurs, et un troisième frère plus recommandable qui, à Paris, mariée à une fille Boulinchard, se débattait entre la faillite et la misère.

« Mais Blanduros des Pyrénées, en attendant son frère de la Californie, était animé d'une toute autre pensée ! Il ne songeait qu'à s'approprier au moyen d'un fratricide le demi-million qu'il portait sur lui. Dans ce but, moi, son lieutenant, qui l'avais autrefois secondé dans plusieurs vols à main armée sur les frontières d'Espagne, il me fit appeler pour être l'instrument de son sinistre projet.

« J'accourus à son appel ; je ne vins pas seul aux Pyrénées, j'y fus suivi par un délégué de la police de Londres, vous, mon cher Storer, et vous eûtes l'art de me persuader que vous étiez animé des mêmes intentions que le gitanos. A cette époque, j'étais encore sans expérience, je vous crus.

« Les intentions de Blanduros étaient celles-ci : dépouiller son frère dès son arrivée dans les gorges des Pyrénées, le jeter dans un abîme, sans le frapper bien entendu, comme si le hasard ou la maladresse du frère de Blanduros avait tout fait.

« Dès que nous nous fûmes rendus auprès du gitanos, nous attendîmes l'arrivée de la victime.

« Vous vous rappelez sans doute comme moi, mon cher Storer, l'aspect et la physionomie de ces bandits bien dignes d'être reproduits par le pinceau de Callot et de Salvator Rosa avec leur teint cuivré, leurs courbures dorsales, leurs cheveux crépus et leurs prunelles de la couleur de l'œil de corbeau. La sève orientale débordait des veines de ces Blanduros. Les deux sœurs, cependant, avec leurs regards phosphorescents, leurs lèvres de feu, aux dents d'émail, étaient jolies comme deux grenades en fleurs.

« En attendant l'arrivée du frère que je devais tuer, moi, par ordre de Blanduros, et que vous deviez venger, vous vous rappelez que nous devînmes amoureux des deux sœurs. Nous étions déjà aimés quand le frère arriva.

« Je me rappelle encore la seule entrevue que les deux Blanduros eurent ensemble ; elle eut lieu un soir au bord d'un précipice. Au moment où le californien allait se jeter dans les bras de son frère, je m'élançai sur lui. Après lui avoir coupé sa sacoche que je jetai à mon complice, je poussai vivement la victime contre un rocher bordant un abîme insondable.

« La victime y tomba en poussant un cri déchirant ; vous étiez là, vous, Storer, non pour me seconder, mais pour constater un crime que vous ne pouviez empêcher de commettre.

« Au même moment, Blanduros s'enfuyait avec la sacoche, possesseur d'un demi-million ; moi, je n'avais pas le loisir de le suivre, après le meurtre, car la sœur de Blanduros m'attendait pour que je lui rendisse compte du résultat de cette sinistre rencontre.

« Tout cela n'était qu'une nouvelle ruse de l'infernal Blanduros. Pendant que sa sœur m'enchaînait par son amour, le gitanos fuyait dans la nuit avec le demi-million de son frère sans me dire où il allait.

« Le lendemain matin, la sœur de Blanduros était loin; je me réveillai, entouré par les gendarmes requis par vous, Storer.

« L'autre sœur du gitanos, votre maîtresse, tout en me faisant sa dupe, vous faisait aussi la sienne. Après lui avoir avoué, par une faiblesse coupable, que vous étiez de la police, elle vous faisait jurer que vous n'arrêteriez pas son frère, mais uniquement celui qui, au prix d'un partage convenu dans les cinq cent mille francs, avait poussé dans l'abîme le frère de Blanduros. J'étais joué!

Et je fus arrêté par vous, Storer!

Cette première arrestation était le résultat d'une triple trahison convenue entre Blanduros, vous et votre maîtresse la gitana! Quelle était cette gitana? Précisément celle qui se maria plus tard à un vieux colonel en enfance, après sa vie galante, semée d'escroquerie et de vice; c'était Mme d'Albanet.

Neuf mois après le meurtre du frère de Blanduros, elle donnait le jour à une fille qu'elle cacha à ses amants, qu'elle ne produisit qu'après son veuvage; cette fille, votre enfant, s'appelle aujourd'hui la duchesse d'Aruja!

Quant à moi, arrêté par vous, dupé par Blanduros, j'allai expier à la prison de New-gate un larcin que je n'avais commis qu'au profit d'un gitanos qui s'était moqué de moi.

Deux ans après, une fois mon temps fait, je résolus de me venger. Guidé par la vengeance, je me rendis à Paris. Là, j'appris que Blanduros avait changé de nom, et, sous le nom de Blandureau, il était entré dans la peau d'un honnête homme ; il s'était converti en manufacturier en prenant le rôle du frère qu'il m'avait fait tuer.

Il avait acheté, avec une partie des cinq cent mille francs volés, la maison de bronze de la rue Charlot, tenue en 1852 par son troisième frère, un brave homme, trop honnête pour ne pas être la proie des loups-cerviers du commerce ; cet homme, vous le savez, quoique de la tribu des Blanduros, avait une femme bien plus recommandable que les deux gitanas qui nous avaient joués.

En 1854, Blandureau, l'ancien gitanos Blanduros, l'ex-contrebandier voleur, devenu fratricide, jouissait à Paris, grâce à sa fortune venue on ne sait d'où, d'une notoriété incontestable. Il avait à Passy une maison de campagne, rue de la Pompe. Veuf et riche, il espérait, par un gros mariage, donner sa fille à un jeune homme plus riche encore, quoiqu'elle fût aimée par son cousin, un Boulinchard, un saint-cyrien sans fortune mais honnête, ce qui ne faisait pas l'affaire de l'ancien gitano, devenu l'ambitieux Blandureau. De retour de Newgate, je revis mon ancien complice, je lui rappelai l'origine de sa fortune grâce à notre meurtre commis au fond des Pyrénées.

Mais Blandureau était fort de votre déposition, monsieur Storer, car il la devait à l'amour que vous aviez pour sa sœur, une fille qui courait alors de garnison en garnison avec des officiers de l'ex-empire.

M. Blandureau, sûr de l'impunité vis-à-vis d'un voleur comme moi, d'un voleur de profession, ne m'écouta pas. Il me congédia en me menaçant de me faire connaître, si je revenais lui raconter ce qu'il appelait une imposture inventée pour le faire chanter !

De nouveau, j'étais joué ! Je devais cette nouvelle déconvenue à votre faiblesse !

Alors je résolus encore de me venger. J'avais à mon service un Italien, un nommé Bertini, trop inhabile ou trop poltron pour fouiller dans les poches ou jouer du couteau, comme tous les

17

Italiens de ma bande; il savait voler légalement. Il préférait prendre, dans la société, l'attitude du termite que celle de la bête de
proie. C'était l'homme qu'il me fallait pour
me venger.

Il m'avait trompé par l'amour, ce Blandureau, je le punissais par l'amour. Bertini, sur
mes conseils, viola sa fille.

Depuis, ma vengeance a fait du chemin dans
la maison de la rue Charlot.

Là ne se borna pas ma vengeance. Par votre
coupable faiblesse avec la sœur de Blandureau,
j'avais perdu une magnifique aubaine, et j'avais
été arrêté. Pour vous tenir à mon tour, je
m'attachai aux pas de votre maîtresse et de sa
fille. Je les forçai à rester dans ma bande, lorsque, aux yeux du monde, par les intrigues de
cette gitana, elle se faisait épouser par un colonel imbécile.

Lorque ses galanteries ne lui donnaient pas
assez de bénéfice pour vivre, pour élever votre
fille, je lui procurais quelque affaire de mon
métier. En la compromettant, j'étais sûr de vous
compromettre, mon cher policier, moi qui étais
maître de vos secrets de jeunesse.

Or, lorsque, grâce à son titre de veuve de colonel, Mme d'Albanet était sur le point de marier

sa fille à un noble Espagnol, je la fis voler, pour donner à sa fille un présent digne de son rang, un collier de diamants, chez un bijoutier dn Palais-Royal.

La vieille gitana se rappelait toujours son premier métier. Elle n'hésita pas encore une fois, à entrer dans mes vues ; votre digne fille, qui avait aussi dans les veines du sang de la bohémienne, s'associa à sa mère.

Quelques jours avant le mariage de la duchesse, on surprenait la fiancée du duc et sa mère en train de voler une riche parure dans le magasin du bijoutier du Palais-Royal.

Sans l'intervention du château, qui ne voulait pas voir traîner dans la boue le nom d'un colonel cher à l'entourage des gens du dernier règne, vous le savez aussi, votre maîtresse et votre fille, au lieu d'entrer dans la famille d'un grand d'Espagne, auraient été traînées comme voleuses dans une prison de l'État.

Vous savez que le soir même du mariage de votre fille, sa mère recevait l'ordre de partir pour Londres ; vous avez appris comment, à la nuit de noces de votre fille, je parus, masqué, pour faciliter le départ de Mme d'Albanet et le départ de la duchesse avec son amant, le prince Jaga, lorsque le mari de

la duchesse se tuait à leurs pieds quand son
épouse avait été dévoilée par moi.

Tout cela, mon cher policier, était en partie
mon ouvrage. En agissant ainsi, en me faisant
la Providence intéressée de votre maîtresse et
de sa fille, la vôtre, je vous tenais dans la main,
comme ce Bertini ou Bertin, comme ce prince
Jaga, cet autre pantin dont je tiens également
les fils !

Ce qui m'étonne, après les attaches qui nous
lient depuis vingt ans, c'est que vous m'ayez
dénoncé pour vous venger de l'*innocent* désagrément que je vous ai causé, il y a quelques jours,
sur le train de Calais.

Il est vrai, comme vous me le disiez il y a
quelques jours, que si je connais vos côtés faibles, vous connaissez les miens : cette Julie,
ma fille, que j'aime comme vous pouvez aimer
la vôtre, la duchesse d'Aruja.

Ah ! si cet amour-là ne me tenait pas au
cœur, ce n'est plus dans l'ombre que je me ven-
gerais. Je n'aurais pas ourdi pendant vingt ans
les trames où se sont fait prendre Blandureau,
Bertin, vous-même, Storer ! Car vous avez tous
été des ingrats vis-à-vis de moi, un voleur qui
pourtant ne demande que sa place au soleil.
Blandureau m'a refusé la moitié des cinq cent

mille francs qu'il me devait, Bertin, Bertini, mon ancien secrétaire, oublie trop que c'est par moi qu'il est ce qu'il est. Vous, Storer, vous ne cessez de me dénoncer, lorsque dernièrement je vous ai rendu votre maîtresse que vous avez tuée, à Londres, par respect humain ! Vous me livrez à la justice lorsque je suis sur le point de donner à votre fille la fortune de la maison Moirot, parce que votre fille est ruinée avec son amant, le prince Jaga ! Êtes-vous assez sot ?

Décidément, vous êtes plus que des ingrats ! Il ne vous manque à tous que de me frapper dans ma fille, dans ma Julie, recueillie à Passy par une demoiselle Henriette, cousine de Mme Moirot, qui a la manie de recueillir chez elle des orphelines appartenant aussi à la maison de la rue Charlot, dont son père avait été le patron avant le deuxième Blandureau.

Avec ma fille Julie, cette vieille demoiselle a recueilli autrefois une nommée Marie, venue je ne sais d'où, et qui, du reste. ne me regarde pas. En tous les cas, cette vieille demoiselle me fait beaucoup rire chaque fois que je vais la voir à Passy pour m'informer, au nom de son père inconnu, de mon enfant. Elle me voit arriver avec terreur. Elle sent en moi, avec un flair qui vous ferait envie, un coquin de la plus belle espèce : ce qui fait honneur à sa perspicacité.

Il y a quelques jours, avant mon arrestation, je l'ai rencontrée, cet ange gardien de ma fille, dans le bateau omnibus. Malgré mon déguisement, elle m'a reconnu. Ma présence lui a fait l'effet de celle d'un bouledogue vis-à-vis d'un chat ! Son air effarouché m'a bien amusé. Cependant j'en ai plus peur que de vous. C'est honnête et honnête tout d'une pièce ; ces gens-là deviennent de plus en plus rares dans tous les pays !

Quoique voleur, je ne suis pas comme vous, je ne suis pas un ingrat envers cette vieille et chère demoiselle qui sert de mère à mon enfant depuis que ma maîtresse est morte, après le meurtre du frère de Blandureau dans l'abîme dss Pyrénées.

Car cette gitana n'était pas non plus comme Mme d'Albanet, une malhonnête femme ! Elle était ce qu'est sa fille, la mienne, ce qu'est certainement Mlle Henriette. Aussi son honnêteté l'a-t-elle tuée. Nous ne mourrons jamais de cela, mon cher Storer !

Avouez que si je contais à d'autres qu'à vous ce que je vous écris, avouez qu'en dehors de l'opinion, qui vous donnerait un rôle assez ridicule, vous auriez à Londres une situation bien désagréable.

Rappelez-vous que pour éviter cette situation, pour faire taire aussi Mme d'Albanet, qui voulait parler dans le même sens, vous l'avez tuée !

Eh bien ! je puis parler comme elle ; mais je ne dirai rien si vous me sortez de prison, si vous me renvoyez, comme c'est votre devoir, à Newgate, à mes juges et à notre police.

Vous savez qu'avec eux je suis plus à mon aise qu'avec la police française.

Là-bas, je suis trop *gentleman* pour vouloir jamais compromettre votre situation.

Là-bas, je me chargerais bien de me *sauver* moi-même.

Délivrez-moi ; à cette condition, je me tairai.

Vous devez comprendre le sentiment d'un père ; vous devez vous souvenir de ce que j'ai fait pour votre enfant, dans la nuit de 1870, au fond de sa retraite du Vésinet. Vous ne pouvez me blâmer de mon nouveau vol sur le train de Calais, dès que je l'ai commis aussi dans l'intérêt de ma fille, pendant que vous travailliez sans doute, d'accord avec la police française, à mon arrestation !

Oubliez le tour, plus grotesque que *sérieux*, que je vous ai joué ces jours-ci au débarcadère de Paris. Il ne pouvait avoir de suites fâcheuses pour vous. Pour moi, il me faisait gagner du temps afin de vous éviter à tout prix.

Maintenant, il s'agit, dans l'intérêt de votre repos, de défaire une partie de votre ouvrage, de me rendre à ma patrie. Je vous en prie; au besoin, je l'exige.

Vous savez ce dont je suis capable; vous connaissez les moyens dont je dispose contre vous et contre votre enfant.

Réfléchissez.

Demain, travaillez à ma délivrance, ou après-demain la copie de cette lettre sera déposée au parquet! Je vous attends, rendu libre par vous, après-demain, vers les deux heures, chez votre fille, la duchesse d'Aruja.

« Allons! c'est dit, mon cher policier, vous allez me faire sortir de prison. Peut-être vous demanderez-vous, en acquiesçant à mon désir, où la tendresse paternelle, où la vertu va-t-elle se nicher? Je vous répondrai : Quoique voleur, on est homme, fût-on comme moi sous la surveillance de votre police.

« N'êtes-vous pas aussi, vous le plus dur de tous les policiers, le plus tendre des pères ?

Entre nous, quoique tous les deux en dehors de la loi, vous pour l'exécuter, moi pour l'enfreindre, la distance n'est pas aussi grande qu'on le pense. Songez qu'en implorant votre indulgence, c'est un père qui s'adresse à un autre, ayant le même intérêt devant leurs enfants pour ne pas les tuer comme ils ont tué leur mère, parce que le père bandit, après tout, vaut le père Judas ! »

La réponse de Storer ne se fit pas attendre.

Au reçu de cette lettre, le soir même, un aide-gardien, un prisonnier appelé, en raison de sa bonne conduite, à surveiller la galerie où se trouvait la cellule de Bezon, se présentait à lui sous prétexte de lui apporter sa nourriture.

Dès qu'il eut refermé la porte de son cachot, il lui dit tout bas, en le dépouillant de ses vêtements :

— Vite ! emparez-vous de ma *pelure*, prenez ma place, je prends la vôtre.

— De la part de qui venez-vous ? lui demanda Bezon, un peu étourdi par cette apparition, quoique se doutant un peu de ce qui arriverait après sa lettre écrite à Storer.

— De la part de Bohnson, par ordre de son supérieur, ajouta le gardien tout en continuant

17.

de se déshabiller. Je suis payé et je prends votre place. Ça me coûtera gros ; mais après j'aurai du *poignon* pour le restant de mes jours, ça me suffit puisque c'était pour cela que j'étais redevenu *honnête*.

Il achevait de le déshabiller. Bezon, en comprenant tout, lui avait passé ses vêtements en échange des siens.

— Ah ! ajouta l'aide-gardien, une fois dans les habits de Bezon, et en lui présentant un papier, un mouchoir en tampon qui lui dissimulait les traits gonflés par une énorme fluxion. Ah ! souvenez-vous, d'après ce papier, le mien, que je m'appelle Félix, dit le *Boulanger*, dit l'*Écrivain*. C'est un permis. Il m'autorise à sortir de la boîte pour aller chez le dentiste d'à côté me faire arracher une molaire. Vite, *décarrez !* La vache peut venir. Pas une minute à perdre pour *déboucler la lanterne* (ouvrir la porte) et *enquiller le boyau* (prendre le corridor).

— Alors, se dit Bezon, prêt à ouvrir sa cellule pendant que son remplaçant s'étendait sur son lit, alors ce n'était donc pas Storer qui m'avait dénoncé, dès que c'est lui qui travaille à mon évasion, au risque de se perdre ? Qui donc a commis cette lâcheté ?... Si c'était Bertini, dit Bertin? Oh ! murmura-t-il en roulant des yeux féroces, je le saurai ! je le saurai !

En ce moment critique, il étouffa l'orage qui grondait dans son cœur. Il fut tout au danger qu'il courait encore en prenant la place de l'aide-gardien envoyé par son libérateur.

Bientôt il fut sous la lourde galerie ; il passa devant les autres gardiens comme s'il eût été, en effet, Félix, dit le *Boulanger*, dit l'*Écrivain*.

Le mouchoir qui lui cachait une partie du visage par sa fluxion simulée, servit à merveille pour donner le change à ses prétendus collègues.

Il arriva jusqu'aux souterrains de la Conciergerie conduisant à la porte d'entrée du Dépôt, du côté du quai.

Arrivé là, grâce à son déguisement, au mouchoir qui lui dissimulait la face simulant une fluxion, il se présenta au greffe.

Il y exhiba son permis signé du directeur de la prison.

Le commis, sans défiance, fit ouvrir la double grille séparant la cour de la porte d'entrée. Une fois au bout de la cour, Bezon se présenta devant l'autre porte s'ouvrant sur le quai, gardée encore par deux grilles. Le portier sans défiance, comme le commis du greffe, ouvrit à Bezon sous les habits du gardien Félix.

Une fois arrivé au quai, Bezon respira, il était libre.

Les chef des détectives avait obéi à l'injonction que le voleur lui avait faite dans sa lettre.

Voici comment Storer s'y était pris pour répondre aux fausses présomptions contenues dans la lettre du bandit, et pour lui prouver qu'il n'était pour rien dans son arrestation.

Rappelé dès la réception de cette lettre dans le cabinet du juge d'instruction, étudiant les péripéties du vol de Calais, le chef des détectives rencontra dans l'antichambre du cabinet du juge le traître Bohnson. Celui-ci était, on le sait, impliqué dans l'affaire de ce vol.

Storer, sous le coup des menaces de Bezon et de ses terribles révélations, dit au traître :

— Il faut sauver Bezon, ce soir. A ce prix, je te sauve.

Une fois tous les deux en présence du magistrat, Storer ne craignit pas de dire en faveur de son agent infidèle :

— Si mon détective a été le complice de Bezon et de ses bandits, c'est qu'il y a été contraint par les misérables qui l'avaient cerné, serré de trop près dans le wagon où moi-même

je l'avais placé pour les surveiller. Il n'a obéi
qu'à la peur. Il n'est coupable que de lâcheté.
Telle est mon opinion.

— Vous êtes Anglais, monsieur Storer, reprit en souriant le magistrat, vous obéissez,
en couvrant cet agent, à votre patriotisme !
Prenez garde, ajouta-t il sévèrement, prenez
garde, monsieur le chef des détectives, qu'en
excusant celui qui vous a joué vous n'y laissiez
votre réputation. Si vous n'étiez pas un étranger
attaché à la police anglaise, je vous accuserais
de faux témoignage ? Vous seriez passible de
nos lois ? Passons ! et procédons, pour votre
part, à un autre interrogatoire. Quant à vous,
Bohnson, vous pouvez vous retirer. Remerciez
votre supérieur dont les paroles inspirées, je
veux bien le croire, par son patriotisme, vous
rendront, dès demain, à la liberté.

Bohnson, le traître, Bohnson le voleur, se
retira pour mériter la liberté qu'il devait à Storer. Il travailla à la délivrance de Bezon, puisque c'était à ce prix qu'il devait l'indulgence de
son chef devenu son complice.

Une fois seul avec le magistrat, Storer attendit ses questions.

Le juge lui demanda :

— Avez-vous reçu la lettre de Bezon ?

— Oui, monsieur le juge.

— Que dit-elle ?

— Je ne puis le dire à la Justice française.

— Pourquoi ?

— Parce qu'elle n'intéresse, répliqua Storer, que la magistrature de mon pays, parce qu'elle compromettrait des gens très honorables, justement honorés dans les deux continents.

— Prenez garde, monsieur Storer, ajouta le magistrat avec colère. Voilà de nouvelles restrictions qui peuvent vous perdre et vous confondre avec les coupables que vous aviez mission d'arrêter.

— Vous pouvez penser, monsieur, ce que vous voulez.

— Avez-vous cette lettre sur vous ? Si vous l'avez, donnez-la-moi. En vertu de mon pouvoir discrétionnaire, je veux la connaître.

— Je ne l'ai plus, monsieur le juge, je l'ai envoyée à la magistrature de mon pays.

— Alors, monsieur, je vais écrire au surintendant de Londres, riposta avec hauteur le magistrat, je saurai bien par lui la vérité ! Si tout cela n'est qu'une manœuvre de votre part, un faux-fuyant pour protéger le jeu dangereux du bandit, je demande contre vous, à la justice de la reine, un ordre d'extradition ! Si tout cela n'est qu'un mensonge, après-demain, monsieur Storer, tenez-vous-le pour dit, après-demain vous serez arrêté !

Pendant que se passait cette scène assez vive entre le chef des détectives et le juge d'instruction, Bohnson travaillait à la délivrance de Bezon.

Enfermé dans la même galerie où se trouvait la cellule de son ancien capitaine, il avisait l'aide-gardien des prisonniers, Félix, dit le *Boulanger*, dit l'*Écrivain*. Moyennant une forte somme déposée à la *Caisse des dépôts* de Londres, il lui donnait les instructions nécessaires pour délivrer Bezon.

Elles étaient fidèlement remplies par l'aide-gardien, plus habilement exécutées par le bandit, le soir Bezon était libre.

Dans ces diverses situations, aussi agitées que critiques, le plus humilié de tous ceux qui y jouaient un certain rôle, c'était le chef des détectives.

Il n'avait plus à s'illusionner sur le mal que lui avait fait Bezon. Dans sa dernière lettre, il lui indiquait que ce mal, il le devait à son premier amour pour une gitana, une voleuse, devenue plus tard Mme d'Albanet ; femme funeste qui ne s'était élevée dans la société que pour donner plus d'importance à ses forfaits, forfaits qui s'étaient élevés à la hauteur de sa position, conquise par ses intrigues.

Bezon le lui avait appris encore dans sa lettre, car Bezon, fort de l'amour du policier, ne l'avait pas quitté depuis vingt ans.

Depuis vingt ans, il était devenu son démon. En guidant autrefois sa maîtresse à Londres, il l'avait mise à même de se déclarer son amante en face de son foyer.

C'était pour ne pas être la risée de l'opinion, que Storer avait tué Mme d'Albanet.

Ce meurtre avec l'amour qu'il avait eu autrefois pour sa victime, était pour lui un double remords.

Maintenant ses accointances avec un bandit, père comme lui d'une fille issue de la même famille, le faisait plus que son complice, il le faisait beau-frère !

Une parenté si fatale, se rattachant au drame de la rue Charlot, le forçait à donner sa démission de chef des détectives, au moment où la magistrature française allait peut-être le déshonorer jusque dans son pays.

N'était-il pas impuissant à se tourner contre des malfaiteurs qui le tenaient par sa fille ? Par eux, n'était-il pas suspecté de la magistrature

anglaise et française, lui, le complice en dernier lieu de Bohnson, le détective voleur?

Voilà ce que se disait le malheureux Storer,
en se préparant à se présenter chez sa fille, la
duchesse d'Aruja, comme Bezou, son maître,
le lui avait ordonné. En cette qualité, ne lui
avait-il pas donné rendez-vous, en effet, pour
le jour suivant?

CHAPITRE XVI

LES QUATRE COMPLICES : UNE DUCHESSE ENTRE UN POLICIER, UN VOLEUR ET UN PRINCE

> Sorciers, bohémiens et filous,
> Race immonde
> D'un ancien monde,
> Sorciers, bohémiens et filous,
> Gais bohémiens, d'où venez-vous ?

— Mais duchesse, ce que vous me proposez là est infâme !

— Est-ce que vous croyez, prince, qu'en renouant nos relations, qu'en vous associant à ma fortune, je vous intéressais à l'institution du prix Monthyon ?

— Je vous aime ! Et un pareil pacte est dégradant !

— Mais je ne vous ai jamais défendu l'accès de mon alcôve ! Aimez-moi, adorez-moi tant que cela vous fera plaisir, seulement ne nuisez pas à nos affaires.

— Tenez, vous êtes une cynique !

— Et vous, un imbécile !

Un pareil entretien avait lieu dans un coin de boudoir, au fond de la pièce la plus retirée de l'appartement de la duchesse d'Aruja, entre cette femme et le prince Jaga.

Celui-ci, d'un bond, venait de se relever d'un meuble où il était assis avec la duchesse. Les bras croisés, les joues empourprées par la colère, il regardait avec mépris sa maîtresse, au sourire de chatte, aux yeux clignotants, le corps pelotonné sur l'étoffe capitonnée de la causeuse.

L'objet de la colère du prince était la maison Moirot.

Inspirée par Bezon, la duchesse n'avait accepté le retour de son amant que pour en faire son complice. Alors elle venait de lui tracer tout un plan de conduite pour bénéficier, à bref délai, des trois cent mille francs apportés, par l'intermédiaire de Jaga, à Bertin. En sa qualité de bâilleur de fonds, le prince, dès que la fille de Mᵐᵉ Moirot aurait été mariée à Popino, devait faire la cour à sa femme et la posséder comme maîtresse. De son côté, avait ajouté la duchesse, elle se chargeait de Popino : un mollusque qu'elle devait bien vite *engluer*, sitôt sa lune de miel passée avec Olympe.

« — Une poupée, avait-elle ajouté, comme Popino, n'est qu'un mannequin ! »

Une fois maîtres des héritiers Bertin, elle et lui étaient certains, disait-elle, de faire d'eux ce qu'avait fait Bertin de la veuve Moirot, dans le but de s'accaparer la fortune de la maison ou d'en recueillir tout au moins le plus clair des bénéfices.

Jaga aimait sérieusement la duchesse. Il n'avait pas trouvé la proposition de son goût. Ce n'était pas l'infamie que cette mauvaise action comportait avec elle qui révoltait Jaga, non, mais le prince aimait sans partage l'odieuse créature qui le poussait à commettre cette nouvelle infamie.

La duchesse, en digne fille de gitana, ne comprenait l'amour qu'avec des chaînes dorées. Sa susceptibilité lui avait fait pitié ; elle y avait répondu par l'épithète blessante de son dernier dialogue.

Le prince n'était pas endurant. Il avait reçu cette injure comme un cheval de race reçoit le coup de cravache d'un cavalier trop brutal, en regimbant.

La duchesse avait appris à redouter les retour de ce sauvage.

Après l'avoir bien cinglé, elle voulut ruser avec sa fureur.

Avant de lui faire encore sentir son frein, elle l'apaisa.

Elle se fit humble, elle se ramassa sur elle-même, le cou rentré dans ses épaules potelées et rebondissantes, les yeux voilés et humides de larmes.

Elle eut une pose étrange, timide, provocante, les mains croisées sur ses genoux en l'air.

Dans l'attitude d'une fille repentie qui se lamente sans se soumettre, qui prend en dédain jusqu'à sa dégradation, elle ajouta :

« — Que voulez-vous, prince, c'est un malheur ! Mais je ne suis à côté de vous qu'une créature inférieure. Je ne vois dans l'amour que l'amour du plaisir. Au plus heureux moment de nos relations, en Suisse, où, par parenthèse, il y a trop de lacs, lorsque mes yeux se miraient dans les vôtres, moi, je n'apercevais scintiller que le reflet d'or de la pièce de vingt francs ! »

— Les amoureuses de Paris, riposta le prince plus méprisant que colère, ne sont donc que des escroqueuses?

— Toujours gentilhomme! s'écria la duchesse blessée à son tour, mais bohème, prince slave, prince de la Bande-Noire, qui tient surtout, par le langage et les mœurs, du bandit et du goujat!

— Hein! exclama Jaga redevenu menaçant; mais il s'arrêta dans sa menace à la vue de la duchesse penchée le long du divan, le regardant avec des yeux en coulisse d'où glissait une flamme assassine noyée dans des effluves amoureux. Hein! qu'entendez-vous par ces paroles? ajouta-t-il d'un ton plus radouci.

— Je veux dire, continua l'adroite duchesse, la tête renversée, les mains entrelacées sur ses genoux, en jouant ainsi avec le cœur et la tête de son possédé, je veux dire que depuis que vous avez pris sur moi des renseignements à la police de Londres, moi aussi je me suis faite *moucharde!* Moi aussi j'ai importuné la police pour barboter dans votre fange comme vous aviez barboté dans la mienne! Voyez-vous, prince, il ne faut jamais perdre l'occasion, quand on le peut, de nuire à quelqu'un.

— Mais, fit-il en haussant les épaules, qu'a-

vez-vous pu apprendre sur mon compte? Qu'a
de commun ce prince Jaga avec toutes les po-
lices de la terre?

— Beaucoup, répondit-elle en se redressant
et en se battant les mains du bout des doigts,
beaucoup, lorsqu'un gentilhomme comme vous,
un prince authentique, je vous l'accorde, se
rend à Paris, possesseur de biens patrimoniaux
équivalant au prix de cent mille francs, pour
les escompter sur le taux de trois cent mille?
N'est-ce pas là le chiffre exagéré avec lequel
vous espériez faire monter vos actions? Dans
quel but? Dans le but que poursuivent à Paris
les princes ruinés, dans le but de redorer un
blason aux écus de la fille d'une riche bourgeoise que vous ne trouvâtes pas, par ma
faute? Quand vous me vîtes, à l'ambassade
d'Espagne, vos trois cent mille francs étaient
croqués! Alors je vous rencontrai et je vous
pris pour me débarrasser, au nom de votre
amour, du duc d'Aruja, que j'épousai pour
le même motif qui vous forçait à faire la
chasse aux héritières. J'escroquais votre amour
comme vous aviez escroqué vos créanciers.
Vous voyez que la duchesse vaut le prince?
Vous voyez que nous sommes faits pour nous
entendre et que vous n'êtes pas à votre coup

d'essai avec les trois cent mille francs que je
viens de vous prêter pour que nous nous parta-
gions plus tard un million! Libre à vous, après
les bénéfices de notre nouvelle entreprise sur la
maison Moirot, libre à vous de laver votre
passé, ni plus ni moins propre que le mien!

Jaga, atterré par cette révélation, n'avait pas
eu la force de d'arrêter le flot de paroles de
la perfide d'Aruja. Il recevait ainsi jusqu'au
fond du cœur tous les coups de flèche qui le
lardaient de part en part. Lorsqu'elle eut fini
de parler, ce fut à peine si Jaga eut la force de
balbutier :

— Mais qui vous a transmis ces calomnies?

— Un voleur de mes amis, dont je veux
vous faire faire bientôt la connaissance et qui
vous connaît de longue date.

— Madame, vous m'insultez !...

— Allons donc ! d'un prince à un voleur ! termina-t-elle, la distance n'est pas si grande ; la
nuit, l'un et l'autre, autrefois, ne se retrouvaient-
ils pas au fond des bois pour détrousser les pas-
sants? Notre histoire et la vôtre sont pleines de
ces faits. Des fils de prince n'ont-ils pas volé le
pape avant d'entrer en Palestine? Passons!
Quant à nous, moi, duchesse d'occasion, fille
de gitana, vous, fils du Danube, prince de la

Bande-Noire, nous sommes tous les deux du clan de la bohème, des bâtards de la société? Nous n'avons le droit d'y rentrer qu'à la condition d'en prendre les dépouilles! Bâtards, barbares de père en fils, notre rôle n'est-il pas de plonger la société dans la barbarie d'où nous sortons? Particulièrement, vous et moi, n'entrons-nous pas dans le monde légal que par la maison Moirot, dont un Italien, un Bertini, ancien bohème comme vous, nous en livre encore l'accès? Allons, prince, entrons-y carrément, ne nous chicanons plus à la porte. Sinon, en perdant une si belle occasion, par vos préjugés ridicules, par vos discussions mesquines, vous ne seriez que ce que je vous ai dit au début, oui, prince, vous ne seriez plus qu'un imbécile!

Les deux amants en étaient là quand un nom fut jeté par la soubrette, ce nom vint terminer cet étrange tête-à-tête.

— Madame la duchesse, s'écria la soubrette, un monsieur, dont voici la carte, attend dans le salon. Il désire parler en particulier à Mme la duchesse.

— Storer! Il ose se présenter devant moi! exclama-t-elle dans une impétueuse colère.

— Storer, répéta avec mépris Jaga; mais c'est précisément un Storer que j'ai rencontré sur le train de Calais, m'apostrophant, m'injuriant presque avant que je le connusse après un vol de trois cent mille francs.

— Dont nous sommes, en ce moment, les bénéficiaires, ajouta en souriant la duchesse.

— Alors, fit Jaga, pâle comme un mort, si c'est ce Storer, chef des détectives de Londres, il vient ici pour une enquête... pour nous arrêter peut-être ?

— Lui, allons donc ! fit la femme avec un méprisant sourire, lui, mon père, l'assassin de ma mère ? Mais devant moi il n'a qu'à trembler ! Ah ! le misérable, il ose reparaître à mes yeux ? Eh bien ! Jaga, venez, vous allez voir comment je vais le recevoir. S'il ne sait pas ce que vaut sa fille, il l'apprendra, cela complètera ses études de policier. Venez, ne craignez rien, ne l'épargnons pas, imitez-moi. Vous êtes mon amant, vantez-vous-en ! S'il m'aime comme il le prétend, torturez-le comme je vais le torturer moi-même ! cet assassin ! Venez, Jaga... venez !

Et elle bondit comme une tigresse du boudoir au salon, traînant après elle Jaga tout à fait rassuré et très disposé à prendre sa revanche sur le policier qui naguère l'avait apostrophé à Calais.

Quant à la duchesse, elle oubliait devant Storer la leçon de Bezon qui lui avait conseillé de se souvenir, malgré le meurtre de sa mère, que son assassin était son père.

Storer, en se rendant après la mise en liberté de Bezon chez sa fille, obéissait aussi bien à la voix de la nature qu'à l'invitation que lui avait faite le chef des pickpokets déjà sorti de prison.

Ce n'était pas sans une vive émotion que le policier anglais se rendait chez la duchesse d'Aruja. Tout l'amour qu'il avait eu jadis pour la gitana s'était reporté sur son enfant.

Mme d'Albanet n'avait pas ignoré l'influence qu'elle pourrait exercer sur le chef de la police, par son affection pour sa fille, lorsqu'elle se rendait à Londres à la suite de son dernier vol et après le drame du Vésinet.

Si, à Londres, Storer avait fait payer cher à la gitana la trop grande confiance qu'elle avait en elle, c'était que Storer, en face de sa position officielle, pour son repos, pour sa considération n'avait pas à hésiter entre lui et celle qui lui rappelait ses écarts.

Si Mme d'Albanet avait été tuée par son ancien amant, lui l'avait tuée sans préméditation. En voulant étouffer ses paroles, il l'avait frappée trop malheureusement ; elle était morte sous ses coups. Elle n'était morte que par un accident! N'importe, pour la duchesse, Storer, son père, n'était pas moins son assassin!

A la vue de sa fille, qui entra dans le salon, bondissante et rugissante, suivie de Jaga, Storer tendit à sa fille des bras éplorés avec des yeux larmoyants.

Sans pitié pour son attitude qui traduisait la prière, la duchesse s'écria en détournant la tête :

— Osez-vous bien vous présenter devant moi, assassin! assassin! Retirez-vous, car c'est votre fille, une voleuse comme ma mère, et que vous pouvez pourtant arrêter comme ma mère. Oui, c'est moi qui vous fais chasser d'ici par le prince, mon amant.

— Oh! mon Dieu! mon Dieu! exclama Storer en sanglotant et en retombant comme une masse dans un fauteuil, suis-je assez maudit! Amené ici par un voleur qui m'a forcé d'être hier son complice, je suis insulté par ma fille! Et elle se targue de son infamie pour m'humilier! Elle achève son œuvre en se montrant devant moi avec son amant! Elle se pare de sa prostitution, de ses crimes! Elle me montre toute la profondeur de l'abîme que j'ai creusé sous mes pas en me laissant prendre au piège tendu par sa famille!

— Avouez, monsieur Storer, ajouta à son tour le prince, heureux de s'interposer entre le père et sa fille ; avouez que le discours que vous m'adressiez sur le train de Calais, quand vous me connaissiez déjà, quand je ne vous connaissais pas encore, peuvent, en cette circonstance, s'appliquer aussi à vous-même ? Ne me disiez-vous pas alors, en faisant chorus avec les gens de la famille de madame : « La mauvaise réputation que, nous autres étrangers, nous donnons à Paris pourrait retourner contre nous. Le plaisir que nous venons y chercher finit par faire notre honte. » Eh bien ! ce que vous me disiez il y a quelques jours peut s'adresser à vous-même ; convenez-en, cher monsieur Storer.

Mais Storer, abîmé dans sa douleur, sous le coup de l'indignation de sa fille, ne répondit pas à Jaga. Il resta muet dans son fauteuil. La main sur ses yeux pour ne pas voir ce nouvel insulteur.

Le prince, pour paraître plus insolent encore, avait allumé un cigare, en raillant le père honteux, navré et sanglotant.

Alors sa fille, sans pitié, revint vers lui, effaçant le prince qui fumait avec acharnement, elle dit à son père, comme immobilisé dans son fauteuil :

18.

— Mais, mon cher père, nous ne connaissons pas le but de votre visite. Est-ce pour
m'arrêter en votre qualité de policier, que vous
remplissez si bien quand vous ne l'outrepassez
pas pour devenir assassin, comme avec ma
mère? Si c'est pour exercer vos fonctions que
vous êtes ici, je puis vous aider à le faire avec
fruit. Prenez vos notes ; elles serviront au juge
instructeur. Écoutez-moi bien : Vous savez qu'en
dernier lieu ma mère et moi, nous faillîmes
être arrêtées, la veille de mon mariage, quand
nous étions en train de voler, dans la boutique
d'un bijoutier du Palais-Royal, une parure en
diamants que ma mère voulait m'offrir en cadeau de noce. A cette époque, le Château, par
respect pour le nom du mari de ma mère,
étouffa cette affaire. Elle ne fut pas la seule.
Lorsque le colonel d'Albanet mourut, laissant
sa veuve sans ressource, vous ne savez peut-
être pas le métier que nous exercions dans
Paris, de concert avec Bezon, le voleur que
vous connaissez. Alors ma mère, sous le nom
de veuve Caresta, reprenait son ancien métier
de *voleuse à la carre ;* souvent elle entrait avec
moi chez un changeur, elle demandait des
pièces espagnoles contre quelques pièces d'or
françaises qu'elle tenait à la main. Pendant ce

temps-là j'allumais le changeur par mes beaux yeux ; il m'examinait avec plus de complaisance qu'il n'en mettait à peser ses pièces d'or. Durant ce manège, ma mère, la fausse Caresta, glissait sa main par le guichet du changeur et elle escamotait sa sébile pleine de louis. Le tour était joué ; quand Bezon, sous le nom de Ramon, dans les allures d'un fier hidalgo, faisait le guet à la porte. Voilà le métier que nous exerçâmes pendant plus de deux ans, ma mère et moi, avant que j'épousasse le duc d'Aruja. Bezon pourra vous le dire, comme il pourra vous dire aussi ce que nous entreprenons aujourd'hui avec le prince en prêtant à la maison Moirot les trois cent mille francs volés sur le train de Calais. Aujourd'hui ces trois cent mille francs sont notre bien par la volonté de Bezon, mon maître, le vôtre, à qui le prince doit depuis la mort de mon mari, sa maîtresse. Oui, sa maîtresse, votre fille, une voleuse comme ma mère qui a été votre amante, et une amante assassinée autrefois par vous[1] !

1. Que le lecteur consulte la *Gazette des Tribunaux* de cette époque. Il y verra les méfaits concernant la fausse Caresta. Tous les détails imaginés dans ce roman reposent sur des faits qui n'ont rien d'imaginaire. Depuis la scène du premier chapitre jusqu'à l'idée de la maison Moirot et Cᵉ, tout est vrai. Cette maison impro-

— Oh ! impitoyable enfant! te tairas-tu... te tairas-tu... râla le policier en se torturant dans son fauteuil.

Alors Storer, le front livide sur lequel perlaient des gouttes de sueur froide, agitait la main avec terreur comme pour chasser les terribles confidences de la cynique duchesse.

Mais elle s'écria, en se reculant de lui avec dégoût :

— Oh ! Storer, ne me montrez pas vos mains ! Votre fille y voit le sang de sa mère !

A ces odieux reproches, le chef des détectives laissa retomber ses bras contre son fauteuil en poussant des cris rauques. Il crut un instant qu'il allait succomber sous le dernier coup que lui portait sa fille.

Storer, marié à Londres, sans enfant, aimait en effet la duchesse d'Aruja de tout l'amour qu'il avait eu pour sa mère, devenue plus tard la femme du colonel d'Albanet. Si, récemment, Storer avait tué à Londres cette veuve indigne,

visée par l'auteur des *Crimes de Paris* rappelle une maison du même genre, fondée rue Pagevin par des bandits italiens, dont le chef jouait du couteau contre les voyageurs qui passaient les Alpes. Pour se convaincre de la vraisemblance de tout ce récit, il suffit de lire la page 131, chapitre ix, du IIIe volume des MÉMOIRES DE M. CLAUDE, *chef de la sûreté sous le second Empire. (Note de l'Éditeur.)*

c'était, répétons-le, parce qu'elle avait reporté sur son enfant la réprobation qui la frappait.

Le père de la duchesse aimait sa fille avec adoration. Il eût voulu l'adorer honnête et pure. En la retrouvant ce qu'elle était, perdue de vices et de crimes, sa douleur égalait la colère qu'il ressentait contre le prince, son amant.

Il était trop malheureux.

Quant à Jaga, sachant le danger qu'il courait en s'associant aux infâmes manèges de la duchesse, justiciable comme elle des tribunaux, il jouissait de l'impunité que lui promettait le désespoir de ce chef des détectives, grâce à sa paternité avec une voleuse.

Il devenait plus insolent que jamais.

La duchesse, faite pour la haine plus que pour l'amour, jouissait du désespoir de son père.

Droite, immobile devant lui, courbé et affaissé, elle regardait Storer d'un air de commisération railleuse. Elle comptait avec volupté les soupirs qui s'exhalaient de sa poitrine, qui se traduisaient en sanglots.

Cette fille inhumaine s'amusait des lamentations de son père comme le tigre s'amuse des cris d'agonie poussés par la proie qu'il torture sous sa griffe.

Storer était haletant, Jaga triomphant, sa

maîtresse plus belle encore sous ses sourires atroces.

Néron n'était pas plus heureux qu'elle, lorsque ce monstre vomi de l'Empire faisait éventrer sa mère.

La duchesse était de la nature de ce monstre ; c'était, par-dessus tout, une femme fatale et cruelle.

Un incident nouveau vint tout à coup changer la situation de cette scène si navrante pour Storer, assez désagréable pour le prince et très perfide pour la duchesse.

La porte du salon s'ouvrit brusquement. Un serviteur vêtu en cocher de bonne maison, orné de gros favoris rouges, parut sur le seuil ; et, tirant à lui le panneau, il dit en face des trois personnages :

— Madame, la voiture attend. Votre serviteur est aux ordres de madame la duchesse.

Une fois la porte refermée, l'inconnu retira ses énormes favoris, les mit dans une des poches de [sa longue redingote, et poussa un énorme éclat de rire.

— Jack Bezon ! exclama la duchesse avec l'accent de la plus vive surprise.

— Mon voleur du train de Calais ! reprit sur le même ton le prince Jaga.

— Votre complice, prince, ajouta avec entrain le cocher, bien avant que nous nous rencontrions à Calais pour la seconde fois.

— Comment cela?... balbutia Jaga étonné de plus en plus.

— Rappelez-vous la nuit du Vésinet, où je vous jetai dans les bras de madame sur le cadavre de son époux.

— Quoi! s'écria-t-il, cet homme masqué!...

— C'était moi! ajouta Bezon sans s'arrêter à l'ébahissement de Jaga ni à la joie de la duchesse, pas plus qu'à la stupéfaction de Storer, quoique le policier l'attendît, mais non sous ce nouveau travestissement. Pardon! je n'ai pas de temps à perdre dans des démonstrations de reconnaissance.

Puis, prenant un fauteuil, en face des trois personnages étourdis par son apparition, il s'y jeta et regarda fixement la jeune duchesse.

— Mon enfant, lui dit-il, tu as oublié tout à l'heure une de mes recommandations, en faisant acte ici de mauvaise fille.

— Vous écoutiez donc à la porte? lui demanda-t-elle avec humeur.

— J'écoute toujours, reprit-il froidement, comme c'est le métier de mon autre complice, ton père, un des chefs de la police de Londres.

Storer, à son tour, voulut protester. Bezon ne lui en donna pas le temps, et, comprenant son geste, il ajouta :

— Pas de fausse modestie, Storer ; vous êtes mon complice, car je vous dois ma liberté, ce dont je vous en remercie. Maintenant, continua-t-il en s'adressant de nouveau à la duchesse, puisque nous sommes tous ici des complices, unis pour le même but : la ruine de la maison Moirot, il est inutile, comme le disait la duchesse au prince, de se désunir, par des discussions oiseuses, avant d'avoir fait entrer dans nos poches l'or de la caisse de la maison Moirot.

— Mais, dit la duchesse, en lançant un dernier regard de haine à Storer, mais cet homme n'a pas moins tué ma mère !

— Ta mère était une maladroite, riposta Bezon. Après tout, contentons-nous de laver notre sang en famille ! Ce qui vaut mieux, ne l'étendons pas, car nous avons tous du sang aux mains : Storer, par le meurtre de ta mère ; toi et ton amant, par le cadavre du duc d'Aruja ; moi, par le frère d'un gitano, un Blandureau, car celui-ci n'a-t-il pas été le premier acteur du

drame de la rue Charlot ? Ce drame com-
mence aux Pyrénées pour se continuer à Passy,
jusqu'à la rue Charlot, où Bertini tua le gendre
d'un Blandureau qui, lui-même, me faisait tuer
son frère aux Pyrénées ! Ah ! la maison Moirot
est riche de crimes. Elle voit grossir le nombre
des meurtres qui se commettent journellement
à Paris, grâce à notre bande de bohémiens, se
recrutant jusque chez des princes, comme le
prince Jaga, et des policiers, comme M. Storer.

— Aussi, riposta hautement le chef des détectives, suis-je bien décidé à donner ma démission à la police de Londres, depuis que,
forcément, je deviens votre complice !

— Vous aurez tort, monsieur Storer.

— Mais mon devoir...

— Est de me servir, en restant un des chefs
de la police ! Oh ! soyez tranquille, je ne vous
ferai pas toujours faillir. Vous êtes venu de
Calais à Paris pour me renvoyer à Newgate.
Vous m'y ferez rentrer. Et, là-bas, je me charge
d'en sortir. Maintenant, mes chers complices,
continua Bezon, avisons au plus pressé.

— Pardon, pardon, fit le prince avec un geste
de dédain, prêt à se retirer, mais, moi, gentilhomme, je proteste ! Quoi que vous en disiez,
je ne puis être des vôtres...

19

— Vous avez aussi trop de modestie, lui riposta Bezon avec un sourire narquois. Et, si vous vouliez vous retirer, le policier Storer pourrait vous demander compte, prince, des trois cent mille francs volés près de Calais, pendant que nous étions ensemble dans un train de première classe. Auriez-vous le mauvais goût de me désavouer, lorsque vous avez tout le profit de mon vol, avec Mme la duchesse ? Et manqueriez-vous, à ce point, de reconnaissance, termina-t-il en souriant, lorsque c'est moi qui vous ai donné, en plus de vos trois cent mille francs, une aussi jolie complice que madame ?

— Ah ! vous êtes un habile homme, mister Bezon, fit Jaga en se mordant les lèvres de rage.

— Avec les beaux yeux de madame, continua Bezon, mon habileté, dans tout cela, a été pour bien peu de chose. N'avez-vous pas dit vous-même à la duchesse que vous seriez avec elle tout ce qu'elle voudrait que vous fussiez ?

Le prince se tut. Il comprit un peu tard au geste approbatif de la duchesse et sur les paroles de Bezon à quelle femme fatale il s'était voué. Maintenant, il se sentait perdu comme Storer !

A son tour, Bezon interrogea le policier, morne et silencieux sous les sarcasmes de son voleur, comme il avait été désespéré sous les injures de sa fille.

En ce moment, la duchesse et Bezon semblaient dominer leurs complices, comme les démons dominent leurs damnés.

— Maintenant, dit Bezon, avant de me retirer, avant de conduire la duchesse au Bois, dans la voiture que je conduis pour dérouter la police, écoutez-moi bien. Je vous ai donné rendez-vous ici pour vous dire : A nous la maison Moirot ! à nous sa fortune par les trois cent mille francs que nous lui avons prêtés ; elle nous appartient par le drame de la rue Charlot ! Avant d'agir, cependant, il me reste, avec Storer, un point à éclaircir : Qui m'a dénoncé à Paris ? Répondez, Storer, puisque c'est vous qui, au contraire, venez de travailler à ma délivrance. Qui ?... qui ? Répondez-moi. Je veux le savoir.

Le policier, qui n'avait cessé, en sa qualité de chef des détectives, d'avoir des rapports avec les agents de la préfecture, n'hésita pas à avouer à Bezon :

— D'après mes renseignements, que je tiens de la *Permanence*, la lettre dénonciatrice envoyée au parquet du procureur de la République était sans signature ; le timbre de la poste indiquait cependant que la première levée avait été faite dans un bureau de poste du quartier du Temple.

— Plus de doute ! exclama Bezon hors de lui. Celui qui m'a dénoncé, c'est Bertini, dit Bertin, mon associé, à qui j'ai eu la sottise, croyant agir dans ses intérêts, de tout avouer, au sujet du vol de Calais ! Ah ! il m'a dénoncé, le traître, qui me doit tout. Ah ! il m'a dénoncé, celui pour qui je rêvais le comble de la félicité, par la possession de son ancienne maîtresse, la veuve Moirot ! Eh bien ! je le précipiterai dans les ruines de sa maison ! Je l'abaisserai autant que je l'ai élevé. Je le mettrai si bas, que je lui ferai entrevoir jusqu'au fond de sa tombe ! Ah ! il imite Blandureau, son patron, qui m'a joué ! Ah ! il est traître, imbécile et ingrat ! Eh bien ! il mourra de la mort des traîtres !

— Alors, fit la duchesse, heureuse de revenir à ses mauvais instincts sur la menace de Bezon, alors vous rendrez le mariage impossible entre le trop ardent Bertin et la trop vindicative Mme Moirot ?

— Au contraire, fit Bezon en grinçant des dents, les yeux remplis de fauves éclairs ; au contraire, Bertin épousera sa veuve.

— Mais, objecta la duchesse, tu ne feras que travailler à son bonheur ?

— Peut-être.

— Comment cela ? insista la duchesse.

— C'est mon secret ! termina froidement Bezon. Il apaisa sa rage, il remit froidement ses faux favoris sur ses joues, il rouvrit la porte et dit du ton le plus naturel à ses complices dont il redevenait en apparence le très humble valet :

— Je suis aux ordres de madame la duchesse !

Il se courba jusqu'à terre. Ses trois complices eurent le temps de se débarrasser de leur attitude étonnée et recueillie en face de Bezon, leur maître. Ces gens, plus ou moins titrés, et appartenant au monde légal, ne valaient guère mieux, au fond, que les plus vulgaires scélérats.

Ils partirent, au moment où Bezon suivit sa maîtresse regagnant sa voiture.

Désormais, la lutte était engagée entre Bertin, l'industriel, et Bezon, le voleur. Le *drame de la rue Charlot*, qui fut la conséquence d'un premier meurtre dans les Pyrénées, amenant le duel mystérieux de la rue de la Pompe, devait se prolonger par les complices de Bezon. Ce chef de bandits avait pour instrument une femme implacable, la duchesse d'Aruja ; elle avait été bien choisie par Bezon, depuis la nuit terrible du Vésinet, pour devenir l'esclave de sa volonté, avant d'être plus tard l'inspiratrice de bien d'autres crimes, dont la capitale aujourd'hui garde le souvenir.

Les effets des représailles de Bezon, secondé par la duchesse d'Aruja, seront signalés dans la seconde partie des CRIMES DE PARIS, intitulée :

UNE VENGEANCE DE FEMME

FIN

TABLE

Imprimerie D. BARDIN et Cᵒ, à Saint-Germain. — 2734-83

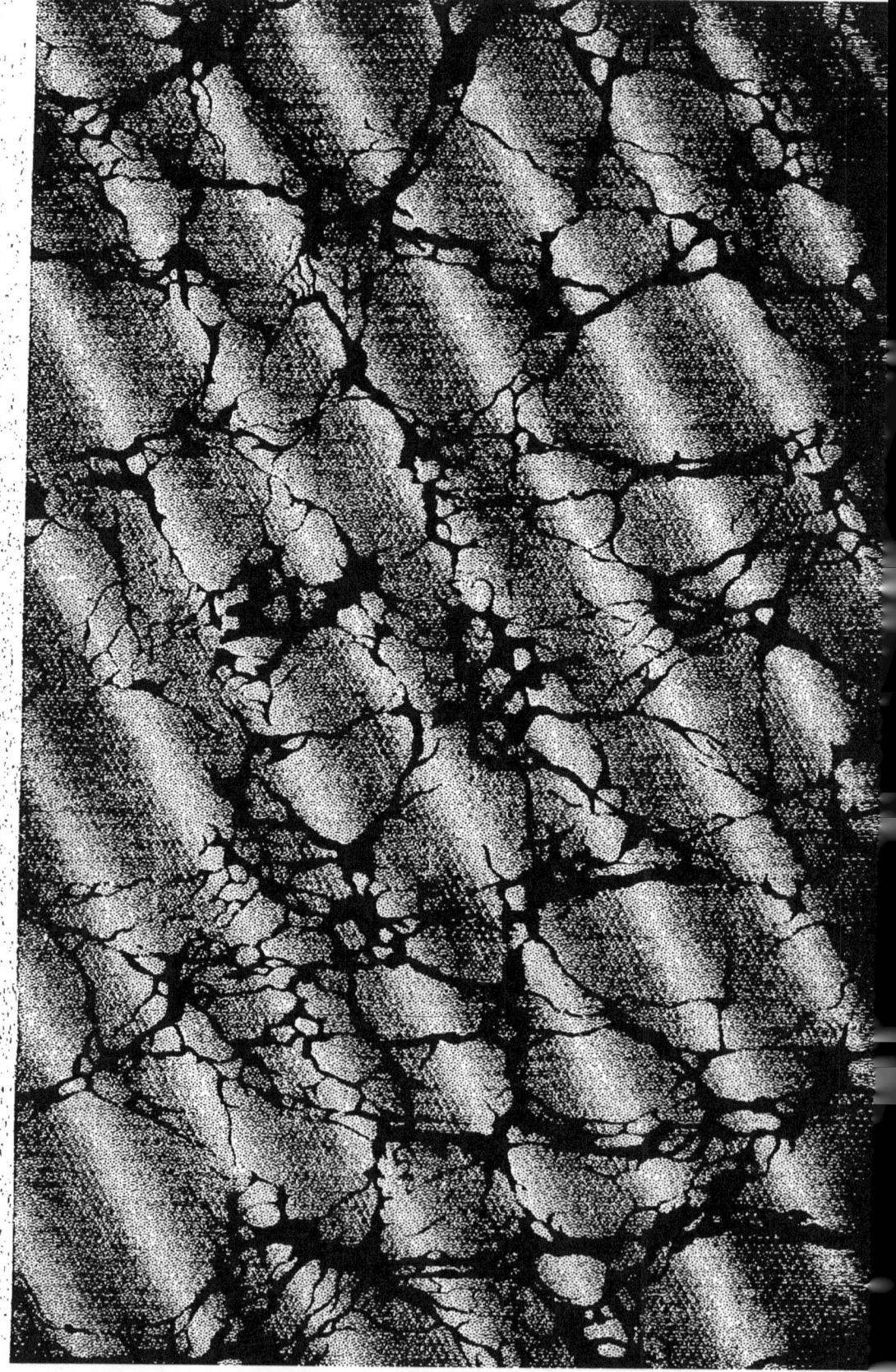

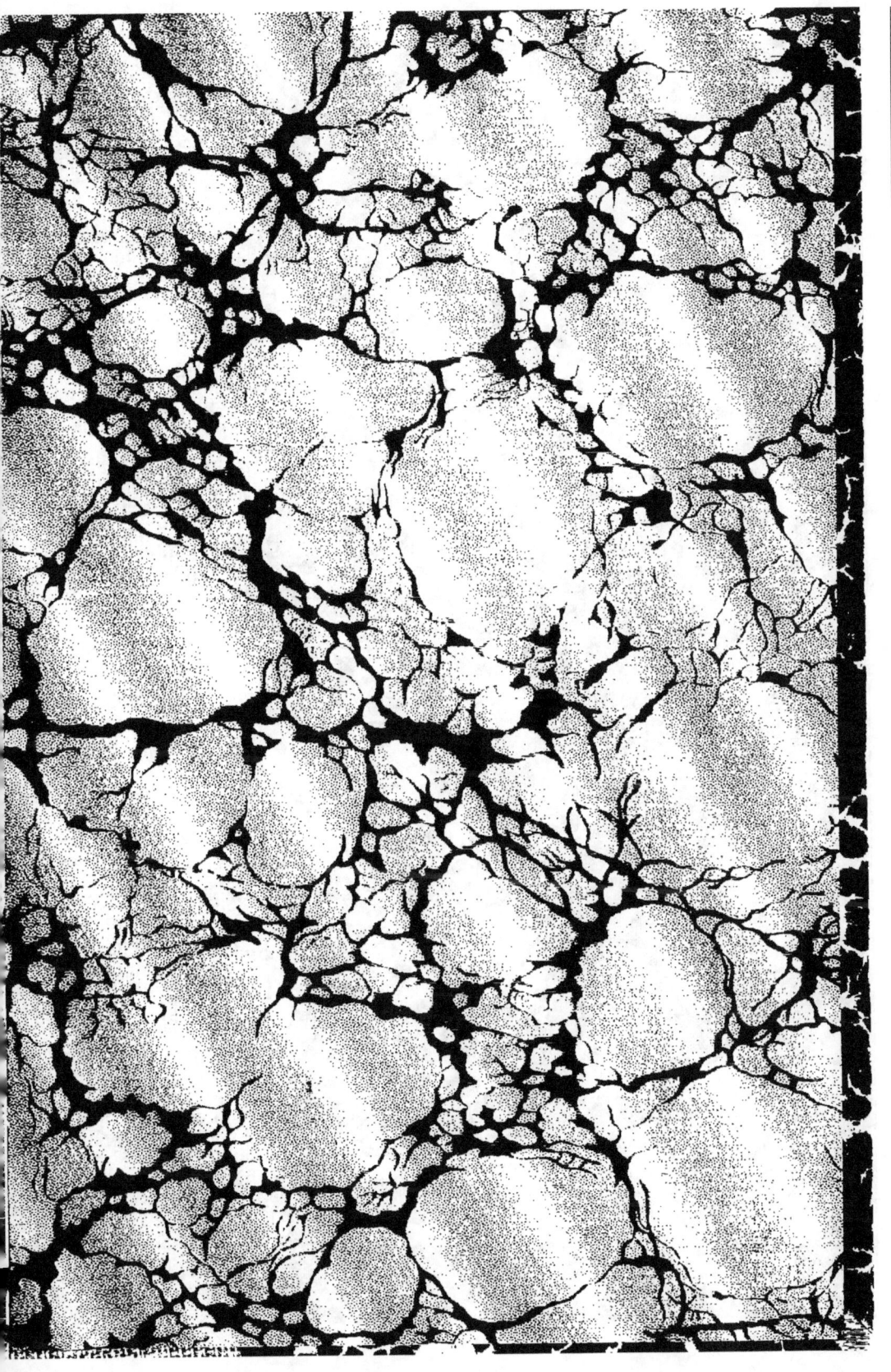

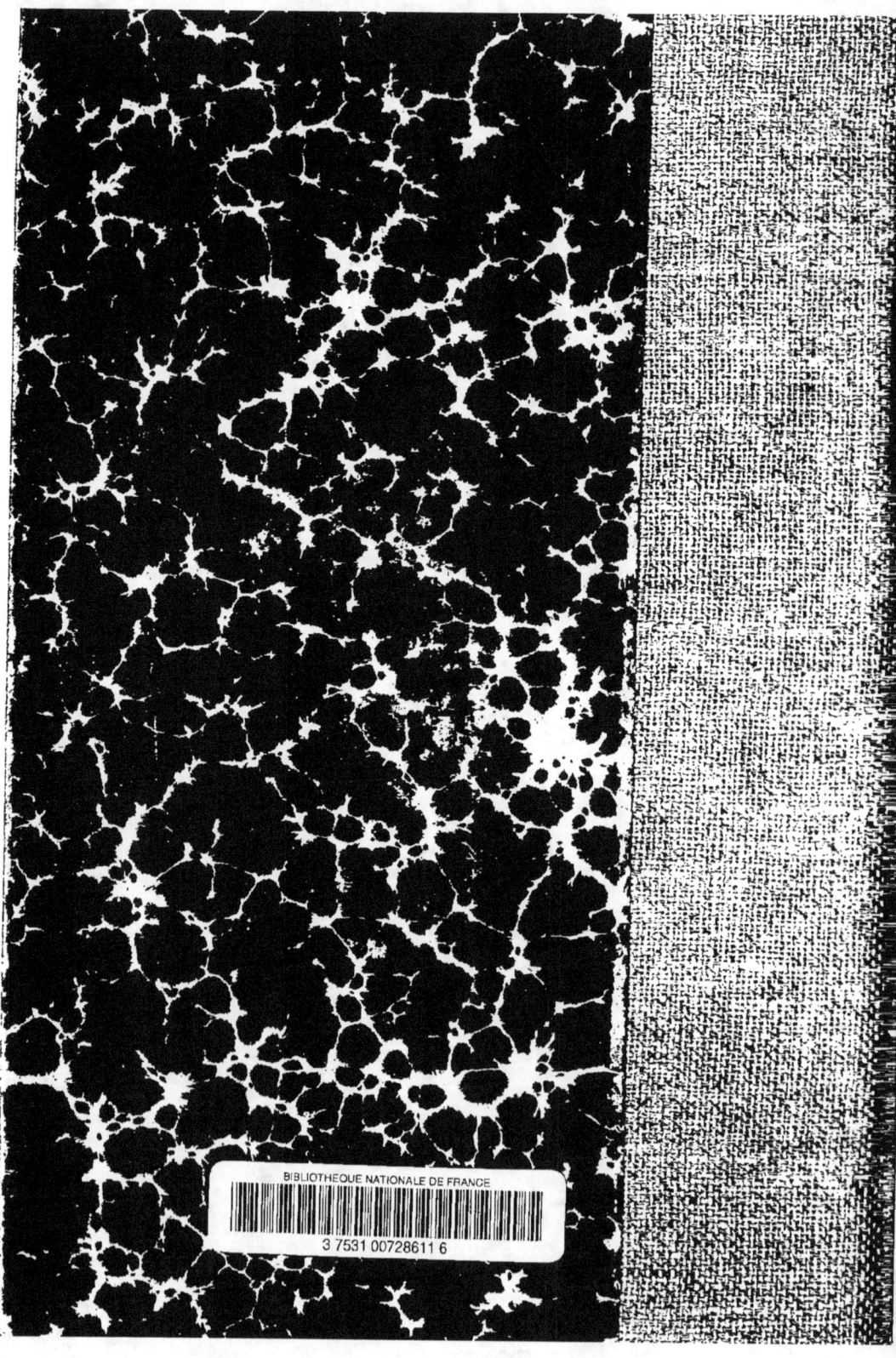

www.ingramcontent.com/pod-product-compliance
Lightning Source LLC
Chambersburg PA
CBHW050147030726
47505CB00005B/1265